bonnes vacances

K

Pour Betty

En souvenir de notre jeune carrière à Yune.

CONSTANCE ET LA CINQUANTAINE

Très amicalement

Michèle Sarde

DU MÊME AUTEUR

Le Désir fou
Stock, 1975

Colette, libre et entravée
Stock, 1978
et « Points Biographie » n° 4

Regard sur les Françaises : XIXe-XXe siècles
Stock, 1983
et « Points Actuels » n° 68

Histoire d'Eurydice pendant la remontée
Seuil, 1991

Vous, Marguerite Yourcenar
Robert Laffont, 1995

Le Salon de conversation
(avec Catherine Hermany-Vieille)
Lattès, 1997

Le Livre de l'amitié
(avec Arnaud Blin)
Seghers, 1997

Jacques le Français
(avec Jacques Rossi)
Cherche-Midi, 2002

MICHÈLE SARDE

CONSTANCE
ET
LA CINQUANTAINE

roman

ÉDITIONS DU SEUIL
*27, rue Jacob, Paris VIe*

ISBN : 2-02-028151-1

www.seuil.com

À chacune de mes irremplaçables copines

Vendredi 11 septembre 1998

Une lumière presque aveuglante émergeait à présent de la brume matinale, aiguisant les contours de la montagne, autour du vieux village de pierre. De la terrasse nouvellement aménagée, Alice avait repéré sur la route en lacets, qui dans sa jeunesse n'était pas goudronnée, la progression d'une Twingo bleu marine, toute semblable à celle de sa copine Caroline. Arriveraient-elles en avance ? Ce serait bien la première fois ! Le bruit du moteur s'éteignit comme prévu dans la châtaigneraie.

– Elle est là... Nous sommes là, cria une voix encore très juvénile.

Alice jeta un dernier coup d'œil à la table d'anniversaire dressée dans l'ancienne magnanerie et se précipita.

Entourée des trois autres – Caroline, Julia et Constance –, la dernière des Félines, un peu courbée mais reconnaissable à sa chevelure sombre entrecoupée de fils d'argent, s'élançait vers elle.

– Soledad !...

Alice avait envie de pleurer. Les mots se bousculaient dans sa bouche.

– Joyeux anniversaire... Comment on dit en espagnol ? *Feliz cumpleaños*... Mais tu n'as pas changé, tu sais...

– Toi non plus, Alice, sourit la Chilienne Soledad, reconnaissante de retrouver intacts le regard émeraude et la natte rousse de sa vieille amie française.

– Bande d'hypocrites... Vous n'allez pas continuer à nous dorer la pilule. Si. Nous avons changé depuis le temps où nous nous baptisâmes Félines. Nous sommes cinq petites vieilles, avec les rides véloces, le menton triplé, le muscle avachi... des varices aux jambes, je ne mentionne pas la pesante graisse qui m'a épargnée jusqu'à ce jour mais je n'en dirais pas autant de toutes – le regard de Caroline fit rapidement le tour des quatre silhouettes féminines, Julia exceptée, qu'avait récemment désertées la sveltesse des premiers printemps –, et aujourd'hui, nous ne fêtons pas le onzième anniversaire de nos trente-neuf ans. Nous avons CINQUANTE ANS.

Caroline n'y allait jamais par quatre chemins. La vérité, c'était la vérité. Pourtant, pensa Constance, en observant la ligne mince et le visage fraîchement maquillé de la Féline la plus dynamique du groupe, Caroline n'avait vraiment pas l'air d'une quinqua, comme elle aimait à le répéter avec une coquetterie qui ne trompait personne.

– C'est moi qui ai cinquante ans aujourd'hui, rectifia Soledad avec son accent chantant, un accent qui donnait à toutes ses paroles une suavité soulignée par un sourire dont elle était moins avare que ses amies françaises. Pas vous.

– Tu parles ! soupira Constance. Moi, je les ai dépassés de presque huit ans, Julia de cinq, Alice depuis deux ans. Quant à notre benjamine...

– Votre benjamine, coupa Caroline sans ambages, elle y passe dans quatre mois exactement. Il n'y a pas de quoi jouer les bébés.

Elles s'examinèrent toutes les cinq avec une tendresse dénuée de complaisance. Quelque deux ou trois décennies plus tôt, on comparait Constance Vouillé à une énigmatique Anouk Aimée, Alice Coste était le portrait de Marlène Jobert, la natte exceptée, en plus ronde, Caroline de Pauillac ressemblait à Deneuve, en plus longiligne, Julia Kaplan à Diane Keaton, en plus masculine. Quant à Soledad Guzmán, elle tenait de Romy Schneider et de Maria Casarès, en plus exotique. Mais de l'avis général, et surtout du leur, elles avaient toutes un plus. Aujourd'hui, elles comptaient les moins.

– Qu'est-il arrivé à ta ride d'il y a deux ans, Constance ? Celle qui t'avait fait tellement pleurer le matin du 14 juillet.

– Ce n'était pas une ride qu'elle avait, Alice, poursuivit Caroline. Mais deux rigoles autour de la bouche. Fais voir de près, Constance. Mais c'est vrai qu'elles se sont atténuées depuis la dernière fois. La rigole s'est changée en filet... La vérité, Constance, grande sœur ! Rien que la vérité ! Tu as pris de l'eau de Jouvence de l'abbé Souris, tu t'es convertie au zen ou tu as conjuré le stress en cessant de courir les colloques, les avions et les promotions ?

L'ombre d'une Constance sanglotante au-dessus du lavabo de la salle de bains remonta subitement jusqu'à leur mémoire, avec le cortège des Félines accourues pour circonscrire, pour conjurer ce désespoir qui devenait aussi le leur. C'était il y a exactement deux ans dans la même magnanerie ardéchoise. L'année dernière, l'incompatibilité des emplois du temps avait empêché la rencontre des quatre Félines. Soledad, elle, manquait depuis plus longtemps pour cause de retour d'exil.

– Tout simplement du collagène, précisa Constance avec componction. Mes chéries, je suis votre aînée et vous me devez le respect, mais la fontaine de jouvence dont nous parlait Caro quand nous n'en avions pas encore besoin, je ne l'ai pas trouvée pour vous.

– Franchement, dit posément Julia, je vous trouve insultantes de parler de nos rides alors qu'on n'a pas vu Soledad depuis son retour au Chili, il y a huit ans, quand nous étions encore de fraîches jeunes filles.

– Mais non, mais non, je suis tellement... tellement charmée de vous entendre comme autrefois... sauf qu'on ne parlait pas de rides, mais de patriarcat, d'aliénation et de répression.

– Au moins, on avait des responsables contre qui lutter, les patrons, les réactionnaires... les hommes, soupira Alice. Cette fois, à qui est-ce qu'on peut s'en prendre, pour nos kilos et nos cous flétris ?

– À propos, vous savez ce qui m'est arrivé dans le métro, il n'y a même pas deux jours ? (L'indignation rétrospective mettait du rouge aux joues plutôt creuses de Caroline.) Ma voiture était coincée en panne au garage. C'était à l'heure de pointe et je rentrais du journal, épuisée de trois nuits blanches à pondre sans relâche quatre papiers voués au marbre... bref, j'étais probablement décomposée par le manque de sommeil. Dans le wagon : une presse indescriptible... comme de juste, grève perlée pour agression contre un conducteur dans une rame. Je cherche de l'œil sans y croire une place libre. Une dame se prépare à descendre pas loin et se lève. Je fonce, à peu près en même temps qu'un homme jeune, dans la trentaine. Plus rapide que moi. Il pose ses fesses au moment où j'allais m'asseoir, me regarde, se relève... et... vous savez ce qu'il me dit ?

– Quoi ?

Le chœur angoissé des Félines couvre le crissement de la porte.

– Il m'a dit... « Asseyez-vous, madame. Vous êtes plus âgée que moi », articule froidement Caroline.

Il y eut un silence consterné. Les quatre Félines s'absorbèrent à l'unisson dans le souvenir d'une jeune merveille au teint de rose, à la taille de guêpe, au mignon biceps, aux jambes de reine avec les cuisses d'émail qui s'échappaient de la mini, très minijupe. Cette beauté de chanson s'appelait Caroline depuis une vingtaine d'années, mais on la nommait parfois Mélusine, trouvaille d'un amoureux éconduit. À cette époque, c'est pour d'autres raisons que les hommes lui cédaient la place dans le métro.

– Mélu, c'est pas possible. Présente-le-moi ton voyageur plutôt miro que mufle et je te l'anéantis en duel.

Voix joyeuse de Thibault. Les Félines étaient si accaparées par le récit de leur amie qu'elles ne l'avaient pas entendu entrer. Les cris, les embrassades couvraient maintenant la voix de Caroline, essayant de justifier l'injustifiable.

– Faut dire que j'avais pas dormi depuis trois nuits, que j'avais pas eu le temps de me maquiller le matin... que je...

Le reste se perdit dans le brouhaha tandis que les Félines n'en finissaient pas de caresser *leur* Thibault, leur mascotte, leur chouchou, le seul homme qui ne les ait jamais fait désespérer des hommes.

Thibault Clavel avait exactement l'âge de Julia, cinquante-cinq ans. Il avait milité pour la libération des homosexuels, quand les Félines se battaient pour les droits des femmes. Toujours présent à l'appel quand on avait besoin de lui, il connaissait par cœur l'anatomie physique et mentale de chacune des Félines, sauf Soledad qui ne se montrait nue qu'à ses amants – en l'occurrence son mari – et ses médecins, qu'elle voyait rarement – et qui n'aurait pas fait d'exception même pour un Thibault. Mais Soledad avait des excuses. Elle appartenait à un autre hémisphère et s'enorgueillissait de son métissage.

– Je suis la seule Chilienne de la bonne société qui reconnaisse avoir du sang indien. Et on sait les Indiens pudiques et réservés.

Vrai ou faux, on reconnaissait à Soledad certain droit à la différence qu'on déniait aux deux « Américaines », Constance et Julia. Après un doctorat d'État à la Sorbonne, Constance Vouillé enseignait la littérature française dans une université catholique de Washington. Les parents de Julia Kaplan avaient fui l'Europe dans les années noires et Julia avait été élevée entre un garni de Brooklyn et la maison de sa grand-mère juive alsacienne. Avocate, mariée à un chercheur américain, elle vivait en Californie.

– Vous savez à quoi a assisté mon amie Heather à l'occasion d'un anniversaire du même genre que celui-ci ?... Toutes les femmes – il n'y avait que des femmes du même âge exactement qui célébraient ensemble leurs cinquante étés indiens – se sont assises en cercle et chacune a écrit sur un morceau de papier le nom de ses angoisses : déclin, rides, solitude, maladie, handicap, dénuement financier, regrets du passé, nostalgie de l'amour, du désir, perte de l'énergie sexuelle, peur du changement, peur de la mort... Puis elles ont jeté leurs petits papiers dans un récipient en fonte et elles y ont mis le feu.

– Ce comportement primaire ne m'étonne nullement de tes Amerloques, jeta Caroline à Julia, au milieu des rires et des manifestations d'approbation et d'indignation. On retourne à la mentalité magique dans un monde de robots où le fric et la technique ont tout remplacé.

– Bravo pour le cliché... Au moins là-bas, on affronte la vérité et on essaie de changer de regard au lieu de se voiler la face de honte comme toi parce qu'un morveux t'a traitée de vieille !

La discussion reprit de plus belle entre les « Américaines », Constance et Julia, et les représentants du reste du monde. On avait l'habitude du jeu et de ses règles. Tout signe d'américanisation était traqué sans pitié chez les deux expatriées, ou considérées comme telles par les autres Félines et leurs trois copains – Thibault, Vivien et Malek –, qui à chaque retour en France les scrutaient sans merci. L'anglicisme était taxé sans pitié et alimentait la cagnotte collective, sauf que les deux « Américaines » avaient beau jeu de faire remarquer que c'étaient les Franco-Français qui devaient cracher le plus souvent au bassinet, et avaient de surcroît le culot de se plaindre de la contamination. Constance et Julia étaient d'accord entre elles pour fustiger l'antiaméricanisme primaire et la xénophobie galopante de leurs hexagonaux bien-aimés. Ce qui n'empêchait pas l'affection.

Soledad contemplait ses amis français avec un attendrissement triste qui n'échappa pas à Alice. « Songeait-elle, se demanda Julia, qu'aujourd'hui 11 septembre représentait aussi un autre anniversaire pour le Chili, celui du coup d'État ? »

– Tu en as des choses à nous raconter, depuis le temps que nous ne nous sommes pas vues ! D'autant que tu n'as pas beaucoup écrit récemment ! Tu ne nous as même pas donné des nouvelles de Miguel !

Soledad eut un petit frisson et chercha des yeux les deux « Garçons » absents, pour retarder le moment de parler.

Malek et Vivien, qui constituaient avec Thibault l'aile masculine de l'escadron, ne pourraient pas venir, la prévint Julia. Inutile de les attendre pour en arriver aux choses sérieuses.

– Tu ne crois pas si bien dire, non, articula Soledad d'une voix changée où l'émotion faisait ressortir l'accent, le *r* roulé, l'interjection parasite... Une chose sérieuse, précisément. Ce que je voulais vous écrire depuis longtemps... mais je n'ai pas pu... c'est que... Miguel... a disparu.

Soudain, le brouhaha joyeux où se couvraient les voix et les rires s'arrêta net. Pendant une interminable minute, même Caroline ne put articuler un son. Et ce fut Thibault qui réagit le premier.

– Miguel n'a pas pu s'évaporer comme ça. On n'arrête plus les gens au Chili maintenant !

– Mais on ne l'a pas arrêté... Justement... personne ne l'a arrêté.

La voix de Soledad s'était durcie. Elle était devenue rugueuse, un peu enrouée comme une voix de très vieille femme.

– Il nous a quittés, tout simplement. Il y a six mois maintenant. Il a fui. Et ne me demandez pas où, ni pourquoi. Tout ce que je sais, c'est que je n'ai aucune nouvelle de lui, comme s'il n'avait jamais existé... Pardonnez-moi de ne pas vous l'avoir écrit... Je croyais toujours qu'il allait revenir, qu'il reviendrait avant mon anniversaire et qu'on pourrait en parler à notre réunion comme... d'une escapade.

Le reste de la journée ne devait pas laisser de traces dans le souvenir collectif de Thibault et des quatre Félines. On avait essayé maladroitement de consoler Soledad et de faire diversion. Mais la même question les taraudait tous : Miguel Aguirre... leur Miguel, évaporé en 1998, alors qu'il avait failli disparaître pour de bon en 1973 avec des centaines de ses camarades traqués par les polices et les tortionnaires de la dictature de son pays ? Volatilisé le poète, le militant, le conteur avec son rire tendre, ses accès de sauvagerie et les accords qu'il savait arracher à sa guitare ? Était-il possible qu'il eût déserté de son plein gré, dans un pays revenu peu à peu à la démocratie, dans un vrai couple, une vraie famille, qui était la seule de leur groupe à s'épanouir ou du moins à fonctionner pour de bon ?... Fuir... Miguel... deux mots qui ne rimaient pas ensemble.

Mercredi 11 mars 1998

Six mois plus tôt, le jour du « départ » de Miguel, comme on disait pudiquement dans la famille Guzmán, le temps avait été couvert à Santiago du Chili. Une des premières apparitions de l'automne austral en ce dernier mois d'été, après la canicule de janvier-février. Attaque prématurée. Ce matin-là en se levant, Soledad avait observé que le voile de pollution qui menaçait la ville surtout en hiver s'était renforcé. On discernait à peine la cordillère tant il s'était épaissi, noyant toute la cité dans une grisaille qui piquait les yeux et pesait sur l'estomac. Quand les Andes, point de repère de tout natif de Santiago de la naissance à la mort, devenaient invisibles, on n'augurait rien de bon. Et Miguel, les yeux grands ouverts, exhibait son visage des mauvais jours. Il avait dû se réveiller à 4 heures du matin et ruminer les souvenirs qu'il n'avait jamais voulu révéler à Soledad dans le détail mais qu'elle devinait. Ces jours-là, il valait mieux éviter de parler à Miguel.

Soledad avait tendu l'oreille pour s'assurer que les jumeaux, Maya et Sebastián, étaient levés. Matilde les faisait déjeuner. Rodrigo avait dû se lever de bon matin pour partir à son entraînement. L'animation grandissait en ces premiers jours d'école après les longues vacances d'été qui commençaient avec les fêtes de Noël ! D'habitude, c'était plutôt au mois de décembre que Soledad songeait à ses amis français qui devaient grelotter sur le pavé parisien et à leur incrédulité quand elle leur racontait les flamboyantes fêtes de fin d'année et les réveillons au-dehors, sur les terrasses, sous les tonnelles ou dans les patios ombragés de magnolias blancs aux feuilles luisantes et de bougainvilliers aux trois bractées violettes et roses. Mais la grisaille de cette matinée lui rappelait les longues années d'exil et de nostalgie, dans le crachin cruel de l'hiver français, tandis qu'elle rêvait d'une petite maison envahie de chaleur et de végétation, au jardin planté d'abricotiers, de figuiers, d'orangers et d'avocatiers. Exactement comme celle où elle venait de se réveiller.

– Soledad !

Elle avait tressailli, interrompue par la voix rude de Miguel. Les jours où tout allait bien ou dans les premiers temps de leur amour, il ne l'appelait pas par son nom entier. Il disait plutôt Sol, ou la Sole, comme c'est la coutume au Chili, en faisant précéder le prénom de l'article : la Sole (avec l'accent sur la première syllabe), qui faisait pouffer de rire les peu charitables Félines (« pourquoi pas la Truite tant que vous y êtes ? »). Depuis leur passage en France, il disait parfois « mon petit soleil », en français, quand il était de bonne humeur.

– J'ai à faire aujourd'hui. Ne m'attendez pas pour dîner chez ta mère.

Il s'était interrompu, et la voix un peu voilée, il avait répété de façon un peu intempestive :

– Surtout, ne m'attends pas, Soledad.

Puis elle avait entendu les exclamations des petits saluant leur père, quelques éclats de rire dans la cuisine qui donnait sur le jardin, le bruit sec des pas pressés de Miguel dans la petite allée puis le grincement de la grille mal huilée.

Après le départ des enfants, elle s'était installée dans la pièce jonchée de laines, de cordes, de teintures et de tapisseries entamées qui lui servait d'atelier. Avant la dictature militaire, qui avait marqué le début d'une vie à laquelle elle ne se serait jamais crue destinée, elle avait étudié aux Beaux-Arts de Santiago et avait commencé à peindre d'immenses toiles rêveuses avec de larges fleurs, au cœur desquelles se lovaient des femmes papillons, des femmes libellules, des sirènes aux queues écailleuses qu'elle faisait voler dans des ciels multicolores et peuplait d'animaux fantastiques, entre Chagall et Leonor Fini. Mais l'arrestation de Miguel et le départ pour l'exil avaient tari cette veine-là et la façade lépreuse du passage de la Voûte, dans le minuscule appartement du XIIe arrondissement de Paris, ne lui avait plus inspiré que des dessins à l'encre qui évoquaient dans une lumière grise les sinistres paysages du Sud chilien où Miguel Aguirre avait été relégué.

C'est à partir de la naissance de Matilde, leur fille aînée, qui devait son nom à la troisième et dernière compagne de Pablo Neruda, que Soledad s'était mise à confectionner des tapisseries en macramé trois dimensions. Ces sortes de sculptures naïves plaisaient au public parisien et elle avait même réussi, grâce à Caroline, à décrocher un entrefilet dans *Le Figaro,* suivi de quelques lignes dans *Le Nouvel Observateur*. C'est grâce aussi à ses macramés que Soledad avait réussi à faire vivre sa famille.

Miguel, qui avait dû abandonner dans le placard des douanes ses diplômes d'architecte, ses talents de poète et son éloquence politique, n'en pouvait plus de poser des appareils téléphoniques pour L'Entreprise industrielle, compagnie privée liée aux PTT puis à France Télécom, après avoir passé par les fourches caudines d'une bureaucratie contradictoire qui jonglait avec les permis de séjour et les permis de travail, exigeant l'un pour assurer l'autre, et inversement. Grâce au soutien des Félines et surtout à cause du travail acharné de Soledad, ils émergeaient financièrement dans les dernières années de leur séjour en France. C'est alors qu'ils avaient décidé de rentrer au pays, après le plébiscite, qui avait marqué la transition vers une certaine démocratie. Ils s'étaient rapatriés en 1990. Matilde avait alors huit ans, Rodrigo quatre, et les jumeaux venaient de fêter leurs deux ans d'âge. Tous les enfants étaient nés pendant l'exil en France.

Le retour au Chili... Soledad l'avait imaginé, inventé, organisé dans sa tête des dizaines et des centaines de fois. La maison de Ñuñoa où vivaient ses parents était modeste mais en été, sous la tonnelle, on s'imprégnait de la fraîcheur du jardin et, sur le petit bassin entretenu avec soin par sa mère, il flottait des nénuphars. Pendant les années parisiennes, elle avait longuement parlé à ses enfants de l'abricotier dont les branches chargées de fruits pendaient à la fenêtre de sa chambre, si bien qu'elle n'avait qu'à allonger la main pour se servir, invariablement semoncée par la voix de Papa qui lisait son journal sous le *parrón,* et avait l'ouïe trop fine : « Sole, je t'ai déjà dit d'arrêter de te bourrer de fruits... tu vas encore être malade comme la dernière fois... »

Mais au mois d'août, à leur arrivée à Santiago, dans l'hémisphère austral, un hiver abusif avait séché l'abricotier et les autres arbres fruitiers, et sous le *parrón,* Papa ne reviendrait plus jamais lire son journal en été entre le thé de *las onces* et le dîner du soir. L'homme qu'elle avait préféré à tous les hommes avant Miguel, celui qui n'avait pas son égal pour conter les histoires des Indiens Mapuche, celui qui la veillait les nuits fiévreuses des maladies enfantines n'était pas là pour préparer le *pisco sour* de la réconciliation.

Et Soledad n'aurait plus jamais l'occasion de tirer avec lui un trait sur cette politique qui les avait déchirés, le jour où elle avait rencontré Miguel et s'était engagée derrière Salvador Allende. La politique ! Son père, vieux fidèle de la Démocratie chrétienne, avait raison : elle ne valait pas qu'on y perde sa vie, ses repères, ses êtres chers. Mais Soledad n'avait jamais pu démonter avec son père les paradoxes de ces choix qui les avaient divisés. Il lui en avait voulu de choisir « le camp des communistes ». Elle lui en avait voulu d'avoir approuvé – dans les premières heures seulement – le coup d'État militaire, qui les tirerait, disait-il, du chaos. L'exil avait séparé prématurément le père et la fille, tarissant une fois pour toutes leurs discussions, leurs imprécations, leurs réconciliations, leur amour. Elle ne l'avait pas vu mourir. Ô ironie, aux dernières élections, elle avait même voté pour la Démocratie chrétienne ! Comme lui.

Un crissement avait soudain tiré Soledad de sa rêverie. Serait-ce Miguel qui revenait ? Comme autrefois, au matin d'une nuit passionnée, quand il ne pouvait s'arracher à elle, pour courir à son premier cours d'architecture. Mais ce Miguel-là n'existait plus depuis longtemps. Depuis le 12 septembre 1973, quand les carabiniers avaient fait irruption dans leur minuscule studio proche de la Católica, l'université catholique, pour l'embarquer au stade municipal...

Tout de même, il n'avait pas eu l'air dans son assiette, ce matin. Comme dans les pires jours du passage de la Voûte à Paris, lorsque la dépression l'empêchait d'aller au travail, de se lever le matin, même de se brosser les dents, et que Soledad, rentrant à 6 heures et demie du soir avec les aînés, de l'atelier de design où elle travaillait comme dessinatrice pour des tissus, le retrouvait prostré, tandis que les jumeaux emprisonnés dans leur parc jouaient calmement avec des bouts de laine qu'il leur avait jetés en pâture pour avoir la paix...

La voix de Mercedes, la *empleada* – la femme de ménage –, qui ouvrait la porte, l'avait tirée de son illusion. Non, ce n'était pas Miguel qui revenait. Soledad avait jeté un coup d'œil sur la table du petit déjeuner. Le bol de Miguel – depuis l'exil, ils s'étaient accoutumés à prendre le petit déjeuner dans des bols à la française, cadeaux d'Alice et d'Hubert – était resté intact.

Une angoisse vague avait entraîné Soledad dans une espèce d'exploration. Le placard de Miguel, tout d'abord dans leur chambre à coucher, placard où elle n'allait jamais. Elle avait soupesé lentement les chemises, redressé une veste, rectifié avec tendresse l'unique cravate que Miguel ne consentait à porter que contraint et forcé. Sur l'étagère, elle avait constaté avec stupeur la présence d'une cravate jumelle, mauve mais assez sobre, pliée dans du papier de soie, apparemment neuve... il ne lui avait pas dit qu'il s'était acheté une cravate. Comme cette démarche lui ressemblait peu ! Un parfum léger flottait dans le placard, qu'elle n'identifiait pas. Est-ce qu'il ne venait pas de ce papier de soie ? Soledad avait enfoui son nez dans l'intempestive cravate. L'odeur venait bien de là, une odeur de lavande, étrangère, peu sophistiquée mais comme... féminine.

Elle avait buté contre le mot, comme s'il s'agissait d'une obscénité. Et puis la honte l'avait fait reculer. Qu'est-ce qu'elle faisait là dans sa vieille robe de chambre parisienne, offerte par les Félines pour un anniversaire très ancien, à fouiller dans les affaires de Miguel ? C'était indigne. Aucune Féline ne se serait abaissée à ce type d'inquisition. Soledad avait eu une pensée pour ses amies parisiennes, surtout Caroline qui s'y entendait pour faire valser les hommes. Pour elles – elles en avaient souvent discuté –, la jalousie se réduisait à un sentiment vil, le repoussoir de l'amour. Soledad faisait bien observer que pour une Latine, la cause n'était pas aussi entendue ; Caroline ne lui laissait pas même le temps de s'expliquer, pas plus qu'à Alice, qui dans ce domaine avait une certaine expérience et des cicatrices : « Vous me faites penser aux épouses de mes amants ! Non ! Nous ne sommes propriétaires de personne et personne n'est propriétaire de nous. Je vois dans la jalousie une dépendance, une tumeur maligne qu'il faut chirurgicalement extirper de soi. »

Soledad avait voulu refermer la porte du placard. Mais le petit miroir sur le battant de droite l'en avait empêchée. Devant ce miroir, Miguel avait pour la dernière fois noué sa vieille cravate, il y avait déjà plusieurs semaines, pour se rendre à cet entretien professionnel qui n'avait pas débouché. De fait, ce n'était pas le miroir qui l'avait attirée mais le visage qui s'y reflétait. Le sien. Un visage égaré, dévasté, les yeux fixes et enfoncés, les chairs amollies sous le cou, le cheveu terne, où la grisaille l'emportait désormais sur le sombre.

Soledad avait refermé brutalement la porte du placard, ne pouvant retenir deux larmes jaillies comme deux grêlons sur le bord des yeux... Le choc de ce visage auquel elle ne s'était pas encore habituée s'ajoutait à la découverte de cette cravate au parfum de femme. De femme jeune...

Décidément, elle se laissait aller. Il faudrait qu'elle envoie un mot à Constance à propos de cette sensibilisation excessive contre laquelle elle luttait en vain depuis quelques semaines ou même quelques mois. Heureusement qu'elle avait rendez-vous avec les Félines pour son anniversaire en septembre et l'intention ferme d'accepter leur offre d'un voyage aller et retour en France. Les premières rides de Constance, leur aînée, avaient représenté un véritable objet d'expérimentation pour les amies. Caroline était péremptoire sur le sujet : « D'abord, ça lui fait du bien d'en parler. Quant à nous, nous y passerons toutes. Il faut se préparer. »

N'empêche que rien ne préparait vraiment à la réalité d'un désastre programmé. On évacuait peut-être l'étonnement, mais pas l'espèce de nausée douloureuse, crampe du cœur autant que de l'estomac, qui arrivait en même temps que les abominables bouffées de chaleur. Celles qui vous donnaient l'impression de brûler toute vive ou de se noyer dans sa propre sueur. « Vous savez. Ce qui vient des tripes ne peut pas s'expliquer, lâchait Constance, pressée de questions. C'est comme ce qui vient de l'âme. Je ne vais pas vous faire un exposé sur l'état de mes tripes, pas plus que sur celui de mon âme. Et puis vous ne réagirez pas nécessairement comme moi, quand l'heure sonnera... Par exemple, moi, je n'ai pas cassé tous mes miroirs comme la Castiglione. Et privilégiées que nous sommes de ne pas être mannequins ou actrices... ou putes, qui dépendent de leurs rides pour gagner leur pain ! »

Soledad savait bien qu'il n'y avait pas de modèle. Elle-même se sentait très différente des autres Félines. Pour des raisons culturelles peut-être. « Et puis toi, tu as Miguel », lui avait dit Alice, au cours de ce voyage qu'elle avait fait au Chili avec toute sa petite famille, pour visiter et revoir les vieux amis. « Aucune de nous n'a de Miguel. »

– Mais... toi, tu as Hubert ! avait protesté Soledad avec surprise.

– Ce n'est pas pareil, avait affirmé Alice sur un ton sans réplique. Hubert, ce n'est pas Miguel.

Lorsque ce soir-là, Soledad, au retour du dîner chez sa mère, avait aperçu l'enveloppe placée en évidence par Miguel sur les rouleaux de cordes, elle savait déjà qu'il n'y avait plus de Miguel pour elle non plus.

« Soledad, je te demande de ne pas chercher à me retrouver. J'espère que tu me pardonneras un jour. Miguel. »

Au dos de la petite carte, Miguel avait recopié ces vers du *Livre des questions* de Pablo Neruda :

¿ A quién le puedo preguntar
Que vine a hacer en este mundo
Y que me dio por transmigrar
Si viven en Chile mis huesos ?

Vendredi 16 octobre 1998

Face à l'écran de son ordinateur, dans le petit bureau qu'elle occupait dans le Centre interculturel de Loyola University dans la capitale américaine, avec en perspective, derrière la large vitre, le cimetière des Jésuites, Constance relisait avec attention les lignes vertes sur gris du dernier e-mail de Julia :

* * *

From : Julia Kaplan-Brown <JKaplanB@BlumFieldKaplan.com>
To : Constance Vouillé <VouilleC@Loyola.edu>
Subject : Qu'est-ce qu'on fait ?

Féline bien aînée qui termines ta matinée tandis que je me lève, je viens de recevoir un fax d'Alice qui n'avait pas ces derniers jours accès à l'ordinateur de son cher mari. Elle est montée à Paris ce week-end pour s'occuper de Caroline qui a une grosseur au sein et attend les résultats de la biopsie. J'ai fait mon enquête : D'après le National Cancer Institute, une Américaine sur huit souffrira d'un cancer du sein pendant sa vie, et la décennie qui est la nôtre, entre cinquante et soixante, s'avère l'une des plus meurtrières. Et là où ça ne va pas non plus, c'est du côté de Santiago : aucune nouvelle de Miguel. La traduction des vers de Neruda que vous m'aviez réclamée est la suivante :

À qui puis-je demander
Ce que je suis venu faire en ce monde
Et ce qui m'a pris de transmigrer
Si mes os vivent au Chili ?

Déclaration pour le moins énigmatique de la part de quelqu'un qui a justement cessé d'émigrer !
La mère de Soledad a écrit à Alice que sa fille ne mange plus et a décrit un état qui ressemble assez clairement à de la dépression. Pas une de nos petites déprimes régulières de printemps. Une vraie dépression clinique. À risques. Par-dessus le marché, elle n'a plus un sou. Qu'est-ce qu'on fait ?
Comparés à ces graves perturbations, nos tumultes météorologiques californiens ne sont que des détails dont j'aurais mauvaise conscience de me plaindre. El Niño nous a plongés non seulement sous la flotte mais dans la boue, et j'ai pris trois kilos dont deux depuis le dernier voyage en France. Pour couronner le tout, je suis en passe de perdre un mauvais procès pour une juste cause.
Retour à la case départ : situation Soledad, pardonne le pléonasme, mais... qu'est-ce qu'on fait ? À propos, j'oubliais... comment vas-tu, toi, ma Côte Est ? Réponds illico. Que fait-on ?

Ta Jules

* * *

« Qu'est-ce qu'on fait ? » Dès l'aube de son existence, Constance avait supporté, accrochés à ses basques, des êtres incertains de tout et de rien qui l'interrogeaient : Qu'est-ce qu'on peut faire ? Qu'est-ce que tu en penses ? Qu'est-ce qu'on fait, Constance ? Les responsables avaient d'abord été les petits frères dont elle s'occupait quand sa mère, veuve de son père, allait au travail. Puis ils s'étaient tous retrouvés orphelins de sa mère aussi, morte d'un cancer à quarante-deux ans. Les frères ados avaient besoin de croître contre un tuteur et n'avaient que leur sœur. Elle avait attendu qu'ils deviennent adultes pour s'occuper d'elle-même. Et ils avaient tardé. Des *late bloomers,* lents à mûrir, qui avaient traîné dans les études, qui n'avaient aucune envie de mettre le doigt dans l'engrenage professionnel.

À peine s'étaient-ils casés, qui dans une entreprise, qui dans un couple à problèmes, qu'elle s'était elle-même engagée avec un solide macho, de tradition et de constitution, qui devait à l'origine refléter l'image d'un papa qu'elle n'avait pas connu. À l'épreuve, Guillaume Vouillé, le bel indifférent, s'était révélé aussi peu doué pour prendre des décisions que ses aimables adolescents éternels de frères. Et la naissance de Fabrice, loin de lui mettre du plomb dans la tête, lui avait fait prendre ses jambes à son cou, vers des éphémères qui n'avaient jamais le temps de lui demander les comptes qu'il refusait de régler à Constance, puisqu'elle jouissait seule du statut d'épouse en titre et de première Dame de la horde.

Elle avait attendu la quarantaine avec son nouvel ado dans son giron pour mettre de l'ordre dans sa vie et conjuguer à la première personne le verbe se libérer, qu'elle avait tant administré aux autres à la voix impérative. Enfin !... En divorçant, elle avait espéré que le « qu'est-ce qu'on fait, Constance ? » se muerait en « qu'est-ce que je vais faire, moi, Constance ? », sans se rendre compte qu'il s'agissait au fond de la même question. Elle était bien trop attachée à son fils, à ses amis et à l'humanité en général pour se désolidariser. Et ce matin, face à « la toile magique », comme disait Alice, de l'ordinateur, et aux messages qui l'appelaient à la rescousse des quatre coins du monde, elle ressentait la même détresse, le même doute angoissé à l'égard de la disparition de Miguel ou du kyste au sein de Caroline que de son propre vide depuis la rupture avec Azad, celui qu'elle ne pouvait plus nommer dans son agenda intérieur que « mon dernier amour ».

Constance chassa de son esprit le souvenir encore ardent d'Azad (l'odeur d'Azad imprégnant encore un de ses draps qu'elle n'avait jamais lavé, le sourire d'Azad quand il voulait se faire pardonner une des méchancetés dont il avait le secret, la suavité d'Azad quand il parlait de la poésie classique arménienne, la jeunesse d'Azad qui aurait pour l'éternité onze ans, deux mois et cinq jours de moins qu'elle...). Non. Elle refusait que remontent à la surface ces épaves d'un passé à la fois récent et révolu... Il fallait se concentrer sur les Félines. Elle en avait fini avec ce genre de tourments. Plus jamais. Plus jamais ça. Attendre le pas d'un homme dans l'escalier, sur les graviers du jardin, au sortir d'un ascenseur qui grince, qui tarde à grincer, qui ne grince plus. Plus jamais ça... vouloir mourir, vouloir tuer, se rouler de désespoir dans un lit vide. Un lit dont on sait cette fois qu'il sera toujours vide.

Elle essaya de se concentrer sur le message collectif qu'elle envoyait aux trois autres Félines, Caroline à Paris, Julia à San Francisco et Alice à Toulouse. Avec Alice, qui n'avait pas de courrier électronique personnel, il fallait en passer par l'adresse de son mari Hubert et prévoir qu'il ouvrirait, avant elle, le message de ses amies.

* * *

From : Constance Vouillé <VouilleC@Loyola.edu>
To : Julia Kaplan-Brown <JKaplanB@BlumFieldKaplan.com> ; Alice Coste <hubertcoste@PDL.fr> ; Caroline Pauillac <CaroPauillac@LeFigaro.fr>
Subject : Stratégies félinesques.

D'accord avec Julia. Il *faut* faire quelque chose pour Soledad. Autrement dit : retrouver Miguel. Première étape du plan d'action : savoir pourquoi il a mis ses jambes à son cou. J'ouvre la question à votre sagacité quinquagénaire et à votre proverbiale intuition féminine. Toutes les hypothèses sont permises. Faites carburer vos imaginations. Attends vos réponses. À vos marques.

Votre aînée qui n'y comprend goutte...

* * *

Au moment de cliquer sur *Send* (envoi), Constance se ravisa et décida d'étendre la destination du message à Thibault, Vivien et Malek. Ils auraient peut-être des idées, eux aussi. Après tout, la fuite de Miguel, c'était aussi une histoire d'hommes. Et Malek et Miguel s'étaient beaucoup rapprochés dans la dernière décennie. Elle rajouta entre parenthèses « (ou masculine) » au cliché sur « l'intuition féminine », réunit les adresses électroniques de ses six complices et dirigea sa souris. Elle avait mis du temps à s'habituer à l'espace cybernétique que ses étudiants manipulaient depuis l'enfance avec autant de facilité que ses frères jouaient à leur époque avec des petites voitures ou des soldats de plomb, mais maintenant elle n'aurait pas pu s'en passer. C'était ce qui lui permettait de vivre en Amérique sans se couper de ses amis.

Bon. On commençait à s'occuper du problème de Soledad. Pourvu que les examens de Caroline soient négatifs ! Dans la dernière décennie, deux amies de Constance avaient souffert de cancer du sein. Le mari de Heather avait quitté la maison, le jour où elle y était revenue, amputée d'une partie d'elle-même. Quant à la petite Tamara, une étudiante russe qui pouvait réciter par cœur *Les Filles du feu* et *Les Chimères* de Gérard de Nerval, elle était morte à vingt-sept ans, après de longs traitements qui avaient voilé ses yeux havane clair et dévoré sa longue chevelure flamboyante, de la couleur des feuilles d'automne en Nouvelle-Angleterre.

Constance soupira. Un étudiant frappait à la porte de son bureau. Il venait se plaindre de sa note au dernier examen semestriel. *Professor* Vouillé lui avait mis un *C*. Or, il était absolument convaincu qu'il méritait une meilleure note, ayant passé tout son week-end à pâlir sur *Le Ravissement de Lol. V. Stein*. Constance se mit en devoir de faire entendre raison à Bill Murphy. Après tous les casse-tête rencontrés à l'université au moment de sa liaison avec Azad, il fallait qu'elle prenne garde. Le système l'avait à l'œil. Et un étudiant américain mécontent d'une note pouvait se transformer en plaideur assoiffé de juteuses compensations. Ici le procès rôdait. Quant à maître Julia Kaplan, elle ne pouvait se substituer éternellement à sa cliente à répétitions d'amie, qui ne lui fournissait que des causes pourries et de surcroît ne la payait même pas.

Constance oublia pour un temps les problèmes de Soledad et de Caro. Son séminaire commençait dans moins d'une heure. Il fallait qu'elle relise ce passage de *La Vieillesse* de Simone de Beauvoir pour expliquer à ses jeunes étudiantes pourquoi elle le détestait tant. Décidément, hantises, obsessions, lectures et enseignement la ramenaient toujours aux mêmes questions.

« Vieillir, c'est se définir et se réduire. Je me suis débattue contre les étiquettes ; mais je n'ai pas pu empêcher les années de m'emprisonner... J'ai vécu tendue vers l'avenir et maintenant je me récapitule au passé : on dirait que le printemps a été escamoté... Je pense avec mélancolie à tous les livres lus, aux endroits visités, au savoir amassé et qui ne sera plus. Toute la musique, toute la culture, tant de lieux : soudain plus rien. Ce n'est pas un miel, personne ne s'en nourrira... Je revois la haie de noisetiers que le vent bousculait et les promesses dont j'affolais mon cœur quand je contemplais cette mine d'or à mes pieds, toute une vie à vivre. Elles ont été tenues. Cependant, tournant un regard incrédule vers cette créature adolescente, je mesure avec stupeur à quel point j'ai été flouée. »

« Le printemps a été escamoté. » Rêveuse, Constance jongla quelques instants avec l'idée. Elle n'avait pas eu de printemps : les petits frères, les études, le militantisme, le travail, la naissance de Fabrice, la vie de famille avec Guillaume Vouillé. Pendant des années, la célèbre formule de Nizan avait renfermé pour elle ce que la littérature pouvait exprimer de plus juste sur sa propre vie : « J'avais vingt ans et je ne permettrai à personne de dire que c'est le plus bel âge de la vie. » À présent, elle se permettait de pleurnicher sur la perte d'une jeunesse qu'elle était bien placée pour connaître aride et sans grâces. Elle éprouva soudain comme une bouffée de ressentiment contre Beauvoir, sa littérature et son féminisme de femme soumise à la pensée d'un homme, tous ses paradoxes qui avaient fait basculer la vie de Constance et d'une génération de femmes. Mais comment faire passer le message à cette nouvelle souche de jeunes Américaines, poussée dans un espace de liberté où tout était ou plutôt paraissait possible ? D'ailleurs, était-ce un message ou l'expression de *sa* frustration à l'égard d'une femme qui n'avait pas aimé les autres femmes autant qu'on aurait pu l'attendre et qui pour finir s'en était mieux sortie que ses émules plus ardentes à appliquer ses principes à la lettre ?

Constance crut entendre le rire de Caroline et le ton charmeur qu'elle prenait quand elle administrait des vérités. « Constance ! Voyons ! Nous aussi, à l'âge de tes étudiantes, nous nous croyions immortelles, et tes petits frères ne t'empêchaient pas d'aller en surboum ! La seule différence, c'est que maintenant, on dit une fête... Heureusement que Beauvoir a déclaré une bonne fois pour toutes avant nous qu'elle ne voulait pas d'enfants. Je lui en serai éternellement reconnaissante. Et puis de son temps, à notre âge, on souffrait encore en silence et sans recours les inconvénients physiologiques de l'innommable ménopause : bouffées de chaleur, suées nocturnes, gain de poids, perte de taille, assèchement vaginal. J'en passe et des pires. Maintenant, avec les hormones, on n'a même plus à y penser. Privilège incontestable. Le seul dilemme métaphysique qui marque notre génération consiste à choisir entre les deux faces de soi-même : son visage et son derrière. Si tu réduis le second, tu creuses le premier. Si tu épanouis le premier, tu épaissis le second. Chacune le résout selon sa nature. Avoue qu'il y a pire… Pour le reste, tu es jalouse, grande sœur, parce que Beauvoir, elle, a connu la gloire. Mais toi, tu as encore tout le temps pour ces honneurs que tu méprises ! »

Constance sourit à l'évocation de sa pétulante copine. Caroline avait l'art par moments de voir la vie en rose bonbon. De la ménopause, elle était encore au seuil. Elle n'avait pas encore traversé ce cauchemar. Mais Caro savait bien qu'elle passerait au travers. Rien ne pouvait arriver à la plus vivante, la plus vibrante d'entre elles. Ni la ménopause, ni la déprime, ni le cancer. Il était impensable que la tumeur se développe. Constance chassa de son esprit la vision d'une Caroline mutilée, affaiblie, amoindrie par une chimio, privée de sa chevelure dorée, longtemps objet de tant de convoitises… Son regard se fixa à nouveau sur le passage de *La Vieillesse*. Soudain, Constance prit conscience qu'elle avait mal lu le texte. Ce n'était pas le « printemps » qui avait été escamoté pour Simone de Beauvoir mais le « présent ». Constance qui reprochait tant aux autres de manquer d'écoute et de tout ramener à soi se trouvait elle-même prise en flagrant délit d'autoprojection caractérisée. Bien la peine d'avoir passé son existence à faire des explications de texte ! 5 heures sonnèrent au petit clocher de la chapelle du campus. Constance réunit précipitamment ses affaires et éteignit l'ordinateur avant de descendre dans la salle de cours. Elle allait lui régler son compte, à Simone de Beauvoir.

Lundi 19 octobre 1998

Caroline sauta sur ses pieds, soulagée d'avoir à se lever après une nuit aussi insurmontable. Elle avala consciencieusement son Prozac et repoussa avec fureur de la table de nuit les somnifères qui n'avaient pas fait effet. C'est aujourd'hui qu'elle devait recevoir les résultats de la biopsie. Elle téléphonerait au Dr Lallemand à son cabinet en début d'après-midi. Il restait au maximum cinq heures à tirer et elle avait à faire au journal. Elle se précipita sur la tasse de café brûlant et en ressentit avec volupté les effets euphoriques annoncés. « Ah ! La première gorgée de café », prononça-t-elle tout haut, paraphrasant un livre à la mode.

Elle aperçut sa silhouette dans la glace de son armoire, avec le dernier tee-shirt Berkeley que lui avait envoyé Julia et qui lui servait de vêtement de nuit. Mince, un peu dégingandée : « Carolin, Cannes de serin ! » comme aimait à se moquer son père quand elle était adolescente... Justement, de loin, à travers le miroir sans tain, elle offrait encore l'image d'une très jeune fille un peu trop maigre. Soulagée par cette vision, Caro tenta d'effacer de son esprit le souvenir du cauchemar de la nuit. Revêtu d'une blouse blanche, l'homme du métro qui lui avait laissé la place parce qu'elle était « plus âgée » brandissait des petits ciseaux à ongles avec lesquels il prétendait découper son sein malade. Elle tentait de les lui arracher en protestant qu'elle opérerait très bien toute seule, se promettant secrètement de ne trancher que la tumeur afin d'épargner le sein... Elle s'était réveillée en sueur avec le sentiment d'avoir hurlé toute la nuit.

Le téléphone sonna. Est-ce que le Dr Lallemand aurait reçu les résultats en avance ?... Mais ce n'était que Jean-François, son amant du moment, qui voulait savoir si elle était libre jeudi. Il avait des places pour l'Opéra Bastille : *Tristan et Iseut*.

– Tu sais bien que je suis invitée chez les Caillavet. Il fête sa Légion d'honneur... et en plus, j'ai un papier à finir pour vendredi à l'aube. Vraiment, je suis désolée. Tu n'as qu'à emmener ta femme. Je croyais qu'elle adorait l'opéra.

Il y eut un silence glacé à l'autre bout du fil. Jean-François n'appréciait guère la plaisanterie. Caroline raccrocha rapidement. Quel pot de colle, ce Jean-François ! Au lit un artiste, mais à la ville ! Comme s'il avait gardé tout son tact pour les explorations charnelles. Le téléphone sonna à nouveau. Cette fois, c'était Malek qui voulait savoir si elle avait lu le message de Constance.

– Mais non, mon petit père. J'en suis à ma tasse de café... Tu ne voudrais quand même pas que mon premier geste du matin aille à mon courrier électronique. Déjà qu'il n'est pas idyllique de se réveiller à côté d'un oreiller vide ! Je ne vais quand même pas finir par faire l'amour avec mon ordinateur comme ma grand-tante Rosalie avec son chat !

– Ta tante Rosalie entretenait des relations coupables avec son chat ? Je croyais qu'elle avait gardé sa virginité jusqu'à sa mort !

– Justement ! Il lui fallait bien quelques petites compensations... Comme à moi d'ailleurs !... À propos, tu sais ce que j'ai décidé... Si la biopsie ne révèle pas de cancer... je me fais tirer la peau, comme les actrices et les honnêtes femmes d'aujourd'hui. Vanessa Prigent, tu sais, avec qui je travaillais chez *Elle,* vient de se faire ravaler la façade. Réussite totale. Elle est sublime.

– Tu es folle et elle aussi. Je l'ai vue récemment. Elle n'a pas trente ans.

– Quarante-six, grand chef, quatre de moins que moi. C'est son cou qui flanchait. Si tu ne lui donnes pas trente ans, c'est que tu l'as vue... après.

– Tu sais bien qu'en dehors de toi, je ne fréquente pas de journaliste, mais elle est passée à la télé hier soir.

– Justement. Si je passe à la télé après mon lift, ni les Félines ni vous trois ne me reconnaîtrez !... À part ça, quel bon vent t'a inspiré de me téléphoner de si bon matin ? Je croyais que vous autres, chercheurs, faisiez la grasse matinée avant de trouver.

– Rien... enfin, je voulais savoir si tu avais reçu les résultats de la biopsie. Et puis te parler du message de Constance. Elle pense que nous devrions essayer de retrouver Miguel.

– Retrouver Miguel !... Mais qu'elle se mêle de ses affaires, notre bonne mère poule de Constance ! Elle est à côté de ses pompes. Il faudra que je lui dise de modérer ses excès de sollicitude. On n'est pas ses petits frères. Si Miguel est parti, c'est qu'il avait ses raisons, de bonnes raisons...

– Justement, Mélusine, Constance propose qu'on essaie de comprendre pourquoi il a fait ça. Abandonner une femme et quatre mômes, après ce qu'il a vécu.

– Peut-être à cause de ce qu'il a vécu. Écoute, on en reparlera une autre fois, Malek... Et toi, tu as des nouvelles ?

– Rien que l'horreur ajoutée à l'horreur. Un nouveau massacre dans l'Oranais. À l'Organisation, on se bat en ce moment pour que Leïla, l'amie de la journaliste sur laquelle tu avais fait un papier, obtienne aussi l'asile politique. Pas évident... Je te rappelle cet après-midi pour les résultats...

Caroline raccrocha furieuse contre Constance. De quoi se mêlait-elle, mais de quoi ? Être amis ne signifiait pas qu'on doive jouer les bons Samaritains et s'immiscer dans l'intimité des autres. S'il arrivait, comme elle en avait eu mille fois l'intention, que Caroline décide de finir ses jours dans une île au bout du monde ou dans un couvent, elle entendait que ses amies lui foutent la paix... Par moments, Constance lui faisait penser à la comtesse Amaury de Pauillac, sa génitrice exécrée, dont l'existence était vouée à empoisonner celle de sa fille, entre deux œuvres de charité.

Celle de Caroline de Pauillac, devenue Caroline Pauillac – particule maternelle éliminée –, avait été employée à faire la preuve qu'elle n'était pas la fille de sa mère mais l'antithèse et le repoussoir de cette snob marionnette, toute gonflée d'être comtesse, qui rêvait pour sa fille d'un riche mariage dans « leur milieu », l'argent étant, de toutes les vanités, la seule qui lui ait manqué et dont elle prodiguait néanmoins le peu qu'elle avait à quelques nécessiteux. Ta mère, cette sainte !... ainsi que le proclamait à la rebelle le chœur familial du clan maternel.

En 68, Caroline qui entamait sa première année de licence de lettres, après des études tumultueuses à Sainte-Marie-de-Neuilly, construisait les « barricades » et rêvait de détruire le monde, celui de sa mère. Cette dernière représentait tout ce et tous ceux contre quoi on se battait. L'autorité sans fondement, la hiérarchie avalisée tous azimuts, le réalisme et le matérialisme étroit, les préjugés et les idées reçues érigés en postulats et règles de vie. Madeleine de Pauillac avait élevé ses trois enfants dans ce cocon étouffant. Seuls Caroline et son père y avaient échappé. Amaury de Pauillac, qui en était à sa troisième épouse, lui avait infligé le désaveu d'un divorce, infamant dans son milieu. Caroline s'était bâti une vie loin de sa mère, qu'elle avait refusé de voir pendant vingt ans.

Et puis Caroline avait craqué sous trop de pressions : même les Félines s'y étaient mises. « On n'abandonne pas sa mère comme un amant décevant », proclamait Alice, qui en fait de mère n'était guère mieux lotie. Tu te le reprocheras toute ta vie si elle disparaît sans que tu l'aies revue... Les révoltes adolescentes, à quarante ans, c'est un peu fini ! Tu rentres bien au *Figaro*... Tu peux pardonner à ta mère sa vie gâchée puisque tu prétends avoir réussi la tienne.

Caroline s'était donc alignée, mais sans conviction. Elle avait retrouvé une vieille dame hargneuse, qui ne cessait de lui reprocher son abandon, une septuagénaire à qui ses sept décennies n'avaient rien appris, vite convertie en octogénaire dépendante, bientôt incontinente, qu'il fallait visiter comme un musée. Les retrouvailles avaient eu leur coût : une séance de thérapie trois fois par semaine sans compter les boîtes de Prozac, dont – affirmait Constance – elle aurait eu besoin de toute façon, avec ou sans mère. Il y avait pourtant aussi des moments de presque rapprochement lorsque Madeleine de Pauillac approuvait l'un de ses articles qui avait eu l'heur de plaire à l'une de ses amies. Ou lorsque Caroline se sentait la mère de sa mère devant les transgressions – notamment en matière de tabac – d'une vieille dame qui n'oubliait pas toujours d'être indigne. Il n'empêchait que, sur le chapitre de la maternité, Caroline continuait d'être en manque. En amont, elle tombait amoureuse de toutes les mères potables de ses amies, en aval, elle avait à son actif trois avortements, dont le premier à l'ancienne – elle avait à peine seize ans – avec sonde et faiseuse (ou défaiseuse) d'anges.

Le téléphone sonna à nouveau. Caroline frissonna à l'idée que toutes ces circonstances aient pu à son insu fabriquer une tumeur maligne dans son intimité la plus étroite. Réchauffer une vipère dans son sein... Pourquoi, soudain, cette expression ringarde lui venait-elle aux lèvres, comme naturellement... Il faudrait qu'elle en parle à sa psy. L'angoisse la submergeait. Elle laissa sonner le téléphone. Le répondeur prendrait la relève.

La voix presque joyeuse du Dr Lallemand retentissait comme une sonate : « Madame de Pauillac, j'ai de très bonnes nouvelles pour vous : tumeur bénigne. Rappelez-moi à votre convenance au 01... » Le répondeur encaissa de son habituelle sonnerie double. Elle aurait bien embrassé le bon vieux docteur. Elle rappellerait plus tard. Maintenant, elle s'accordait cinq minutes pour savourer. À qui allait-elle annoncer la nouvelle en premier ? Elle but une gorgée de café froid et alluma l'ordinateur coincé sur son bureau entre deux piles de journaux. Mais avant de commencer, elle lut avec une attention nouvelle le message de Constance. Tout bien pesé, ce que disait Côte Est n'était pas si bête. Elle n'avait plus qu'à répondre, selon les mêmes voies, aux six destinataires : les trois Félines et les trois Garçons, comme elles continuaient de nommer leurs homologues quinquagénaires, Malek, Thibault et Vivien.

* * *

De : Caroline Pauillac <CaroPauillac@LeFigaro.fr>
À : Constance Vouillé <VouilleC@Loyola.edu> ; Julia Kaplan-Brown <JKaplanB@BlumFieldKaplan.com> ; Alice Coste <hubertcoste@PDL.fr> ; Vivien Vauterive <VV@AFP.fr> ; Thibault Clavel <ThibClavel@hotmail.com> ; Malek Hicham <MHicham@orsay.fr>
Objet : Retrouver Miguel

Inutile de vous cotiser pour les frais de couronne. Le crabe a été plonger ses ignobles pinces et la vipère se réchauffer ailleurs. Mais une victoire ne fait pas gagner les guerres. Maintenant il s'agit de se retrousser les manches. *Constance a raison !* Je souligne deux fois. Il faut retrouver Miguel. J'appelle de suite Soledad pour avoir des nouvelles fraîches et des indices. On a trop laissé traîner cette affaire. Vous tiens au courant.

Mélusine régénérée

LUNDI 19 OCTOBRE 1998

* * *

En un sens, elle préférait que Soledad n'ait pas encore d'ordinateur, bien qu'en moyenne ses compatriotes du bout du monde se soient branchés plus vite que les Français. Technologie moderne ou pas, on n'avait encore rien inventé de mieux que l'interaction en direct. Caroline attira à elle son récepteur presque tendrement, et fit le 00, 56 pour le Chili, et le 2 pour Santiago. À l'autre bout du fil, elle obtint tout de suite la voix familière aux inflexions chaudes et un peu rauques. Pour une fois, elle se laissa aller :

– Ma Sol... j'ai pas de cancer...

Caroline savait que seule Soledad pouvait pousser cet authentique cri de joie et trouver les mots qui venaient du cœur. Ce langage-là ne s'apprenait pas. Il était de naissance, contrairement aux quartiers de noblesse usurpés de la comtesse de Pauillac, née Madeleine Fauchier.

Mardi 20 octobre 1998

Alice hésitait à frapper à la porte de la chambre de Frédéric. Elle ne savait que trop à quoi s'attendre : volets fermés, lit défait et, allongé yeux clos, écouteurs sur les oreilles, un adolescent qui lui échappait de plus en plus. Face à des résultats scolaires catastrophiques, les dangers qui guettaient ses dix-sept ans paraissaient à Alice chaque jour plus incontrôlables. Les autres mères ne tarissaient pas d'anecdotes effrayantes sur les ados du quartier. Le petit Leroux dont le père travaillait à l'Eulstom avait braqué un copain. Le fils de l'institutrice se shootait à la coke et on murmurait qu'il dealait aussi à ses heures. L'ecstasy circulait dans les grands rassemblements collectifs qui ressemblaient plus à de colossales orgies qu'à de câlines antichambres du flirt. Bruno, leur voisin avec qui Frédéric jouait depuis la maternelle, venait de se tuer à moto, sans compter la séropositivité de Thomas, un filleul d'Alice qui n'avait pas vingt ans. Hubert avait beau lui marteler la liste de tous les jeunes de leur connaissance qui pétaient de santé et réussissaient, eux, dans leurs études, l'anxiété la submergeait.

Alice ouvrit la porte sans faire de bruit et contempla son fils. Dans le sommeil qui détendait ses traits, Frédéric ressemblait au petit garçon qui pendant longtemps avait su la consoler de tout. En refermant la porte, elle entendit Chloé qui rentrait avec une copine. Sa nichée était réunie une fois de plus sous son toit. Pour combien de temps ?

– Au fait, criait Chloé dans l'escalier, Papa a téléphoné. Il ne rentrera pas ce soir. Un dîner avec un client australien… ou japonais, je ne sais plus.

Chloé n'était pas même ironique, pensa Alice. Personne ne prenait plus la peine de distinguer les nationalités des interminables « clients » avec lesquels Hubert passait ses soirées et ses week-ends. Et elle-même, Alice, s'était lassée d'interroger l'époux volage sur la couleur des petites culottes des inénarrables « clients ». Elle n'avait même plus de ces frénésies de casser sur la tête du récalcitrant toute la porcelaine de Limoges de ses cadeaux de mariage, dont il ne restait guère plus que deux assiettes et trois tasses avec soucoupes, que Chloé avait fini par confisquer : « Au moins, ça me fera un souvenir rédhibitoire de vos engueulades si un jour j'avais la monstrueuse tentation de convoler à mon tour. »

Chloé, elle, savait « décompresser », comme disait Caroline, qui avait lu beaucoup de littérature psy avant de commencer sa thérapie. Frédéric, lui, se réfugiait dans un silence hautain ou exaspéré et, dormant le jour, sortait la nuit. Alice soupira. Une fois de plus, il lui faudrait passer la soirée seule, face à la télé.

Elle regarda sa montre et se souvint que Caroline devait avoir reçu les résultats de sa biopsie. Mais elle n'obtint au numéro parisien de son amie que le disque du répondeur. Il faudrait qu'elle dise à Caroline de changer de message. Supporter toujours la même scie l'exaspérait. Elle résolut d'essayer le courrier électronique sur l'ordinateur d'Hubert. Ses amies y avaient de plus en plus recours, inconscientes qu'Alice, femme au foyer, vivait dans la dépendance de son époux et passait par lui pour tout ce qui relevait du matériel, du paiement des impôts et des notes du gynécologue à l'ordinateur et son courrier magique.

Elle avait horreur de pénétrer dans le bureau d'Hubert qui sentait la cire et le cigare froid. Heureusement qu'avant de retomber dans sa dernière léthargie, Frédéric lui avait expliqué comment marchait le fameux e-mail. Avec Hubert, elle ne comprenait jamais rien, n'osant lui faire répéter des explications abstraites et théoriques, redoutant de rencontrer son regard sarcastique, imprégné de mépris : « Ma pauvre Alice ! Tu ferais mieux d'en rester au porte-plume ! Ce monde n'est pas pour toi ! C'est trop tard... à ton âge... » Alice voyait rouge quand il lui parlait de son âge ; désormais le seul sujet qui la fasse sortir de ses gonds.

Hubert en abusait perversement, lui qui avait pourtant six ans de plus qu'elle. « Mais, chérie, un homme ce n'est pas pareil... moi, j'ai dû continuer à faire marcher mon intellect pour vous nourrir, toi et les enfants. » Quand Alice lui opposait l'exemple des Félines, toutes actives et inventives à cinquante ans et plus, il devenait plus péremptoire encore : « Tes amies ne se sont jamais souciées de s'occuper d'une famille. Alors encore heureux qu'elles sachent faire marcher un ordinateur ; c'est tout ce qu'elles ont dans la vie. Je ne parle pas de Soledad bien sûr, bonne mère soit, mais ignorant en quoi consiste un logiciel. »

Pour Hubert, les Félines représentaient des anomalies de la nature qui avaient pour seuls avantages de le débarrasser de sa femme quand ses maîtresses réclamaient du temps. Elles lui servaient aussi de modèles dont Alice constituait un repoussoir idéal quand il laissait échapper aux moments de colère des méchancetés auxquelles il croyait : « Des femmes comme ça, belles, brillantes... je me demande vraiment ce qu'elles te trouvent. » Ou faisant écho aux doutes d'Alice, à ses angoisses d'abandon : « Si vous n'aviez pas milité ensemble à vingt ans pour la révolution sur la planète et la chienlit dans votre pays, elles ne te regarderaient même pas, tes chères amies. »

Alice soupira. Il n'avait pas tort, Hubert, elle avait tout raté dans sa vie. Et on pouvait raisonnablement se demander ce que les magistrales Félines lui trouvaient à elle qui n'avait pas même eu le courage de les écouter quand elles la sommaient, une décennie plus tôt, de quitter son mari.

– Vas-y, Lila ! (Depuis la naissance de Fabrice, tous les enfants des Félines appelaient Alice tante Lila.) Quarante ans, l'âge idéal ! T'es belle, intelligente, cultivée et même érudite, de surcroît adroite de tes mains. Tu peux tout faire, tout apprendre. Les mecs se jetteront à tes pieds. Recommence, Alice. Ton jules, comme toute cette génération-là, est sans espoir. Fonce, Lila. On t'aidera.

Alice sourit au souvenir de ses copines tour à tour suppliantes, menaçantes, enjôleuses, chacune à sa manière, la poussant à l'indépendance, au respect d'elle-même.

– Bon sang, t'es pas si accro que ça. Lila, des amants foutrals, on t'en trouve demain. On pioche chacune dans nos carnets d'adresses...

– Merci bien. Je ne mange pas vos restes. Pas de ce pain-là.

Les séances se terminaient, sur l'énorme canapé défraîchi dans la magnanerie de la vieille grange ardéchoise qu'Alice avait héritée d'un oncle éloigné, là où elles passaient régulièrement leur semaine estivale, là où naguère elles avaient célébré les cinquante ans de Soledad, par de colossales rigolades qui leur faisaient perdre le souffle.

Ces évocations faisaient à Alice du bien et du mal. Que n'avait-elle écouté ses Félines, ses pareilles qu'elle jugeait cependant tellement supérieures à elle ! Car, maintenant, elle n'en démordait pas. Trop tard. Si même une femme comme Soledad n'était plus capable de retenir un homme comme Miguel, c'était trop tard. Trop tard pour toutes... Les magazines féminins et les médias avaient beau vous seriner avec des histoires de femmes de cinquante ans et plus qui en paraissaient trente et vivaient une éternelle jeunesse, la vérité vous assénait que tout changeait progressivement et irrévocablement et que les trente prochaines années ne représenteraient qu'une lente descente vers l'inéluctable décomposition. À moins de devancer la fatalité.

Soudain, elle se rappela avec angoisse qu'elle s'était découvert un poil pubien tout gris le matin même en sortant de son bain. Où est-ce que la vieillesse n'allait-elle pas se nicher ? Est-ce qu'il faudrait se décolorer là aussi ? Alice fit en pensée la revue des chevelures de ses amies. Caroline se faisait en ce moment des mèches, coupe mi-longue, après avoir fait passer sa crinière par toutes les couleurs de l'arc-en-ciel, du rouge carotte au bleu acier. Constance accentuait le rinçage corbeau de cheveux aujourd'hui châtain, ce qui lui durcissait un peu le visage, d'autant qu'elle s'obstinait encore à se faire des chignons pour donner ses cours. Julia avait une coiffure très courte, à la Jeanne d'Arc, aux teintes variables, qui depuis dix ans tiraient sur l'auburn. En dehors de la blonde Mélusine, Alice ne se rappelait même pas leurs teintes originelles qui se perdaient dans la nuit des temps. Elle-même, Alice, avait recours au henné pour maintenir les tons roux de ses cheveux qui depuis trente ans étaient restés longs et retombaient en natte sur son dos. Malgré les objurgations des Félines qui la traitaient de petite fille prolongée, Alice avait toujours refusé de couper sa natte ou de se coiffer autrement. Soledad, la vraie brune, avait seule choisi de laisser grisailler ses tempes. Était-ce parce qu'elle acceptait de vieillir que Miguel l'avait plaquée ? Alice eut honte de cette mauvaise pensée.

Une seule certitude : la prochaine décennie ne les ferait pas rajeunir. Certes, il était « sympa » et « chouette » et « super », comme elles le répétaient toutes à qui voulait les entendre, de se connaître depuis trente ans, mais le poids des ans rendait l'amitié un peu lourde comme si là aussi s'infiltrait l'usure. Alice n'envisageait dans son avenir d'autre nouveauté intéressante que deux ou trois nourrissons, dont sa fille Chloé, pas elle, tiendrait le rôle de la mère. Elle frissonna à l'idée de devenir grand-mère quand il y a si peu, naguère, elle avait encore cru être enceinte à nouveau, seul état qui lui ait jamais apporté la félicité. Elle continuait à avoir ses règles assez régulièrement tous les mois. Pour combien de temps ? De toute façon, avec les traitements hormonaux qu'elle supportait mal, la fameuse horloge biologique se déréglait elle aussi. En un sens, il valait mieux ne pas trop en savoir sur son évolution pour éviter de se faire des cheveux encore plus blancs, c'est-à-dire encore plus difficiles à colorer.

L'ordinateur d'Hubert avait vieilli lui aussi et tardait à s'émouvoir. Mais Alice fut récompensée de sa patience : il y avait plusieurs messages pour elle. Le premier courriel de Caroline avait été suivi d'un second rédigé après sa conversation téléphonique avec Soledad.

* * *

De : Caroline Pauillac <CaroPauillac@LeFigaro.fr>
À : Constance Vouillé <VouilleC@Loyola.edu> ; Julia Kaplan-Brown <JKaplanB@BlumFieldKaplan.com> ; Alice Coste <hubertcoste@PDL.fr> ;Vivien Vauterive <VV@AFP.fr> ; Thibault Clavel <ThibClavel@hotmail.com> ; Malek Hicham <MHicham@orsay.fr>
Objet : Chères Félines, chers Garçons, qu'il faut peu de chose !

L'annonce que je ne crèverai pas d'une métastase dans les cinq ans après avoir été amputée de deux seins me donne les ailes de la colombe, celle de la paix bien évidemment. Voici les quelques nouvelles que m'a prodiguées notre tourterelle australe. Il paraît que Miguel était malade, *a fortiori* qu'il l'est encore aujourd'hui. Soledad a découvert qu'il allait voir un médecin depuis plusieurs mois et ne lui en avait bien entendu pas soufflé mot. Il s'agirait semble-t-il d'un kyste assez vilain au foie, dont le médecin voulait l'opérer (biopsie impraticable sans opération). Il se faisait envoyer les radios et autres résultats à son ancienne adresse professionnelle, dans son bureau d'architecte. À part cela, rien. La maladie de Miguel peut-elle être consécutive aux traitements infligés par les militaires lors de son arrestation de 73 ? Vraisemblable mais non prouvé. Et il n'en aura sans doute pas parlé à Soledad pour ne pas l'inquiéter. Cette dernière a repris un peu de poil de la bête et s'alimente. Les enfants – très coopératifs – l'ont persuadée d'aller passer quelques jours à Pucón, lieu apparemment enchanteur au bord d'un lac du Sud chilien. Question : abandonne-t-on toute sa famille parce qu'on est peut-être atteint d'une maladie incurable ? Si ma biopsie avait tourné mal, je crois au contraire que j'aurais eu besoin de vous plus encore que d'habitude. J'étais prête à faire ma valise pour aller me faire dorloter outre-Atlantique par l'une des deux Américaines (triée sur le volet mais, la tête sur le billot, je ne vous dirai pas laquelle).

Attends *feedback,* comme vous dites au pays de Clinton. En bon français : activez vos méninges.

* * *

L'autre message était de Vivien Vauterive, « le toujours revenant », comme elles le nommaient parfois entre elles.

* * *

De : Vivien Vauterive <VV@AFP.fr>
À : Constance Vouillé <VouilleC@Loyola.edu> ; Caroline Pauillac <CaroPauillac@LeFigaro.fr> ; Julia Kaplan-Brown <JKaplanB@BlumFieldKaplan.com> ; Alice Coste <hubertcoste@PDL.fr>
Objet : Missionnaire à Santiago

Mes préférées, comme toujours, vous avez pensé à tout sauf à l'évidence. Mais ça crève les yeux : Miguel n'est pas parti seul. Il y a une odeur de femme... *profumo di donna*... dans la coulisse de ces adieux sans cérémonie. Relisez *La Lettre volée* d'Edgar Poe, revisitée par l'ennemi intime de Caroline, l'ineffable Jacques Lacan. Vous comprendrez tout. Cette semaine, je repars au Liban. Mais il est question que j'aille faire un tour en Amérique du Sud à la fin du mois. Me feriez-vous l'honneur de me charger de mission délicate auprès de Soledad ?
Je vous embrasse toutes sur la bouche.

Votre VV... qui lui ne vous abandonnera jamais.

* * *

Alice tiqua au dernier membre de phrase. Décidément, ce Vivien jouerait toujours les éléphants dans le magasin de porcelaine... Il fallait néanmoins reconnaître que la désertion de Miguel représentait sa revanche à lui de collectionneur de jupons, constamment raillé par ses amies qui ne manquaient pas de le comparer, lui, l'insatiable météore de l'amour, avec l'enviable Miguel, qu'on avait toujours connu amoureux d'une seule femme, la sienne. Éternel combat de don Juan contre Tristan, ou plutôt de leurs victimes ensorcelées. « Évidemment, pensa Alice tout haut, il peut parader, maintenant le traître, c'est l'autre. »

Le souvenir d'une sortie de fête, il y avait bien des années, s'interposa soudain entre elle et le Vivien d'aujourd'hui. Il avait bu, s'était jeté sur elle en pleine rue, l'entraînant sous un porche, murmurant de ces phrases qu'elle n'entendait plus à présent, qu'il la voulait, qu'il l'avait toujours voulue, elle, une femme exceptionnelle... tellement désirable, voulant dire – aujourd'hui Alice traduisait – exceptionnelle *parce que* désirable.

Le reste s'était perdu dans une morsure au cou qui l'avait fait frissonner. Elle s'était cependant ravisée, rajustée, avait couru vers la maison, vers Hubert, avait tout raconté à un Hubert jeune, bouillant qui avait successivement voulu se tuer, tuer Vivien, puis sa femme, puis les trois... et s'était contenté de se brouiller pendant six mois avec celui qu'il appelait toujours son pote.

De cet épisode un peu glauque, comme dirait à présent Chloé, avait émergé un code de relations conjugales, vaguement inspiré du fameux contrat sartrien, où les deux époux étaient officiellement libres de leurs fantaisies amoureuses, sauf que dans la pratique il y en avait une qui était moins libre que l'autre. Cette moderne constitution de morale « ouverte », par la suite régulièrement remaniée et transgressée, avait permis à Hubert de se lancer impunément dans ses innombrables aventures extraconjugales, additionnant les femmes comme s'il avait voulu copier le modèle de Vivien. Du moins ce dernier avait-il eu la décence, lui, de rester célibataire.

Au début, conformément au dogme de la nouvelle morale endossée avec enthousiasme par les soixante-huitards en général et son amie Caroline en particulier, Hubert ne s'était caché de rien et Alice avait dû demander grâce pour qu'il daigne couvrir ses frasques. Elle avait ainsi découvert à quel point la vérité nue se révélait insupportable, et aussi que la manière de l'administrer pouvait servir des intérêts de pouvoir et de perversité. Le nouveau pacte s'établit avec difficulté, visant du moins au minimum de douleur, sans tambours. Côté Alice, il signifiait : cocue si on veut mais pas consentante ! Côté Hubert : je ne suis pas libre de ne pas mentir ! Aucun des deux ne s'en satisfaisait, mais le *statu quo* durait encore.

Alice soupira. Elle aurait pu succomber à Vivien ou à un autre. Mais l'envie lui en avait manqué, ou un reste de l'éducation de sa grand-mère, paysanne bretonne et bigote l'avait retenue, ou l'occasion ne s'était pas présentée. En tout cas, quel gaspillage ! Du moins en aurait-elle gardé quelques beaux souvenirs. Mais elle était tellement gourde que, en dehors de deux ou trois incartades brèves autant que catastrophiques, elle était restée fidèle à Hubert, fidèle de corps. Elle le regrettait à présent de toutes ses forces, mais comme le lui clamait Caroline sur tous les tons :

– Ma pauvre Lila, tu es tellement maso ! Tu t'offres à la fois la douleur du renoncement et celle du repentir de ce même renoncement. Tu réussis d'une pierre deux coups ou même trois : frustration, culpabilisation, autodévalorisation. Bravo... succès absolu !

La fuite de Miguel avait à la fois perturbé et comme soulagé Alice. Comme s'il n'y avait pas d'échappatoire au dur destin féminin de devoir vieillir et d'être abandonnée. Combien de couples autour d'eux qui avaient simplement duré vingt, vingt-cinq, trente ans ? Et s'ils avaient par hasard résisté comme eux, dans quel état survivaient-ils ? Combien d'hommes de leur génération avaient-ils cédé au syndrome que les Félines dans leur jargon intime nommaient « la Règle de Trois » et que Constance avait ainsi résumé quelques années plus tôt aux Garçons médusés : « Simplicité arithmétique ! Beaucoup plus même que celle qu'on nous a apprise à l'école primaire : vous prenez un couple hétéro dont les deux parties – homme et femme – ont chacun une petite ou une grande cinquantaine, soit environ un siècle à eux deux. Vous soustrayez la vieille de cinquante et vous ajoutez une jeune de vingt-cinq ou trente. Au total, le couple n'a plus cent ans mais seulement soixante-quinze, ce qui donne une moyenne trentenaire beaucoup plus respectable : article un dans la méthode Coué du rajeunissement masculin, méthode éminemment scientifique, aux effets pratiques éprouvés depuis la nuit des temps. Illustration perso : mon Guillaume d'ex-mari. Dès que j'ai eu pris la poudre d'escampette – et bien que nous n'ayons encore que quarante ans chacun –, il a appliqué aussi sec l'incontournable Règle de Trois avec une beauté qui était loin de coiffer sainte Catherine. À croire qu'on l'avait inventée exprès pour lui, cette règle ! »

Règle de Trois ou non, si même une Soledad n'avait pu retenir un Miguel, alors elle, Alice, n'avait pas à se tourmenter d'avoir perdu Hubert depuis longtemps. Elle se demandait bien pourquoi ses amis s'agitaient tellement pour retrouver Miguel. Est-ce qu'ils étaient incapables de comprendre qu'il n'y avait rien à faire, rien qu'à se résigner au compromis ?

Et pourtant Miguel n'était pas un homme de compromis. Il le lui avait dit clairement le soir où elle s'était réfugiée chez lui après la première découverte matérielle des fredaines d'Hubert. En plein mois d'août, elle avait eu le tort de rentrer à Paris deux jours plus tôt pour faire une « surprise » à Hubert. Son mari s'était envolé de la maison, mais pas les sous-vêtements de femme jetés sur l'oreiller défait, notamment un énorme slip noir qui devait bien tailler 48. Bêtement, elle avait eu le réflexe de s'en emparer et de filer chez les Aguirre qui habitaient en banlieue, les seuls restés dans la capitale à l'heure de l'exode aoûtien. Soledad absente, c'est Miguel qui l'avait accueillie, et consolée.

Et après qu'elle eut bien pleuré et dit sa honte de souffrir ainsi alors qu'il n'y avait pas même de tromperie morale et qu'Hubert et elle étaient d'accord sur le principe, Miguel lui avait dit :

– Alice, tu sais ce qui te reste à faire. Ne te laisse pas dégrader ni manipuler par les discours à la mode. Il y a une exclusive dans l'amour. Et si on la rejette, alors on doit accepter la réciprocité. Tu ne dois pas tolérer qu'Hubert soit polygame, et toi non.

Alice n'avait pas répondu. Miguel avait raison. Mais comment lui faire comprendre qu'elle avait des enfants jeunes, plus de métier, qu'elle n'était rien sans Hubert, qu'il ne s'agissait plus vraiment d'amour mais de convenance? Quant à se jeter elle-même dans l'aventure, elle n'en avait ni la force ni le désir. Contrairement aux autres Félines, ces battantes qui remportaient toutes les victoires en amour et ailleurs, Alice n'avait connu que des échecs: Olivier, le fiancé qu'elle avait chéri quand elle était encore une jeune fille en chaussettes blanches avait rompu dix jours avant le mariage. L'histoire ardente mais chaste qu'elle avait vécue ensuite avec un homme marié s'était terminée par une fin de non-recevoir. Et, plus tard, elle n'avait pas su garder Hubert. La faute au péché de s'être mariée « au-dessus de son rang », comme disait encore sa belle-mère? Quoi qu'en aient affirmé ses bourgeoises d'amies, et malgré l'égalitaire école de la Troisième République, être fille de plombier laissait des traces jusque dans sa syntaxe et sa phonétique, que même les gauchistes Félines (Julia exceptée pour cause de parents communistes) ne se privaient pas de railler gentiment. (« Lila, cesse de répéter que tu vas "au coiffeur"... et articule les *x*. En bon français, on ne dit pas s'*esskuzer* ! »)

La mise en garde de Miguel n'avait donc eu pour effet qu'une éphémère mise en demeure à son mari. Pouce! Alice dénonçait le contrat sartrien, les codicilles beauvoiriens, la pivotale et les adjacentes de Fourier, le cocufiage dans la joie. Elle voulait revenir à la tradition qui avait cimenté, malgré les accrocs, des siècles de foi conjugale. Elle voulait des serments, des traités, des engagements fermes, qu'Hubert commença par accepter, tout en prévenant sournoisement qu'il ne serait pas capable de les respecter, tout en ne les respectant pas une minute. Et de scène en scène, de crise en crise, interrompues par de brèves réconciliations, Alice avait lâchement accepté l'inacceptable et bu d'une coupe qui ne se vidait jamais de sa lie.

Mais l'écho des paroles de Miguel était longtemps demeuré en elle, reflet de l'estime qu'elle lui accordait et de l'espèce d'envie qu'il lui faisait éprouver à l'égard de Soledad. Certes, Soledad vivait en exil et dans le dénuement, mais aux yeux d'Alice et aussi des autres Félines qui ne connaissaient pas la même harmonie, elle était la plus heureuse de toutes. Elle avait Miguel. Et l'amour de Miguel pour Soledad émergeait et se révélait, malgré sa réserve, comme une source vive mais cachée. Ou plutôt comme le scintillement d'une étoile filante qui faisait briller ce visage de femme longtemps après son passage météorique. Car avec le décalage, au moment même où les Félines contemplaient, avec un mélange de tendresse et de jalousie, les effets de ce qu'elles auraient peut-être appelé le bonheur sur les traits de leur amie, consciemment ou non, Miguel préparait sans doute la forme de son départ, sans distinguer peut-être encore entre la désertion, l'abandon ou le simple déménagement.

Alice soupira. Étrange ambivalence des sentiments humains qui faisait que le malheur d'un être aimé produisait à la fois un soulagement lâche de n'être pas seul à souffrir, en même temps qu'une compassion déchirante qui s'adressait à soi-même tout autant qu'à l'autre. Comme le lui avait dit et répété Hubert, Alice était championne de la complaisance et de l'auto-attendrissement... Elle essaya de se ressaisir et relut les e-mails de ses amis sur l'écran. À la réflexion, aucun des deux ne la convainquait. Miguel malade ? Miguel avec une autre femme ? Bon pour les Hubert ou les Vivien. Au moment où elle allait entrer à son tour dans la ronde de la communication électronique, la voix de Frédéric réclamant à manger la fit bondir dans la cuisine.

Samedi 31 octobre 1998

Samedi, début d'après-midi, à Albany, banlieue résidentielle de San Francisco. Pour une fois, Julia n'avait pas à retourner au bureau terminer un travail de la semaine passée. Un rayon de soleil parut triompher de la grisaille. Julia n'attendait que lui pour mettre le nez dehors. Le jardin avait vraiment besoin d'elle. Elle avait retardé à l'infini le moment de la plantation. Mais si elle ne rusait pas avec les conséquences désastreuses d'El Niño, il n'y aurait pas une fleur le printemps prochain. Au moment où elle ouvrait la porte, le téléphone sonna : Jason appelait du labo. Il venait d'apprendre qu'on lui avait accordé le *grant,* le financement pour son projet de recherche sur les cellules. Il avait décidé de rentrer pour célébrer la bonne nouvelle avec Julia. Il passerait chez le traiteur chinois pour qu'elle n'ait pas à se préoccuper du dîner, à moins qu'elle ne préfère le restaurant. Mais un soir d'Halloween, peut-être valait-il mieux demeurer à la maison avec les bonbons d'usage.

Julia cacha soigneusement sa déception de ne pas passer la soirée seule, comme il avait été prévu. Elle avait des dossiers à compulser, elle pensait finir le roman de Doris Lessing : *The Summer before the Dark,* classique qu'elle n'avait jamais eu le temps de lire, et répondre à ses amies sur le chapitre de la disparition de Miguel. Comme toutes les femmes actives, Julia abattait trois fois plus de tâches que la plupart de ses contemporains dans une journée. Elle menait tambour battant sa carrière d'avocate, dépensait au gymnase et au tennis une énergie dont elle gardait toutefois une bonne partie pour les œuvres bénévoles, tenait la maison et le jardin d'une main de fer, mandait toutes sortes de courriers, de fax ou de messages aux Félines et à sa fille Rebecca, dix-sept ans (âge de Frédéric), qui venait de quitter la maison pour sa première année d'université à Sarah Lawrence College, près de New York sur l'autre côte.

Julia se considérait comme une intoxiquée du temps, dont cette prodigue était avare et professait que si nous le laissons perdre, c'est lui qui nous laisse filer. Elle aimait à citer les dernières paroles de la reine Élisabeth Ire : « tout ce que je possède pour un moment de temps ». Elle s'était fait imprimer des tee-shirts avec des slogans comme *« use it or lose it »* (utilise-le ou perds-le) ou des vers comme ce court poème du XIXe siècle :

Time goes, you say ? Ah, no !
Alas, Time stays, we go.

(Le temps s'en va, dites-vous ? Hélas, le temps reste et nous nous en allons.)

Entre vingt et vingt-cinq ans, elle avait fait du droit à la fac de la rue Saint-Jacques et avait connu les Félines au café Soufflot où elles passaient le meilleur de leur temps et refaisaient le monde avec Thibault, Malek, Vivien et beaucoup d'autres. C'est aussi à cette époque que, embarquées pour la première fois une semaine dans la magnanerie ardéchoise qu'Alice avait héritée d'un oncle maternel, les amies avaient décidé de se constituer en groupe de Félines afin de promouvoir la sororité dans le monde et l'amitié des femmes dans le particulier. Julia était repartie de l'autre côté de l'Atlantique en 1969, l'année d'après les événements qui avaient scellé leur complicité, et s'était identifiée aux tendances de son époque. Revêtue de longues jupes et de colliers de fleurs, elle avait participé aux manifestations contre la guerre au Vietnam et organisé des sessions féministes de prise de parole et de *consciousness raising,* tout en faisant des études de pharmacie à UCLA. Entre deux doctorats, elle avait vécu dans une communauté en Californie du Nord et avait continué à faire la navette avec la France et les Félines, en portant des courriers express qui lui finançaient ses propres voyages, ou en prenant les vols charters les moins chers et les plus indirects. Avant de retourner aux études, cette fois dans une des meilleures écoles de droit, elle avait travaillé quelque temps comme hôtesse à TWA, ce qui lui permettait de dormir régulièrement à Paris chez Caroline ou chez Thibault. À Yale, elle avait rencontré et épousé Jason, issu d'une bonne famille du Massachusetts et promis à la recherche en physiologie du cerveau, par ailleurs membre inconditionnel de l'Église protestante congrégationaliste, la plus à gauche des États-Unis, qui prônait la liberté de l'avortement, s'insurgeait contre la prière dans les écoles et accueillait parmi ses pasteurs les femmes et les homosexuels.

Elle avait tout juste trente-huit ans lorsque Rebecca était née, et venait de décrocher son deuxième doctorat. Avec deux *PhD,* l'un en pharmacie et l'autre en droit, sa carrière s'était accélérée, essoufflant jusqu'à ses amies, à la fois critiques et éblouies, l'œil fixé sur l'acrobate qui n'en finissait pas de monter. « Arrête-toi, Jules, tu deviens pire qu'un mec... Pense à tes pauvres parents qui ont consacré leur vie à détruire ce système que tu perpétues... Jules, arrête de réussir... C'est décourageant à la fin... comment veux-tu qu'on te suive ? »

Mais Julia poursuivait, incapable de faire une pause, sauf pour la sacro-sainte semaine avec les copines où l'intellect continuait à carburer à cent à l'heure et où personne ne dormait sa nuit afin de rattraper les connivences perdues pendant l'année. Et s'arrangeait pour accomplir deux ou trois tâches à la fois afin de gagner ce temps précieux qu'elle aurait bien payé le prix fort si seulement ceux qui n'hésitaient pas à le gâcher pouvaient le revendre à des gens comme elle. Elle avait dicté des plaidoiries tout en conduisant, déjeuné d'un sandwich dans la salle d'attente de son gynéco, surveillé le travail de Rebecca en se passant du vernis sur les ongles de pied, filtré ses messages téléphoniques dans la salle de bains, organisé en tricotant des voyages professionnels ou ses départs pour l'Ardèche et même récapitulé certains dossiers difficiles en faisant l'amour avec Jason.

« Mais tu es un véritable ordinateur ambulant », s'était exclamée Alice, débarquant quelques années auparavant de Toulouse dans la maison cossue d'Albany et muette de stupéfaction devant l'organisation de son amie et ses carnets de rendez-vous soigneusement consignés des mois à l'avance. « Tu ne te rends pas compte, Lila, que mes clients me paient trois cents dollars de l'heure pour avoir avec moi une conversation plus anodine que les nôtres ! »

Médusée, la nonchalante Alice s'était amusée à faire des calculs établissant la dette collective des Félines pour les heures que Julia avait bien voulu passer, au cours des trente dernières années, avec elles et pour elles. La note se chiffrait à des millions de dollars. « Désolée, nous sommes insolvables, en avait-elle conclu. Ne nous demande pas de comptes : Constance vit d'un traitement de professeur, Soledad, artiste issue d'un pays en développement et longtemps réfugiée politique, a toujours caracolé au-dessous du seuil de l'impôt. Caroline dilapide tout ce qu'elle gagne et a gagné dans la presse hexagonale. Quant à moi, je me définis comme une femme entretenue par un mari regardant. C'est toi qui dois payer pour les crimes du capitalisme. Ça t'apprendra à être passée dans l'autre camp. »

Passer dans l'autre camp résumait l'histoire de la vie de Julia Kaplan-Brown (Brown étant le nom de famille de Jason), de père alsacien et de mère polonaise, tous deux juifs, faiblement pratiquants et activement communistes.

Née en France en 1943, elle avait embarqué pour les États-Unis alors qu'elle était encore une toute petite fille, et son premier souvenir d'enfance était associé au vrombissement d'une sirène de paquebot. Grandie à Brooklyn dans une des rares familles juives qui préféraient le nom de Staline à celui de Ben Gourion, elle était devenue avocate spécialiste de l'industrie pharmaceutique et gagnait en un jour ce que son artisan de père aurait rêvé de toucher en un an. De parents laïques, avec quelques nostalgies traditionnelles – ils avaient tout de même fait circoncire son frère Aaron –, elle était passée à un mari *wasp* et congrégationaliste fervent, qui avait eu plus de mal à admettre les invectives anticapitalistes de sa belle-mère que la circoncision de son beau-frère.

Installée dans le présent, Julia attribuait à ses origines historiques la hantise qu'elle avait de le gaspiller. Elle appartenait à un peuple qui n'avait pas cessé de connaître le pire, pour qui l'avenir était gros de désastres et de calamités toutes plus imprévisibles les unes que les autres, dont le passé portait l'irréfutable témoignage. Elle considérait avec Martin Buber que l'angoisse constituait l'état naturel de tous les juifs. Le contexte historique qui avait entouré les circonstances de sa naissance n'avait certainement pas peu contribué à sa propre anxiété qu'elle cachait soigneusement même à ses amies. La vision américaine du monde, avec sa foi en l'avenir, l'avait aidée à lutter contre une méfiance instinctive à l'égard de tout changement. Elle avait cinquante-cinq ans. Elle connaissait tout des cinq premières décennies de la vie dont elle avait essayé de tirer la substance jusqu'à l'usure. Néanmoins, la perspective des trois ou quatre peut-être à venir la perturbait. Elle craignait toujours de les considérer plutôt comme des dégringolades que comme des étapes stimulantes.

La démystification du communisme parental avait représenté l'une des deux expériences à travers lesquelles le réel avait révélé sa face hideuse dissimulée derrière la rhétorique de l'ingénuité. Que son père et sa mère, déjà victimes historiques par leur appartenance ethnique – elle ne disait pas religieuse car ils ne se définissaient pas par leur religion –, aient pu collaborer en toute bonne foi à l'autre monstruosité du siècle avait paru, paraissait encore en partie incompréhensible pour Julia. Jacob et Esther Kaplan incarnaient les êtres les plus purs et les plus dénués de perversité qu'on pût imaginer, et ils s'étaient retrouvés tour à tour boucs émissaires et collaborateurs de deux totalitarismes dont le second n'était pas le moins dangereux puisqu'il reposait sur une abominable illusion aux traits aimables...

Il fallait avoir eu des parents juifs et communistes pour comprendre ce que ressentait Julia et, aux États-Unis, ils ne pullulaient pas les gens dans cette situation, bien qu'une grande partie des communistes américains de cette génération soit venue comme ses parents d'une Europe troublée par les persécutions et les déportations. Dans leur petit groupe amical, Constance par ses origines arméniennes et Thibault parce qu'il avait eu comme elle des parents communistes représentaient ceux avec lesquels Julia se sentait le plus en confiance pour évoquer sa drôle de destinée, toujours entre deux identités, toujours entre deux mondes.

Elle avait grandi à Brooklyn. Thibault Clavel, dont le prénom d'origine qu'il exécrait était Henri, à Montreuil-sur-Seine. Les parents de Thibault représentaient la quintessence des Nantais garantis d'origine. Et même si ceux de Julia venaient d'Alsace et de Cracovie, la différence ne frappait pas. Henri, alias Thibault pour ses intimes, et Julia avaient tous deux passé leur enfance dans une ambiance de tracts, d'indignations, de manifestations réussies ou avortées, de vraies fausses nouvelles et de fausses vraies nouvelles. Et aucune de leurs deux mères n'avait eu le temps de les amener chez le dentiste, tant la révolution prolétarienne les absorbait au quotidien. À vingt ans, tous deux avaient la bouche en mauvais état et, par esprit de contestation, peu d'états d'âme à l'égard de la politique, du sexe et de l'argent. À cinquante ans, ils entretenaient encore leur connivence particulière dont les autres Félines, Malek et Vivien étaient parfois exclus. Seule Alice, fille de plombier et d'ascendance paysanne, partageait avec eux – non sans quelque résistance car on ne l'avait jamais fait monter sur la table à six ans pour chanter *L'Internationale* – des bribes de culture ouvrière.

En dépit de son évolution professionnelle et politique, Julia entretenait avec ses parents des rapports d'affection en grande partie nourris par l'appréhension constante qu'il leur arrive un accident. Angoisse réciproque ! Et Jacob luimême attrapait le téléphone et parlait d'une voix saccadée, lorsque Julia n'avait pu dissimuler son opération de l'appendicite ou son hystérectomie. Comme si l'épouvantable tragédie de leur petite Rachel et les terribles dangers auxquels ils avaient échappé de justesse en Europe, refoulés pendant des décennies, faisaient retour et les sensibilisaient exagérément au moindre risque. Julia avait les moyens d'entretenir Esther et Jacob Kaplan dans une coûteuse maison de retraite juive à Brooklyn, où ils passaient le plus clair de leur temps à batailler contre leurs co-pensionnaires en yiddish, en français, en polonais, en allemand et même en anglais sur le chapitre jamais refermé du marxisme-léninisme et de la lutte du prolétariat. Julia se levait à 7 heures tous les jours afin de téléphoner à sa mère, pour qui il était 10 heures du matin sur la côte Est et endurait sans broncher les sempiternelles invectives maternelles contre sa voisine, Sara Schwarzenberg, cette bourgeoise assoiffée de fourrures et de sang du peuple, qui aurait voté pour Buchanan s'il n'avait pas exprimé aussi ouvertement son antisémitisme et qui en son temps avait eu des domestiques noirs qu'elle traitait comme des esclaves.

– Ton père et moi ne resterons pas une minute de plus dans cette institution capitaliste et réactionnaire. Autant partir en Israël !

– Mais, maman, Israël aussi est un pays capitaliste ! Autant et pire qu'ici !

– Qu'à cela ne tienne ! Nous irons dans un kibboutz !

Partir en Israël avait depuis la toute petite enfance de Julia constitué l'ultime menace de ses parents afin de défier un système qui ne cessait de se conforter contre eux. Mais il y avait la question palestinienne sur laquelle ils tenaient des propos contradictoires, pris entre deux allégeances qui les sollicitaient tour à tour. Et malgré eux, ils étaient devenus d'authentiques Américains, qui ne manquaient pas de hisser leur drapeau au-dessus de leur porche tous les 4 juillet.

Décidément, Alice a raison, pensa Julia. Nous représentons la génération tampon, la génération écran à qui il incombe de s'occuper à la fois de ses parents et de ses enfants. Pour ces adolescents soixante-huitards qui avaient tant peiné à grandir, le prix de l'âge adulte avait triplé.

Julia décida de renoncer au jardin ; de toute façon, il s'était remis à pleuvoir. Il lui restait quelques minutes avant l'arrivée de Jason ; elle s'étala dans le fauteuil de cuir et relut soigneusement la missive qu'elle avait reçue la veille de son vieux complice Thibault.

* * *

Paris, le 22 octobre 1998

Mon Jules post-com(muniste),

Tu ne l'ignores pas, j'honore dans l'e-mail une invention précieuse, dont je savoure chaque jour les effets communicatifs. Il n'en demeure pas moins que rien ne remplace le petit billet, le « poulet » doux-amer façon XVIIIe siècle, la grande missive sermonneuse ou la simple correspondance amicale, entièrement abritée, par son enveloppe personnalisée, de tout regard indiscret. Le courriel est à la lettre classique ce que la camaraderie des corps de garde est au lien de Montaigne et La Boétie. Foin donc des méls tapageurs et autres messages exhibitionnistes ! J'ai cherché à te téléphoner pour retrouver nos chers dialogues, mais je suis immanquablement tombé sur Jason ou sur le répondeur. Et pardonne-moi si la conversation avec ta moitié ne remplace pas un petit échange avec la Jules de mon cœur. Bref. Je voulais partager avec toi et pour l'instant avec toi seule quelques réflexions que j'ai développées, sans en référer à quiconque, sur la disparition de Miguel.

Comme tout le monde, j'ai pendant longtemps considéré Miguel et Soledad comme les Tristan et Iseut de notre génération. Il y a en moi, comme en vous toutes, une jeune fille romantique qui rêvait d'être l'objet d'un amour fou. Miguel incarnait un irrésistible Tristan. Beau, souffrant, sans complaisance. Comme vous toutes, j'ai été amoureux de Miguel, j'ai soupiré après Miguel, j'ai souhaité devenir Soledad avant de désirer même – de façon éphémère – qu'elle se volatilise, pour la remplacer. Jusqu'à ce qu'un soir d'un certain mois d'août où vous, les Félines, passiez ensemble notre semaine en Ardèche, que j'avais manquée pour raison professionnelle, j'aie rencontré l'Incorruptible dans un mauvais lieu. Un de ces lieux où je disparais le soir après t'avoir bordée quand tu viens dormir chez moi à Paris. Quand je dis *rencontré*, c'est une façon de parler. Miguel ne m'a pas vu et j'ai moi-même été si bouleversé de le trouver là, lui qui faisait partie de mon autre monde, que je me suis enfui.

Je n'ai jamais parlé de cette rencontre à personne. Par instants, j'ai cru que j'avais fantasmé, que j'avais pris mes désirs les plus intimes pour une réalité entièrement reconstruite. Et de fait, ma vision de Miguel ou de son sosie est restée fugitive. Mais aujourd'hui j'ai la conviction que je ne me suis pas trompé et que là réside la source de l'étrange comportement de Miguel. Je ne te demande pas le secret sur cette anecdote, mais préfère que toi-même, si tu le juges nécessaire, présentes la nouvelle et ou la diffuses. Avec ton talent de grande avocate. Je m'en tiens quant à moi à mon rôle de modeste témoin à décharge et compte sur ta compréhension professionnelle et personnelle de l'ambivalence ou de la complexité des relations humaines.

Si tu étais vraiment née avec les hormones de Jules, je ne sais si j'aurais pu rester de marbre et toute ma vie ne demeurer que

Ton affectionné Titi.

* * *

Témoin ou informateur? pensa Julia avec un peu d'irritation. En voilà une non-nouvelle! Thibault aurait mieux fait de s'adresser à Caroline. Le côté fouille-merde relevait du job journalistique. Julia ne distinguait pas en quoi cette donnée pouvait peu ou prou éclairer la disparition de Miguel. Mais, en revanche, elle sentait que pour une raison ou une autre, qu'elle n'analysait pas bien elle-même, la lettre de Thibault l'avait perturbée. Qu'est-ce qui m'arrive? songea-t-elle. Aurais-je des états d'âme, moi aussi? « Ma petite, les états d'âme, ça se soigne », prononça-t-elle tout haut, paraphrasant Caroline qui citait volontiers les dialogues de l'un des films cultes des Garçons.

Julia se leva, s'approcha du bar où trônaient les dix variétés de whiskey sélectionnées par Jason, choisit le douze ans d'âge et se servit une bonne rasade. *The Summer before the Dark* l'alléchait plus que l'affaire des implants mammaires dont les méandres infinis ne traçaient pas une ligne d'intervention bien droite. Elle repoussa le volumineux dossier et opta pour le roman de Doris Lessing. Mais, d'abord, elle allait tenter d'appeler Constance ; il fallait qu'elle partage cette nouvelle avec quelqu'un. Julia calcula les trois heures de décalage et décida d'appeler Côte Est, à la maison, mais le téléphone de Constance sonna longtemps sans répondre. Elle avait dû oublier de brancher son répondeur. Julia se décida pour le fax afin d'être entendue plus vite et écrivit à la main, avec application :

* * *

FAX
Date : 31 octobre 1998
To : Professor Constance Vouillé
From : Dr Julia Kaplan-Brown
Subject : L'éternité

Chère professeure Vouillé,

Que diriez-vous s'il vous arrivait cette mésaventure survenue à l'essayiste Newton Minow : un jour, l'une de ses étudiantes lui déclare que s'il lui restait seulement une heure à vivre, elle souhaiterait la passer dans le cours de Minow. Flatté, son professeur lui demande pourquoi. « Parce qu'une heure de cours avec vous paraît toujours une éternité », répond l'étudiante.

Loin de moi l'idée de porter un jugement sur l'ambiance de tes cours, ô professeure et néanmoins amie. Mais je songe à Miguel, cherchant peut-être à l'heure des bilans un moment de qualité supérieure avant d'affronter un autre type d'éternité... Appelle-moi si tu peux. J'ai une non-nouvelle en provenance de Thibault à partager avec toi.

Côte Ouest

* * *

La sonnerie du téléphone retentit quelques minutes plus tard. Constance ? Non, Rebecca, qui appelait sa mère de New York. Sa grippe était passée mais elle se retrouvait en rouge à la banque. Est-ce que Julia pourrait la dépanner sans en référer à Daddy ? Julia soupira, sermonna et négocia tout en songeant qu'à l'âge de sa fille, c'est elle qui prêtait de l'argent à ses parents. Cette circonstance ne faisait que conforter un peu plus sa petite analyse sur les générations. L'e-mail de Constance suivit de peu.

* * *

From : Constance Vouillé <VouilleC@Loyola.edu>
To : Julia Kaplan-Brown <JKaplanB@BlumFieldKaplan.com>
Subject : L'éternité

Chère maître, pas le temps de te téléphoner. Je suis invitée à dîner à 6 heures tapantes – soit 18 heures – chez Jim Dudley, *Chair* du Département de philosophie, qui vient impunément de passer son congé sabbatique à Burgos, au pays des *tapas* à 10 heures du soir mais n'en continue pas moins de souper avec les poules. Enfin ! J'ai transigé parce que c'est Halloween !
Je suis sensible à ton éloquence mais n'en partage pas la teneur. N'oublie pas que Miguel y croyait vraiment, lui, à l'éternité et n'avait peut-être pas besoin de substitut. Mais tout indice peut et doit être retenu. Inutile de m'annoncer la non-nouvelle de Thibault. Je viens de l'avoir au téléphone (où je viens de me faire poser un signal d'appel, ce qui explique que je n'ai pas répondu au tien). En tout état de cause, je ne puis croire une minute que cette absurdité soit vraie. Thibault prend ses désirs pour des réalités...
Mais tout de même, Julie, te rappelles-tu le nom de cet ami

de Miguel que nous avions rencontré avec lui un soir de juillet sur le boulevard Saint-Germain, celui qui ressemblait à Antonin Artaud ? J'ai beau chercher, mon amnésie pré-Alzheimer me prive peu à peu de mon passé... Tu te souviendras peut-être, toi qui as quelques printemps de moins que moi. Si possible, e-maile rapidement la réponse pour que je puisse m'endormir après le dîner, probablement *fast food* mais néanmoins étouffe-chrétien, du soporifique Dudley.

Côte Est

Jeudi 12 novembre 1998

Thibault depuis quelques années possédait ses lieux à lui et ses restaurants où l'on croisait plus de jeunes mâles au crâne rasé vêtus de cuir que de longues sirènes au ventre percé d'une perle.

Vivien, arrivé le premier, aux Trois Petits Cochons, rue Tiquetonne, regretta de n'avoir pas imposé le restaurant du rendez-vous entre les Garçons. D'ailleurs, le terme qui avait toujours distingué Thibault, Malek et Vivien des Félines se justifiait d'autant moins ici qu'il n'y avait justement que des hommes, et la présence féminine qui représentait le sel de sa vie manquait à Vivien. Le restaurant d'en face, Le Loup blanc, charriait la même clientèle. On aurait dû aller à La Vieille Grille, ou même à côté au Clair de lune manger un couscous... Malek qui venait d'arriver acquiesça : « Moi, je suis pas contre, d'autant que les propriétaires sont des Kabyles. Mais on risque de vexer Thibault. »

Ce dernier arriva avec une demi-heure de retard et, contrairement à son habitude, de méchante humeur. L'idée de cette rencontre ne venait pas d'eux mais de Caroline... Tenez-nous donc un conseil pour une fois « entre hommes », leur avait-elle soufflé. Et donnez-nous des conclusions et des solutions. Mais chacun des trois prenait conscience qu'ils n'étaient pas à l'aise ensemble sans leurs sœurs siamoises.

– Surtout, concéda Malek, que nous n'en avons pas l'habitude. Nous nous voyons toujours avec elles, et sans leurs jules.

– Il faut avouer que pour leurs jules, on fait mieux, soupira Vivien, qui depuis le lointain écart avec Alice n'entretenait que des relations artificielles avec Hubert. Miguel était le seul qui valait la peine. Justement Miguel... C'est à cause de lui que nous sommes réunis en service commandé. Vous en pensez quoi, de sa petite équipée ?

– Équipée ? Je ne sais pas si le mot est vraiment bien choisi, dit Thibault. À mon avis, cette... fugue... marque un signal d'alarme, un renoncement, un redépart, un changement de vie à cent quatre-vingts degrés, enfin tout sauf une équipée.

– Expression de ras-le-bol typique après trente années d'excellence, jeta Vivien. Amant idéal, militant martyre, père dévoué, mari fidèle. On se lasse de cette perfection. Et puis toujours la même femme sur l'oreiller le matin, même s'il s'agit de l'incomparable Soledad. Il y a de quoi s'ouvrir les veines au moment de se raser la barbe. Quand il y a tant de beautés sur le marché qui ne réclament pas le centième de cette abnégation.

– Je ne suis pas d'accord avec toi, Vivien.

Malek sentit monter en lui un vieux ressentiment contre la légèreté de ces Parisiens qui se permettaient toutes les erreurs idéologiques ou amoureuses et s'en tiraient par des pirouettes ironiques et des affirmations d'irresponsabilité là où les autres s'ouvraient les veines pour de bon.

– Moi, je conçois qu'on aime la même femme toute sa vie si elle en est digne. Même si on en désire d'autres. Mais il ne s'agit pas de papillonnage extraconjugal. Miguel pouvait s'offrir quelques extras sans pour autant déserter ses quatre enfants. Pour moi, les filles accordent trop d'importance à l'aspect relationnel, sentimental ou même érotique. Et s'il est parti avec une femme, pourquoi ne pas l'avouer à la sienne comme tout le monde ? Il ne serait ni le premier ni le dernier.

« Avant tout, Miguel se définit comme un idéologue, un militant, il a cru à la révolution chilienne, il a cru qu'avec Allende il changerait le monde. Pour cela il est passé par des chemins dont on ne parle pas à ses proches... Perdre toute dignité personnelle au nom de la dignité des autres, c'est une expérience... inqualifiable, que je ne souhaite pas à mes pires ennemis. Revenir dans un Chili redevenu soi-disant respectable et démocratique et constater que personne n'en a rien à cirer du grand sacrifice qu'on a consenti suffit à déstabiliser un homme. Nul besoin d'histoires de fesses ou de cœur, ou d'états d'âme de soixante-huitard désabusé pour expliquer cette crise légitime.

Malek s'arrêta net. Les deux autres manifestement n'écoutaient pas. Il n'avait jamais ressenti à quel point ils différaient. La déferlante félinienne avait estompé, et quasiment oblitéré leurs diversités, leurs oppositions, voire leurs antipathies réciproques.

On avait oublié, après tant d'années de camaraderie idéologique et de gigantesques retrouvailles festives, que Thibault avait été amené au groupe par Julia. En réalité, ces deux-là s'étaient connus à travers le militantisme de leurs parents, idée qui faisait hurler de rire le reste de leur petit cercle, tandis que Malek avait rencontré Constance à l'époque préhistorique, même pour les Félines, des manifs pour l'indépendance de l'Algérie. L'épisode soixante-huitard avait soudain décroché Vivien et Hubert, condisciples à Sciences Po, des conventions de leur milieu et les avait rapprochés du petit cercle où irradiait Alice, la rousse Passionaria de la rue Gay-Lussac – comme disait narquoisement Hubert – au côté de la blonde Caroline, qui portait la bonne parole aux ouvriers de Billancourt.

Après 68, les Félines avaient milité pour les femmes, Thibault pour les homosexuels, Malek et Vivien pour le Tiers Monde, et ils avaient ensemble refait le monde et bercé leurs nostalgies au Soufflot, à l'angle de la rue Saint-

Jacques, café qui les réunit régulièrement jusqu'à ce que l'Amérique et la vie professionnelle les dispersent dans le désert idéologique des années 80.

Entre-temps, Malek avait été éphémèrement porté aux fonctions de ministre de son pays, mais n'avait pas su garder Barbara, Suédoise de bonne volonté qui n'avait néanmoins pas supporté les assauts de l'islam dans cette Algérie qu'ils avaient tant désirée indépendante et qui avait élevé leur fille Ingrid à Stockholm, loin de la loi coranique. Aïcha, la jeune épouse tunisienne qui l'avait remplacée, était morte d'un cancer de l'utérus à trente ans, désespérée de n'avoir pu offrir de mâle à la tribu kabyle de Malek, qui avait passé les cinq années de leur union à guetter les indices de grossesses sans cesse annoncées et dénoncées.

L'évolution de son pays avait ramené Malek à Paris où il travaillait comme chercheur à Saclay. Leur commun célibat l'avait rapproché de Vivien, devenu journaliste de terrain, encore que l'homme à femmes n'ait pas grand-chose de commun avec l'idéaliste une fois divorcé et une fois veuf, frustré dans ses pulsions familiales les plus traditionnelles mais resté fidèle aux principes de sa jeunesse incarnés par leurs bouillantes amies. Vivien enviait Malek d'être beau et de ne pas même se donner la peine d'en profiter pour mettre dans son lit les beautés les plus convoitées de France ou du Maghreb. Malek enviait Vivien d'être français de souche, de n'avoir jamais le cœur brisé et de considérer que tout lui était dû de naissance.

Quant à Thibault, qui après des études décevantes à l'École vétérinaire avait fini par réaliser son vieux rêve de travailler dans la mode, il émergeait à peine de l'enfer sidéen de la dernière décennie. Il y avait enterré deux amants et d'innombrables amis, encore ahuri de ne pas être tombé dans les rangs des décimés, retrouvant à l'ombre de la trithérapie, qui, pour beaucoup voilait encore l'inéluctable, les apparences de sa légèreté d'autrefois, reprenant goût à la vie, à la fête avec une détermination de survivant. Mais l'épreuve avait creusé un fossé entre lui et les deux autres Garçons, que le sujet embarrassait, tandis que les Félines, plus attentives ou plus affectueuses, avaient traversé avec lui les épisodes tragiques de cette lente agonie de tout un groupe.

La disparition de Miguel creusait encore les différences. Et Thibault ne parvenait pas à écouter Malek. Il sentait simplement que Malek s'identifiait à la déception et au désespoir politiques présumés de Miguel. Le Chilien et le Kabyle s'étaient-ils communiqué sur leurs douloureuses expériences des sentiments et des secrets qui n'appartenaient qu'à eux ? Peut-être y avait-il une sensibilité « tiers-mondiste » difficile à partager. Il faudrait qu'il en parle à Julia.

– Tu sais, s'entendit-il affirmer avec une pointe d'arrogance, Julia et moi, on a grandi dans la chaude famille communiste. C'est pas pour autant qu'on a eu envie de disparaître quand le mur de Berlin a commencé à s'effriter.

Malek ne prit pas même la peine de lui répondre, mais son visage adopta une expression de condescendance que Thibault interpréta immédiatement à sa mode. Malek se disait probablement que la chute de l'Empire soviétique pesait trop lourd pour un petit pédé comme lui. Et il n'avait peut-être pas tort. Il est vrai que le jour J, Thibault avait enterré les chimères de ses parents dans une gigantesque partouze d'avant sida. Mais qu'est-ce qui empêchait cet illuminé de Malek de penser que Miguel n'en avait pas fait autant ? À la fin du compte, pour qui il se prenait, ce Malek ? Ne lui avait-il pas révélé un jour de confidence que, en temps de dèche quand il était étudiant, il n'hésitait pas à passer à la casserole avec tout émule d'André Gide plein aux as ? « Qu'est-ce qu'il a de plus que moi, mais qu'est-ce qu'il a de plus que moi, cet enfoiré ? »

Thibault eut du mal à résister à son envie de se bagarrer. Il fit effort, pensant aux Félines, à Julia surtout, qui aurait tellement honte de lui. Lorsqu'il revint à lui, ce fut pour entendre Vivien disserter avec une précision clinique sur les difficultés grandissantes de l'érection. Les trois hommes avaient déjà éclusé pas mal de canettes de bière.

Le lendemain, Thibault se réveilla avec une colossale gueule de bois et le souvenir d'une formule unique que Vivien avait répétée toute la soirée : « Bander, bander. Tout est là. Comment veux-tu continuer à bander sans support ? Les filles cherchent toujours midi à 14 heures. Comment veux-tu le leur dire aussi crûment ? Mais le problème de Miguel, notre problème, il est là : bander. »

C'est Malek qui avait eu le mot de la fin. Toujours avec cette espèce de mépris qui avait pris Thibault à la gorge et lui avait donné envie de lui rentrer dedans :

– Dans ce cas, on peut dire à Soledad d'aller l'attendre tranquillement sur la Côte d'Azur. Il reviendra, le bien-aimé Miguel… il reviendra… avec du Viagra.

Vendredi 13 novembre 1998

De : Thibault Clavel <ThibClavel@hotmail.com>
À : Julia Kaplan-Brown <JKaplanB@BlumFieldKaplan.com>
Objet : Miguel ou la disparition – Premier bilan des Garçons

Ma Jules, comme convenu, je tiens à te faire un rapport circonstancié de notre commission spéciale, réunie, hier à partir de 22 heures au restaurant parisien Les Trois Petits Cochons. Les membres de la commission arrivés en ordre dispersé ont exprimé sur le sujet qui nous occupe des points de vue assez divers. Le camarade Malek donne à la fuite du *compañero* Miguel une signification idéologique et politique au sens large. L'évolution de la situation au Chili et son passage à la société de consommation et de marché auraient déterminé la nausée existentielle de notre ami. Revenu de tout et surtout de lui-même, il aurait décidé de repartir pour le grand large. Je ne te cache pas que cette approche me paraît bien théorique et sans rapport avec les émotions qui ont dû causer à l'origine cette pulsion de départ. Comme Vivien, je crois que l'ambiance étouffante de petite famille au quotidien dans un étroit pays en développement libéral, sur le modèle de celui où tu vis, ma Californienne, a dû déterminer une saturation à notre avis salutaire...
Là-dessus... l'étincelle... la rencontre. Qu'elle soit, comme je le crois, causée par un garçon ou, comme Vivien en est convaincu, par une jeune et même très jeune femme (cf. : Règle de Trois félinienne) ne change rien à l'affaire.

Je suis néanmoins convaincu que, en quittant Soledad pour une autre femme, Miguel ne ferait que répéter une situation dont il est fatigué. À l'inverse, changer radicalement ses choix amoureux suppose un courage de rupture auquel Miguel nous avait habitués sur d'autres plans. S'il l'a fait, il a changé de planète. Il a refait le monde encore une fois. Finalement, nous avons tous les trois débouché sur le même mot : impuissance. Qu'elle soit purement sexuelle ou en même temps intellectuelle, c'est là qu'il faut, si je puis dire, creuser. Je compte sur toi, ma Jules, toi qui seras toujours le premier garçon dans mon cœur, pour expliquer aux Félines que nos rides à nous sont peut-être extérieurement plus acceptables que les vôtres mais que celles que nous dissimulons derrière nos braguettes ne nous font pas moins souffrir.

Ton fidèle admirateur

* * *

From : Julia Kaplan-Brown <JKaplanB@BlumFieldKaplan.com>
To : Constance Vouillé <VouilleC@Loyola.edu>
Subject : Miguel ou la disparition. Rapport sur le rapport des Garçons, avec copie aux autres Félines.
cc : Caroline Pauillac <CaroPauillac@LeFigaro.fr> ; Hubert et Alice Coste <hubertcoste@PDL.fr>

Chère Côte Est,

Il y a ce matin sur la baie une brume épaisse, si épaisse que je n'aperçois ni le bout de mes escarpins (pour aller travailler) ni l'orientation de mon cœur... ni la trace du mari de notre amie. Nos hommes se sont prononcés cependant et nous renvoient au classique de Romain Gary : *Au-delà de cette limite, votre ticket n'est plus valable.* Miguel donc fait sa *mid-life crisis,* tout comme nous, mais au lieu de casser

les miroirs ou de se réfugier au fond de son lit, il rassemble les restes de sa vitalité au service d'une hypothétique personne au genre incertain (au fait, pourquoi pas un travesti ?) et abandonne les produits anciens de cette vitalité (ses enfants) pour courir les routes à la recherche de la baise retrouvée. Je lis et relis le message de mon précieux Thibault, et plus je lis, moins je comprends. Clairement, pour nos trois représentants de l'espèce masculine, malgré les précautions rhétoriques d'usage, Miguel en avait marre de sa femme de cinquante ans même si elle ne représentait plus guère (pour Malek) que le symbole d'un pays en retard d'une jeunesse et d'une révolution. Conclusion, Constance : Malheur aux vieilles.
Je n'ose aborder avec Jason ce sujet épineux, de peur que mon vieux mari n'en prenne de la graine et la poudre d'escampette (et d'autant moins aujourd'hui, vendredi 13 !)... Et après tout, maintenant que préparée, serais-je, une fois le premier moment dominé, aussi affectée que Soledad ? Il faut reconnaître que Jason et moi avons fui depuis longtemps dans nos divagations professionnelles, même s'il nous arrive de nous croiser dans la salle de bains.
Je t'avouerai aussi que, songeant aux événements cataclysmiques qui ont entraîné l'exode de mes Européens de parents vers les incertitudes d'Ellis Island dans les années 40, je ne puis m'empêcher de juger un peu trivial ce psychologisme de bazar. Du moins Miguel est-il parti librement, sans risquer l'exécution sommaire. Sachant et devinant par où il est passé au temps de la terreur pinochétiste, je ne peux imaginer qu'il ait déserté pour de telles bagatelles. Je bise ta ride première et ta deuxième rigole, celles qui t'avaient fait pleurer au 14 juillet d'il y a deux ans.

Côte Ouest

PS. Je viens de découvrir une femme épatante, ma nouvelle partenaire de tennis, qui serait digne d'être admise sans examen préliminaire dans le cercle des Félines. Elle s'appelle Deborah.

* * *

From : Constance Vouillé <VouilleC@Loyola.edu>
To : Caroline Pauillac <CaroPauillac@LeFigaro.fr>
cc : Julia Kaplan-Brown <JKaplanB@BlumFieldKaplan.com> ; Alice Coste <hubertcoste@PDL.fr>
Subject : Commentaire des deux côtes sur les trois Adams

Fuis loin de moi, ô cinquantaine exécrée. Caroline, si tu veux en croire tes aînées par l'âge et l'expérience, toutes fraîches émoulues du rapport de la commission spéciale des bonshommes, débrouille-toi pour éviter, contourner, retourner tes cinquante ans. Nos mères se montraient sages qui n'avouaient jamais leur âge. La tête sur le billot, Caro, ne confesse jamais. La vérité. Quelle vérité ? La vérité, Caro : nous n'avons jamais cessé d'avoir seize ans, et une maudite vieillarde de sorcière nous a punies de notre péché de jeunesse en nous forçant à lui ressembler pour toujours. Il paraît que les cinquante ans de Soledad ont repoussé Miguel de l'océan à la cordillère et de la cordillère à l'océan, puis toujours plus au sud, jusqu'aux confins du monde, et qu'il expie en Patagonie ou ailleurs notre péché capital d'avoir vieilli. Caroline, agis. Tu es jeune, plus que nous, de mois et même d'années – et Dieu merci, on vient de l'apprendre, en bonne santé. Les Félines déjà de l'autre côté te le demandent à genoux : ne passe pas le pas. Cette année on ne célèbre pas ton anniversaire... on fait silence... Il ne faut pas t'inquiéter, on te fera quand même des cadeaux... des tonnes... et même si tu veux on se cotisera pour t'offrir le petit Saint Laurent qu'on t'a refusé pour tes quarante ans, mais un autre jour, celui de ta patronne sainte Caroline, comme dans la vieille France traditionnelle. Et à la prochaine manif pour la libération des quinqua, on scandera : « Il est interdit d'avoir cinquante ans. »

Bien à toi, jeune Féline,
Celle qui ne mérite plus de porter le nom de Constance

P.-S. Rappel en guise de consolation pour Félines à la mémoire tremblotante : nos contemporaines ex-reines de beauté ne sont pas épargnées : Raquel Welsh, Julie Andrews et Sophia Loren sont plus vieilles que nous. Elleen Burstyn a déclaré qu'à Hollywood les rôles principaux sont réservés aux adolescentes et aux femmes de trente, quarante ans. À cinquante ans, on joue les mamies, quitte à se vieillir s'il le faut. Et Sally Field qui était la partenaire de Tom Hanks à ses débuts joue le rôle de sa mère dans *Forrest Gump* !
À méditer !

* * *

De : Caroline Pauillac <CaroPauillac@LeFigaro.fr>
À : Constance Vouillé <VouilleC@Loyola.edu> ; Julia Kaplan-Brown <JKaplanB@BlumFieldKaplan.com> ; Alice Coste <hubertcoste@PDL.fr>
Objet : Aux Félines détraquées, vivement retour à la santé

Mes bien bonnes, si c'est la cinquantaine et ses suites qui vous tournent ainsi la tête, je vous trouve effectivement de plus en plus égarées et inquiétantes. J'ai lu et relu tous les messages échangés, avec copies, depuis à peu près deux heures (grâce à la rapidité informatique qui n'existait pas en notre antique jeunesse !). Même si nos Adams n'ont pas trouvé aux Trois Petits Cochons de grande révélation, du moins ont-ils tenté, avec tout le sérieux dont sont capables, dans les domaines de la sensibilité et des états d'âme

– spécialité qui n'est pas la leur –, les représentants de leur espèce, d'apporter une contribution originale au problème qui nous est soumis. Quant à vous, je constate que le premier mot, mal interprété, vous fait perdre les pédales et l'esprit de finesse – que vous êtes censées posséder – en même temps que l'esprit de géométrie, auquel vous prétendez depuis peu. Secouez-vous les griffes, les Félines. Je vous trouve bien mollassonnes depuis le départ de Miguel. Pensez aux grands modèles : Diane de Poitiers, George Sand, Catherine Deneuve et Mme Yourcenar octogénaire s'envoyant en l'air (je parle bien entendu de l'espace où opèrent les avions long-courriers, pour le reste il n'y a rien de sûr) avec un éphèbe de trente ans.
Mon diagnostic sous forme de question. Que cherchons-nous exactement ? Retrouver le compagnon et mari de notre amie ou revenir à notre adolescence ? La confusion me paraît régner dans les rangs. Je propose que nous passions effectivement à l'action et, plutôt que de nous répandre en jérémiades doloristes sur la perte de notre jeunesse (qui pour la plupart d'entre nous ne s'avère pas si géniale que ça), que nous cherchions vraiment Miguel. Une fois que nous l'aurons retrouvé en chair et en os, posons-lui la question de savoir pourquoi il est parti. Démarche plus simple que de se perdre en conjectures. Je m'étonne que nos deux « Américaines » d'ordinaire si portées sur les solutions pragmatiques n'y aient pas pensé avant moi, pourtant écrasée à Paris sous le flot de rhétorique qui s'exprime à propos de tout et de rien.
Vous propose donc questionnaire simple à options multiples pour résoudre problème de localisation géographique :

Miguel est-il
1) Demeuré caché à Santiago du Chili, dans la rue voisine de chez lui, pourquoi pas, avec la « personne » (genre à déterminer) avec laquelle il s'est « enfui » ?

2) Resté au Chili dans des lieux qu'il nous reste à découvrir ?
3) Revenu en France, terre d'exil mais aussi d'asile, et dont il maîtrise la langue et la culture ? Dans ce cas, le plus facile, j'enquête de suite.
4) Envolé dans n'importe quelle partie de la planète : syndrome moins gérable de l'aiguille dans la meule de foin ? (N'avait-il pas un cousin à Zanzibar ?)

Je n'envisage pas que notre traître bien-aimé se soit embarqué pour l'autre monde. Ça se saurait... et si je ne confonds ni ne projette, il avait survécu à l'enfer aussi parce qu'il aimait bien trop la vie.

Je ne vous embrasse pas, apathiques Félines, je vous engueule. Qu'en pense la Toulousaine qui ne s'est pas encore exprimée ? Lila, la parole est à toi.

* * *

De : Alice Coste <hubertcoste@PDL.fr>
À : Caroline Pauillac <CaroPauillac@LeFigaro.fr> ; Julia Kaplan-Brown <JKaplanB@BlumFieldKaplan.com> ; Constance Vouillé <VouilleC@Loyola.edu>
Objet : Il est bien fini le temps de Lila

Je vous écris de la ville rose, bien que la couleur de mes sentiments tourne plutôt sur le gris et qu'en bon anglais j'aie le blues. Je n'arrive plus à suivre Caroline, trop dynamique pour moi, dans ses élucubrations volontaristes. (Ou s'agirait-il indirectement de l'action sournoise du Prozac ?) Je retiens seulement que Miguel a quitté Soledad, qu'Hubert ne cesse de me faire porter des cornes dans le bon vieux sens bourgeois, en attendant de partir lui aussi avec la plus fraîche de son harem, et que vos combats féministes d'il y a vingt ans n'ont fait que libérer les hommes de toute culpabilité, c'est-à-dire de tout respect à notre égard. Vous avez eu beau vous démener pour l'égalité en tout, vous n'avez pas changé d'un iota l'horloge biologique qui vous rattrape et vous fait payer les galipettes d'antan. Si je dis vous, c'est que, bien qu'ayant partagé vos illusions et votre militantisme, j'ai géré ma vie à peu près comme ma grand-mère Fernande et que je me retrouve ménagère de plus de cinquante ans, c'est-à-dire même pas digne d'être considérée comme un bon gibier pour les publicitaires de tout poil. Quant aux galipettes, j'ai eu la bêtise de ne pas les pratiquer en temps et heure. Maintenant, trop tard ! Je n'ai pas même de souvenirs érotiques.

J'ai honte pour Soledad de la légèreté avec laquelle vous traitez son drame et je vous demande à l'avenir de m'épargner vos facéties. Dans cette histoire, il y a un mot qui n'est jamais prononcé, un non-dit – comme dirait ma belle-sœur psy – qui s'appelle les enfants. Ce n'est pas son épouse que Miguel a abandonnée sans un mot d'explication. Ce sont ses quatre enfants. Quatre êtres humains qui seront marqués à vie parce que le monstre d'égoïsme qui les a conçus et voulus a décidé un beau matin qu'il était las de s'en occuper. Pardonnez-moi mais si notre échange continue sur ce ton, je me retire de la course et du courrier électronique, trop moderne pour ma nature archaïque. Vous m'aviez habituée à plus de délicatesse et plus de sérieux dans l'analyse. Je quitte le bateau. Ce débarquement, sans rapport avec des disparitions d'un autre type, m'évitera de passer une fois de plus par l'ordinateur d'Hubert, l'e-mail d'Hubert, le nom d'Hubert et la censure d'Hubert. (Et je pèse d'autant plus mes mots que je sais pertinemment que, comme *toujours,* Hubert lira ce dernier message à vous adressé.) En bon français, les copines, désormais, lâchez-moi les baskets. Je ne peux apporter d'aide à personne, pas même à moi-même.

Alice

VENDREDI 13 NOVEMBRE 1998

* * *

TÉLÉCOPIE
À l'attention de : Alice Depreux Coste
De la part de : Caroline Pauillac
Objet : Refus de démission

Féline démissionnaire, la démission ne figure pas dans notre constitution. Contrairement aux académiciens, sommes vraiment envers et contre tout félines Immortelles. Sollicite Lexomil de ton médecin traitant et viens me chercher, avec ou sans Hubert, au TGV de Bordeaux, arrivée 21 heures vendredi soir. Cette fois je ne t'engueule pas, je t'embrasse.

Ah mais !

Caro

Jeudi 26 novembre 1998

Jueves 26 de noviembre

Querida Constance...

Un courrier d'Alice me fait comprendre que vous vous êtes mises sur le pied de guerre pour me porter secours. Dommage que je ne dispose ni d'ordinateur, ni *a fortiori* d'Internet, ni du fameux e-mail qui vous permet de communiquer en quarts de seconde. Nous étions sur le point d'en acquérir un lorsque Miguel est parti. À présent, plus question, même si Rodrigo et sa sœur me harcèlent pour en acheter un. Et j'avoue que je préfère encore en un sens écrire de vraies lettres à l'ancienne à l'image de ma situation et de mon humeur, similaires à la pluie et à la pollution de notre ville aujourd'hui, dans ce printemps austral bien mal commencé...

Pardonne-moi, *querida,* si je fais des fautes ; il y a bien longtemps que je n'ai plus écrit ni même parlé en français. Avec Miguel, il nous arrivait régulièrement de le faire pour ne pas perdre les bénéfices de notre séjour parisien, mais à présent je n'ai plus personne avec qui échanger dans votre langue. Tu sais, le Chili est vraiment le bout du monde. Je ne m'en rendais pas compte autrefois. Vu depuis l'exil, il m'apparaissait au contraire comme le centre, le cœur qui battait, loin de nous mais toujours en nous. À notre retour avec Miguel, il était redevenu le cocon de mon enfance, le lieu où s'était noué le fil qui me retenait attachée à mon père. Mais à présent mon père et Miguel ont tous les deux déserté et je ne sais pas ce qui est le pire, de la mort physique de l'un ou de l'absence volontaire de l'autre. Dans l'un et l'autre cas, ils se sont évanouis sans explication, sans que je puisse *despedirme,* mot de notre langue sans équivalent dans la tienne, qui signifie quelque chose comme dire au revoir, prendre congé. Tout artificielles qu'elles puissent être, ces « cérémonies des adieux » me manquent. Je ne peux même pas me mettre en deuil de Miguel.

Et pourtant ce deuil, impossible à entamer au présent, se fait néanmoins sur d'autres temps. Celui du futur et celui du passé. L'avenir, je ne le passerai donc pas avec Miguel. « Nous vieillirons ensemble », cette formule idiote que je vous rabâchais lorsque vous me taquiniez gentiment sur ma dévotion à Miguel, je comprends aujourd'hui qu'elle doit perdre pour moi toute espèce de sens. (Et pourtant au moment même où je l'écris, je ne suis pas convaincue qu'elle soit plus juste que son contraire...) Nous ne vieillirons donc pas ensemble, pas même comme ma mère a vieilli avec mon père, c'est-à-dire en soignant ses douleurs, en lui faisant ses piqûres, en le veillant la nuit, en acceptant sa fureur devant la dégradation, et à la fin en le changeant cinq fois par jour tandis qu'il ne la reconnaissait plus.

Quant au passé, par la fuite de Miguel – puisque je ne puis donner d'autre nom à cette incompréhensible désertion –, il a été dépossédé des certitudes que lui conférait ma foi en Miguel. Le passé se révèle imposture. En partant comme un voleur, Miguel l'a tué, car il ne l'a pas non plus emporté avec lui. Pas un geste, pas un mot d'amour dont le souvenir ne me paraisse suspect. J'ai des rêves terribles où Miguel revient sous l'identité de l'un de ses tortionnaires – bien qu'il m'en ait si peu parlé –, mais je sais dans le rêve qu'il s'agit de cet être cagoulé qui l'a tourmenté pendant des semaines et met le feu à notre petite maison. Hier, je me suis réveillée en sueur, hurlant de ne pouvoir arracher aux flammes le berceau de ma petite Maya.

Mes proches se relaient auprès de moi comme une malade. Ma mère m'a empêchée de jeter dans la cheminée les lettres d'amour et les poèmes de Miguel. Mon amie de collège, Leonor, m'a tenu un discours socioculturel que tu aurais sans doute, ma Constance, apprécié plus que moi. Il paraît que l'absence des pères représente l'un des maux cachés de notre pays, qu'il naît au Chili près de 60 % d'enfants naturels dont les pères ne s'occupent jamais. D'après elle, nous assumons l'héritage inconscient des Indiennes, dont le sang – à notre insu – coule en nous et qui élevaient sans le soutien du père leurs enfants. Descendantes lointaines de la mythique Malinche, nous continuons à expier la trahison de cette Indienne qui livra son peuple à Cortés, paradigme de l'homme blanc macho. Moi qui ai toujours assumé notre métissage, je ne puis souscrire à ce causalisme culturel, à ce déterminisme des gènes. Et mon Miguel était si différent des Chiliens moyens, lui qui voulait porter sur son dos tout le malheur du monde...

Tu vois ce qui m'arrive dès qu'on ne me surveille pas. Je ne suis qu'une lâche, Constance, incapable de faire face, incapable de prendre sur moi. Vous avez toutes cependant vécu seules, vous les Félines, et je ne vous ai entendu gémir que sur le ton de la plaisanterie. Comment faites-vous, comment avez-vous fait pour continuer à resplendir sans l'étincelle d'un regard d'homme, d'un homme aimant, d'un homme qu'on croit aimant ? Pardonne-moi de décevoir toutes vos attentes. Je crois que je ne pourrai pas, Constance. Je n'aurai pas la force. Mais réponds-moi... J'ai tant de confiance en toi. Il me semble que si quelqu'un possède les réponses, c'est bien toi.

Cariños...

Soledad

P.-S. Merci de vous intéresser à mes ressources matérielles. Pour l'instant, un ami de Miguel et une cousine riche m'ont assuré le complément dont j'avais besoin pour nourrir les enfants. Je songe à utiliser mes connaissances en architecture – même si je n'ai pas fini l'École – et mon séjour aux Beaux-Arts de Santiago pour faire du paysagisme. Dans le Chili consommateur et libéral de l'après-dictature, il y a beaucoup de nouveaux riches qui font faire ou refaire leurs demeures. C'est le seul projet nouveau qui ne me donne pas envie de rester au lit pour toujours. Et – j'allais oublier – j'ai été recontactée au sujet de mes macramés géants par un groupe d'artistes de l'île de Chiloé, au sud de notre pays. Un projet ambitieux, qui déplaisait bien à Miguel, et dont je vous reparlerai peut-être.

Lundi 30 novembre 1998

Constance traverse le campus en froissant entre ses doigts la lettre de Soledad qu'elle vient de découvrir dans son casier et de parcourir. Cet après-midi d'automne est ensoleillé, presque estival malgré la lumière basse, annonciatrice des prochains frimas. Un retour d'été indien, rare en novembre, après les festivités de *Thanksgiving* où d'ordinaire on allume les premiers feux de cheminée. Décidément, les climats de la planète se détraquaient et par un avatar de la mondialisation, l'automne septentrional finissait par ressembler au printemps austral, d'où émanait la missive chilienne. Rien à voir cependant avec la canicule de cette mémorable rentrée d'il y a un peu plus de huit ans.

Constance se revoit encore en ce lointain mois d'août, après son premier cours, sur le chemin de la bibliothèque. Comme aujourd'hui. Mais il régnait alors une chaleur épaisse, poisseuse, imprégnée d'eau sur fond de ciel gris. Un de ces *dog days,* journées de chien, caractérisant dans le district de Columbia l'obstruction du soleil par l'excès d'humidité, avec des températures qui montaient en plein midi jusqu'aux cent degrés Fahrenheit... Contrairement à aujourd'hui, ce jour-là, Constance était toute trempée de sueur lorsqu'elle avait pénétré dans la bâtisse de verre et de béton climatisée, et elle avait reçu de plein fouet les effets de la température glaciale qui régnait à l'intérieur. C'était toujours ainsi par temps de grosse chaleur. Il faisait plus froid à l'intérieur qu'en plein hiver et ces douches écossaises se révélaient désastreuses pour la santé – ce qui explique que certains délicats s'enroulent un foulard autour du cou – aussi bien que pour l'équilibre thermique. Mais ce jour-là, à son insu, un autre déséquilibre bien plus blessant la menaçait sous la forme d'un aimable Cupidon tendant son arc. À quoi lui sert-il de savoir maintenant ce qui la guettait alors puisqu'il lui aurait été impossible de l'éviter ?

Un étudiant la salua, dont elle aurait été incapable de retrouver ni le nom ni dans quelles circonstances elle avait été amenée à s'occuper de lui. Chaque année, ils lui paraissaient plus jeunes, signe irréfutable de son propre déclin. Soudain, elle crut reconnaître, comme ce jour-là, d'il y a huit ans, une écharpe verte, une démarche rapide, un peu saccadée. Azad ! Bien sûr que ce garçon ne pouvait pas être Azad. Il ne cherchait plus de livres sur les étagères de la Lindsay Library depuis une bonne demi-douzaine d'années. La politique l'avait happé et avait su, elle, le retenir, dans une de ces républiques de l'ancien Empire soviétique, à mille lieues du siège de la Maison-Blanche. De toute façon, l'écharpe, dans la bibliothèque chauffée de novembre, n'était qu'un mirage, tout comme Azad ou plutôt le souvenir d'Azad, ou plus encore le souvenir de l'amour d'Azad.

En arrivant dans son antre, petit bureau-cellule dénommé *carel* en langue locale, qui lui était attribué à l'intérieur de la bibliothèque, à proximité des rayonnages et dans l'odeur familière des livres, Constance se remit à lire la lettre de Soledad, encore troublée par la chimère de l'écharpe verte qu'Azad enroulait toujours trois fois autour de son cou et refusait de quitter quel que soit le climat ambiant. Constance avait du mal à lire Soledad, sans absurdement imaginer Miguel, dont la lettre était pleine, sous les traits d'Azad. Elle ouvrit le tiroir du petit bureau et en sortit l'unique photo qu'elle avait conservée d'Azad et d'elle-même, prise par un passant complaisant, au coin de Washington Mews, dans le Village new-yorkais.

Dans son portefeuille, elle conservait également une demi-douzaine d'autres photos, la plupart de Fabrice ou des Félines et des Garçons. Miguel ne figurait que sur celle du bataillon entier et, même à travers la vieille loupe, ses traits restaient flous. Tout de même, elle observait pour la première fois une ressemblance entre Azad et le mari de Soledad, dans la forme des yeux légèrement bridés peut-être ou dans les pommettes et la fermeté de la mâchoire. À moins que ces caractères vaguement asiatiques ne soient qu'un nouveau mirage ? Miguel avait les yeux bleu-violet, « l'homme aux deux myosotis », comme se plaisait à le dénommer improprement Caroline. Ceux d'Azad étaient verts, verts comme certain étang solognot frangé de sable noir où Constance avait joué enfant... pour qu'on s'y noie... Elle se remit à sa lecture, gênée par la confusion des représentations entre les deux hommes et, peu à peu, les mots indéchiffrables qu'une écriture étrangère et perturbée avait jetés comme des cris – elle n'était plus habituée aux taches d'encre et aux ratures – se mirent à prendre sens, et Constance sentit déferler en elle une espèce de compassion sans limites pour Soledad qu'elle savait n'être qu'attendrissement détourné sur elle-même.

Elle décida de répondre à son amie à la main comme autrefois et peina au début avec son stylo-bille à l'encre décolorée, sur cette feuille qui n'avait plus été blanche pour elle depuis... depuis qu'Azad s'était tellement moqué d'elle et de son académisme antédiluvien qu'elle s'était acheté un Macintosh qui coexistait avec une machine à écrire de l'époque de transition.

Elle avait connu Azad « bibliquement », comme disait Alice, pendant six mois et quatre nuits, pas une minute de plus, avant qu'il ne la plaque avec quelques réserves. Soledad avait partagé les nuits de Miguel pendant vingt ans, avant d'être abandonnée sans autre forme de procès. Miguel... Azad. La main de Constance se mit à courir sans retenue sur le papier. Elle retrouvait le même appétit de mots que lorsqu'elle les jetait à seize ans sur son journal intime ou lorsqu'elle les organisait en guirlandes d'amour pour célébrer les mains puissantes, la voix de soie, l'odeur poivrée de son amant. Azad.

* * *

Curieusement, j'avais le même âge que toi, Soledad, quand ce chagrin d'amour inattendu, presque inespéré, m'est tombé dessus. Peut-être ai-je tort de généraliser. Peut-être que le départ de Miguel n'a rien à voir avec la rupture d'Azad. Et n'oublions pas, n'oublie pas, que ce n'est pas toi que Miguel a quittée, qu'il est parti vers quelque chose que nous ignorons, pour une raison que nous ignorons. Le cas d'Azad me paraît plus simple. Il me l'a fait savoir avec toute la candeur et la férocité d'un être qui se voulait transparent et refusait de reconnaître, dans sa façon brutale d'administrer la vérité, l'expression sournoise d'une perversité. J'avais cinquante ans. Si j'en avais eu trente ou quarante, j'aurais réagi, je me serais vengée, j'aurais refoulé mes larmes sous un maquillage conquérant. Tu te souviens lorsque Caro clamait tous azimuts : « Un de lâché, quinze à mes pieds... », avant de partir en Inde avec un chef d'entreprise pour se venger de Thierry, dont l'épouse attendait son deuxième enfant. C'était il y a dix ans à peine et nous n'avions que quarante ans et quelques.

Azad a fait irruption dans ma vie et dans ma classe il y a un peu plus de huit années. Huit ans seulement et huit ans déjà. Je me le rappelle avec une précision teintée de zones de flou. Lindsay salle 206 b, presque exactement à deux étages sous l'espace que j'occupe en t'écrivant. J'étais assise comme d'habitude sur le bureau et je commentais une brève bibliographie sur *La Femme de trente ans* de Balzac. Il a poussé la porte de la salle de cours qui émettait une sorte de grincement quand on la maniait avec trop de lenteur.

– Pardonnez mon retard, madame. Je suis inscrit dans votre cours. Mais je n'ai pas pu assister à la première séance.

Il avait l'air un peu moins jeune que la plupart des autres étudiants, en dehors de Gladys, qui avait largement dépassé les soixante-dix ans et entreprenait avec enthousiasme ses études de doctorat en littérature française, spécialité *Women Studies*. Brun, le regard vert Nil plutôt profond qu'aigu, de hautes pommettes, un peu trapu, avec des mains trop larges, qu'il essayait maladroitement d'inscrire dans le mouvement de son corps mais qui lui échappaient.

Il s'est assis, à l'étroit sur ce pupitre, coincé comme un enfant puni, et le reste des deux heures il m'a écoutée avec attention parler de la représentation de l'âge et de l'espérance de vie vers 1820.

À la fin du séminaire, il s'est présenté. Il s'appelait Azad Kechtourian. Le nom m'a arrêtée.

– Tiens ! Vous êtes arménien ? Moi aussi.

Ici je m'arrête aussi, Soledad, car je ne sais plus si je t'ai jamais mentionné que j'étais d'origine arménienne. Je m'appelle Constance Vouillé depuis si longtemps que j'en ai oublié être née Alecian. Même à vous mes Félines qui êtes pour moi plus que des sœurs, je m'avise que je n'en ai pas ou peu parlé. La question des racines – sur laquelle on se complaît aujourd'hui – comptait si peu en notre jeunesse, qu'elles fussent sociales, raciales ou géographiques. Et c'est tout récemment que j'ai pris conscience que Caroline s'appelait de Pauillac et pas Pauillac et que sa mère était comtesse, ou que la grand-mère d'Alice, ancienne bonne à Quimper et femme de pêcheur, élevait des cochons près de Douarnenez, ou que Julia était juive.

Signe de jeunesse ? La nôtre en tout cas. Nous nous retrouvions d'abord autour de ce qui nous unissait. Pendant des années, nous avons agité des idées, des idéologies, des concepts et des pratiques qui dans notre esprit devaient y correspondre. Nous croyions habiter dans le présent, inconscientes que chaque instant vécu se métamorphosait immédiatement en passé ; que le futur représentait à peine un vœu pieux que nous projetions dans la réalité, comme si nous en étions les maîtresses. Officiellement, seul cet avenir comptait, et le passé n'existait que pour être dénoncé pour ses turpitudes.

Dans nos sujets de conversation, nous n'abordions jamais celui de nos origines. Quand nous ne refaisions pas radicalement le monde, nous parlions des hommes en général et de quelques hommes en particulier, les officiels, nos maris et compagnons de longue durée, nos copains chéris, Thibault, Vivien et Malek, et les amants de rencontre, dont l'époque d'avant-sida était prodigue, au moins pour quelques-unes d'entre nous. Nous parlions gynécologie, règles difficiles, pilules, préservatifs, maternités, avortements, maladies, orgasmes, en termes assez crus. Nous parlions des autres femmes, celles qui ne faisaient pas partie du clan et dont les histoires nous passionnaient toujours à titre exemplaire. Nous parlions parfois de nos enfants – réels ou virtuels – pour démontrer qu'ils avaient droit à un autre destin dans la société de demain.

Miguel et toi-même, vous vous êtes intégrés à notre groupe, avant tout sous l'étiquette de réfugiés politiques, victimes idéologiques de la terreur totalitaire qui nous inspirait le plus d'aversion. Vous nous apparaissiez comme citoyens d'un pays sur lequel nous ne savions pas grand-chose sauf qu'il venait de passer successivement du socialisme au fascisme, et il faut admettre que votre mal du pays nous échappait un peu, sauf à Julia peut-être, qui le connaissait de mémoire enfantine. Quant à moi, ayant dissimulé mon arménité sous l'identité de Guillaume Vouillé, je n'ai su ce que voulait dire ce mot qu'en arrivant sur le sol américain.

Je fais ce long détour pour t'expliquer pourquoi certain

trouble s'est emparé de moi lorsque Azad m'a répliqué la première fois.

– Oui. Je savais que vous étiez arménienne. C'est ce qui m'a donné envie de m'inscrire à votre cours.

J'ai été partagée entre l'émotion et l'irritation qu'il n'ait pas suivi mon cours par intérêt intellectuel ou parce qu'il avait bonne réputation. J'ai donc répondu assez sèchement :

– C'est une motivation infantile pour un choix académique. Vous risquez d'être déçu.

Je ne mesurais pas la portée prophétique de mes paroles. Mais j'ai compris immédiatement que le mot l'avait blessé.

– Je ne suis pas encore certain de le suivre. J'ai encore une semaine pour me décider.

C'était dit avec une impertinence – rare chez nos étudiants – que j'ai jugée inacceptable. Je trouve déjà assez humiliant pour un professeur d'accepter cette période de *shopping* dans les universités américaines, où les étudiants ont le droit, avant de s'inscrire définitivement, d'assister aux premiers cours afin de jauger la tête du prof, pour accepter qu'ils en remettent dans le chantage.

Décidément, je l'avais souvent constaté : les Arméniens se croient tout permis. Ma tante Naïri qui passait dans la famille pour une indomptable m'avait bien prévenue dans ma jeunesse : « N'épouse jamais un Arménien. Ce sont des hommes insupportables. » J'ai bien résolu que celui-là aurait beau jouer avec câlinerie de ses yeux couleur de la malachite que Miguel t'avait offerte pour la naissance de Matilde, je n'allais pas me laisser subjuguer.

– Faites ce que vous voulez. Vous êtes libre. Mais je vous demande d'avoir l'élémentaire courtoisie de me prévenir quand vous aurez pris votre décision. Vous êtes dans une université, pas au supermarché.

Et, avant de s'en aller pour toujours de ma vie, il est resté dans mon cours ce semestre-là.

Les grands-parents d'Azad avaient émigré en France, après le génocide de 1917. C'est en France qu'il avait été à l'école et qu'il avait intégré les premiers rudiments de sa vision du monde. Vers 1964 – il avait quatorze ans –, la famille s'était déplacée aux États-Unis. Il s'y était adapté, avait fait des études de business, travaillé dans le marketing, gagné de l'argent. À trente-neuf ans, il avait réalisé le rêve américain de ses parents et épuisé les plaisirs étroits de la consommation. Il revenait à la littérature, ses premières amours.

Ses premières amours. Il a dit cela en me regardant, Soledad, droit dans les yeux. Et j'ai frémi soudain, comme autrefois quand une rencontre nouvelle me donnait des envies irrépressibles de séduire, quel qu'en pût être le prix. Séduire. Le mot s'inscrivait en creux depuis quelque temps dans mon vocabulaire. L'Amérique me paraissait le cimetière de la séduction. Et j'allais avoir cinquante ans dans une semaine. Que pouvais-je attendre désormais de ce joli vocable qui avait occupé ma vie pendant trente-cinq ans : séduire...

Kechtourian surveillait mes réactions, tout en me parlant de sa passion pour la littérature. L'arménienne d'abord. J'en ignorais jusqu'aux classiques : les œuvres d'Abovian et de Raffi, remplies des souffrances et des luttes du peuple arménien (je les ai lues depuis). La littérature renfermait pour lui des possibilités d'expression illimitées. Qu'avait-on besoin d'histoire, de sociologie, de peinture ou de philosophie, quand on disposait de l'épopée, de la poésie, du roman, du théâtre ? La littérature, comme une femme, ouvrait tout le champ du réel et ne demandait qu'à être « déflorée ». Oui, Azad a utilisé ce terme incongru, déplacé d'un autre champ sémantique, et le mot est venu me caresser comme s'il s'adressait vraiment à moi et que je sois restée l'adolescente qui venait parler avec Jean-Jacques au Pavillon d'Ermenonville.

Je lui ai demandé si lui-même écrivait, s'il lui arrivait de s'exprimer par la littérature.

– Jamais, a-t-il répondu froidement. Je suis un lecteur. Un lecteur éperdu. Je n'oserais jamais prétendre à faire de la littérature moi-même. J'ai trop de respect pour elle.

Ainsi a commencé notre liaison. L'Amérique du « politiquement correct » voit d'un mauvais œil toute relation entre étudiant et professeur où ce dernier pourrait utiliser sa situation de supériorité pour faire pression et « harceler ». Le principe s'applique aux femmes, quand elles occupent une position d'autorité, presque autant qu'aux hommes. J'avais cinquante ans, Azad trente-huit et demi. J'étais professeur vedette dans mon université et jouissais d'une certaine notoriété dans le monde professionnel extérieur, Azad était considéré comme un étudiant attardé, certes talentueux et prometteur mais subalterne dans la hiérarchie académique, qui aux États-Unis reste rigide malgré la mobilité. Nous devions nous tenir à distance respectueuse.

Or, comme l'ont cent fois répété Caroline et Julia, la passion ne s'accommode pas du respect, et les tempes grisonnantes d'une érudite distinguée ne lui ont jamais apporté grand secours dans la joute amoureuse. Azad ne tolérait pas que l'on me rende hommage. Chaque succès professionnel même modeste me faisait descendre d'un cran dans son amour et, à ses yeux, creusait sur mon visage un outrage supplémentaire. J'avais beau teindre mes cheveux et rire comme une jeune fille, je ne trompais personne et surtout pas lui. Le jour où il s'est fait étendre à ses oraux de doctorat qu'il n'avait pas pris au sérieux (« j'ai mieux à te faire l'amour qu'à étudier toute la nuit ! »), j'ai compris que le gouffre venait de s'ouvrir. J'aggravai mon cas en protestant que je n'y étais pour rien puisqu'il avait passé l'examen avec deux de mes collègues (il savait bien que ces deux-là me haïssaient). La toute jeune république d'Arménie avait besoin de lui plus que moi. Lui non plus ne m'a pas vraiment dit au revoir. Si...

* * *

Une collègue qui frappait à la porte interrompit Constance en lui demandant une référence bibliographique. Celle-ci lui signifia qu'elle n'avait aucune envie de bavarder et relut le début de sa lettre à Soledad avant de continuer.

Mais à la relecture, la maladresse de sa démarche lui apparut clairement. Au lieu de porter consolation à son amie qui appelait à l'aide, elle se racontait, gémissait sur une vieille liaison révolue depuis des lustres. Jolie manière de répondre à une femme qui espère encore le retour du mari prodigue que de lui narrer avec luxe de détails sa propre histoire, sa lamentable histoire de femme abandonnée.

Qui de Soledad ou de Constance avait aujourd'hui besoin de l'autre ? Et Constance savait par expérience que plus celle des autres s'avère semblable ou parallèle à la sienne et moins on s'y intéresse. Chacun, chacune veut avoir le sentiment de vivre une histoire singulière, unique. De fait, qu'y avait-il de commun entre le destin de Soledad et le destin de Constance ? Un Miguel et un Azad. Soit deux mondes ! Les confidences des copines, comme les statistiques, amalgamaient les différences, assujettissaient toute individualité à la loi universelle. Et le drame de Soledad ne faisait plus que figurer dans le pourcentage élevé de chefs de famille monoparentale qui survivent loin des géniteurs de leurs enfants.

Quant à la douleur, elle était détournée, anesthésiée, banalisée par les psys, les antidépresseurs et les bonnes amies qui venaient retourner dans la plaie unique le fer de leurs chagrins épurés par l'universel. On n'en finirait donc jamais dans le soupesage comparé des souffrances et des peines, qu'elles soient collectives ou individuelles ! Dans le droit fil, Constance se souvint avec honte de s'être disputée avec Julia à propos des génocides des Juifs et des Arméniens. Lequel pesait le plus fort dans la balance ? La publicité que les premiers avaient su faire à la Shoah en décidaitelle, ou s'agissait-il simplement d'avoir fait partie, après coup, du camp des vainqueurs ou des vaincus ? Les Turcs ne refusaient-ils pas officiellement l'existence même du génocide arménien tandis que les Allemands avaient fait repentance au peuple juif ?

Julia avait commencé par argumenter brillamment à son habitude, puis avait arrêté la discussion. Bébé, elle avait échappé de justesse à la déportation. Pas Rachel, sa sœur de quatre ans qu'on avait envoyée chez des cousins à Nice et qui n'en était pas revenue. Elle ne pouvait pas discuter rationnellement de ces sujets et préférait se taire. Constance et elle n'en avaient jamais reparlé.

Oui. Constance avait honte de s'être laissée aller à ce mouvement d'égoïsme, à cette complaisance, comme si le message qu'elle envoyait à Soledad se réduisait à un seul postulat : qu'à partir de cinquante ans, toute femme devait s'attendre à ce type de traitement, et remercier le ciel quand elle était épargnée et toujours mariée comme Alice. Constance se rappela alors le dernier e-mail d'Alice, message de désespoir et de rejet. Comme Alice avait dû souffrir elle aussi de voir les autres Félines se lancer dans des carrières, dépenser librement l'argent qu'elles avaient elles-mêmes gagné, ou vivre comme Soledad un vrai compagnonnage avec un homme aimé tandis qu'elle, Alice, continuait à attendre que le seigneur et maître daigne rentrer déjeuner !

Malgré la douleur, Constance avait toujours refusé toute assistance professionnelle. Être débarrassée par un psy, un *shrink*, comme on disait ici, de sa saine culpabilité, revenir pour la énième fois sur les raisons du départ d'Azad et la singularité de sa souffrance à elle, sans compter les histoires de papa maman ! Non merci ! Mais il est vrai que les psys, on les payait pour le service. Caroline, qui la serinait sur ce chapitre, n'avait pas entièrement tort. Avec les amis, il devenait parfois difficile de jouer alternativement le patient et le docteur comme lorsque, petits, on jouait à la malade. Face à Soledad en ce moment, Constance ne se reconnaissait pas le droit de poser à la victime. Et comme elle ne voulait pas non plus de thérapie pour son inguérissable chagrin d'amour… Bof ! Elle s'en sortirait toute seule. Comme toujours.

Constance roula en boule la lettre entamée et entreprit sur sa vieille machine à écrire, qu'elle conservait, malgré la risée de ses collègues, à côté de l'ordinateur, comme un monument, d'écrire à Soledad un billet plus énergique et plus chaleureux, mentionnant comme en passant sa propre histoire sans s'y attarder, et terminant par l'annonce que Vivien devait aller au Chili pour un reportage. Il en profiterait pour passer un peu de temps avec Soledad et les enfants. Il aurait même quelques jours pour visiter le pays, si Soledad avait envie de se changer les idées.

Puis elle relut un passage de Colette – l'auteure préférée des Félines, leur idole et leur modèle, celle qu'elles n'appelaient jamais autrement entre elles que « notre dame de plume » – souligné la veille au soir dans *Sido* : « Il faut vieillir. Ne pleure pas, ne joins pas tes doigts suppliants, ne te révolte pas : il faut vieillir. Répète-toi cette parole, non comme un cri de désespoir, mais comme le rappel d'un départ nécessaire. Regarde-toi, regarde tes paupières, tes lèvres, soulève sur tes tempes les boucles de tes cheveux, déjà tu commences à t'éloigner de ta vie, ne l'oublie pas, il faut vieillir. » Elle expédia le texte par e-mail aux trois autres Félines, accompagné de ce commentaire : « Vous souvient-il, anciennes jeunes femmes, de ce Temps que nous avons quitté et qui s'amuse sans nous ?

« Nostalgiquement vôtre. »

Mardi 1er décembre 1998

From : Julia Kaplan-Brown <JKaplanB@BlumFieldKaplan.com>
To : Alice Coste <hubertcoste@PDL.fr> ; Constance Vouillé <VouilleC@Loyola.edu> ; Caroline Pauillac <CaroPauillac@LeFigaro.fr>
Subject : De la nostalgie

Méfiez-vous de la nostalgie, intrépides Félines. Qui sait à quelles aberrations chimériques, à quelles idéalisations trompeuses elle peut mener ? Gardez-vous de ces vilaines tentations de réinventer hier (Constance) ou avant-hier (Alice). Oui, Constance, nous n'étions pas encore invisibles, on nous regardait, certaines d'entre nous n'étaient pas mal tournées (malheur aux vieilles belles) ! Moi qui n'ai jamais été considérée comme une beauté, je souffre moins aujourd'hui que vous, qui n'aviez qu'à sourire pour être désirées. On nous, on *vous* remarquait peut-être, mais on ne nous entendait pas. Et dès que nous nous mettions à tenir un discours non conventionnel, on nous accusait de n'être plus des femmes. Alice nous charge d'une lourde responsabilité : nous avoir fait perdre les quelques privilèges que, pendant des siècles, on nous a jetés comme des miettes, seulement quand nous étions jeunes et belles. Rappelez-vous Balzac : « La femme est une esclave qu'il faut savoir mettre sur un piédestal. » Je ne regrette pas d'avoir contribué à léguer à Rebecca et à Chloé un monde où elles ne seront pas jugées sur leur virginité, la limpidité de leurs

yeux ou la courbe de leur postérieur. Sans doute y avait-il un prix à combattre en première ligne et ce prix, notre génération de femmes seules est en train de le payer. Je ne connais pas de révolutionnaires qui aient personnellement profité des fruits de leur révolution. (Voilà que je me surprends à parler comme mes vieux parents !)
Et puis quoi, femmes iniques, vous oubliez les Félines ! Est-ce qu'elles auraient existé au siècle dernier ? Même ma mère communiste jure ses grands dieux et maîtres marxistes-léninistes qu'on ne peut pas faire confiance à ses congénères et ne se reconnaît pas une vraie amie de toute son existence. Un peu de gratitude, que diable !

* * *

De : Caroline Pauillac <CaroPauillac@LeFigaro.fr>
À : Julia Kaplan-Brown <JKaplanB@BlumFieldKaplan.com> ; Constance Vouillé <VouilleC@Loyola.edu> Alice Coste<hubertcoste@PDL.fr>
Objet : *Re :* De la nostalgie

Vous êtes beaucoup trop cérébrales pour moi ! Je me contente de rappeler aux susdites qu'en l'ancien temps de notre jeunesse et plus encore de celle de Constance nous portions toujours des porte-jarretelles et des talons aiguille, qu'après l'amour, on noyait le bébé dans l'eau du bidet, quand il y en avait un, et que la moitié d'entre nous n'avait pas le téléphone. Qu'on envoyait un pneumatique quand on manquait un rendez-vous, et qu'il y avait encore des portillons et des poinçonneuses dans le métro. Que nous écoutions longuement Barbara, Joan Baez et Leonard Cohen, et malgré l'idéologie pardonnions à Brel et à Brassens d'avoir le talent aussi sexiste. Et aussi que Constance s'est fait passer à tabac par les flics pendant la guerre d'Algérie et que j'ai subi, jeunette, trois avortements clandestins (pratique à laquelle notre aînée, j'ai nommé Constance, n'a pas échappé non plus). Que nous n'avions pas encore de nostalgies n'ayant pas de souvenirs et que nous nous moquions de la génération précédente qui préférait Piaf à Catherine Sauvage. Est-ce que tout ce méli-mélo représente une grande perte ? La camarade Côte Ouest n'a pas tort. La nostalgie peut aveugler aussi radicalement que l'engouement pour *Le Petit Livre rouge*. Attention les filles, nous avons pas mal penché sur cette pente-là, précisément au temps où nous nous permettions de dire et de penser n'importe quoi. À ce jeu-là, je ne joue plus !

Caroline

* * *

From : Constance Vouillé <VouilleC@Loyola.edu>
To : Julia Kaplan-Brown <JKaplanB@BlumFieldKaplan.com> ; Caroline Pauillac <CaroPauillac@LeFigaro.fr> ; Alice Coste <hubertcoste@PDL.fr>
Subject : *Re* : *Re* : De la nostalgie

Aux donneuses de leçons (ah ! pour cela au moins, j'en conviens, vous n'avez pas beaucoup changé !) :
vous pouvez toutes me vilipender. Je n'en démords pas. Et même je récidive : voici ce qui vient de m'arriver. Je m'en revenais chez moi en voiture, après avoir épluché vos sermons sur le Macintosh de mon bureau, toute songeuse et me demandant si vous n'aviez pas raison (une fois n'est pas coutume) et si je ne commençais pas à ressembler à ma grand-mère qui sur la fin ne s'intéressait plus qu'aux années 20. J'allume distraitement la radio... et je tombe sur une chanson... mais une chanson... en fait de nostalgie... on ne pouvait pas faire mieux. Quand j'ai senti les larmes me monter aux yeux, je me suis arrêtée sur le bord de la route. J'ai sorti mon calepin, et j'ai noté quelques bribes. Je le livre

et *me* livre à vos faciles sarcasmes, et pousserai la bonté jusqu'à faire, pour les plus rétives à l'idiome impérialiste, une traduction de mon cru. C'était quelque chose comme :

No more small talk... (Plus de bavardages...)
No more romance... (Plus d'histoires d'amour...)
When the hunger is gone... (Quand la faim s'en est allée...)
I eat left overs... (Je mange les restes...)
With mashed potatoes... (Avec de la purée de pommes de terre...)
When the hunger is gone... (Quand la faim s'en est allée...)
No more candles... (Plus de bougies...)
No more kisses... (Plus de baisers...)
At the turn of the light... (À la tombée du jour...)

En vous le copiant, je me rends compte que ce n'est pas de la grande poésie, mais il faut le compléter par la voix... la mélodie... le thème... et ma (temporaire) vulnérabilité...

Constance

* * *

De : Caroline Pauillac <CaroPauillac@LeFigaro.fr>
À : Julia Kaplan-Brown <JKaplanB@BlumFieldKaplan.com> ; Constance Vouillé <VouilleC@Loyola.edu> ; Alice Coste <hubertcoste@PDL.fr>
Objet : *Re : Re : Re :* De la nostalgie

D'une donneuse de leçon endurcie (Caro)
À notre midinette préférée (Constance) *et al...*

Incriminez mon allergie à l'anglais ou la pure subjectivité mais je préfère nettement : « Avec le temps... va tout s'en va » du vieux Ferré... Que vient faire la purée de pommes de terre dans cette mélancolique évocation ? Et pourquoi pas le hamburger ? Constance, je respecte tes émotions mais m'inquiète de l'évolution de tes goûts esthétiques. Toi, une professeure de littérature, tu nous avais habituées à plus de discernement. Encore la faute de cette fallacieuse nostalgie ! Et pour en finir avec ce sujet qui nous colle à la plume, ou plutôt à l'écran... vous rappelez-vous, Félines mes sœurs, cette nuit de la Saint-Jean que nous avions passée à la magnanerie toutes les cinq à évoquer nos amours ? J'ignore si l'action de ce fameux châteauneuf-du-pape offert par Lila y était pour quelque chose, ou bien le velouté de l'air ou le ciel exceptionnel, traversé d'étoiles filantes ; je sais qu'il n'y avait là ni déballage ni impudeur... mais nous nous sommes dit des choses que nous ne nous étions jamais dites avant... ni après d'ailleurs ? (Le lendemain, Soledad est rentrée au Chili et n'est revenue en Ardèche que cette année pour nous annoncer la fameuse disparition...) Je regrette que nous n'ayons pas atteint depuis ce niveau de complicité et de communication. Il se trouve que, pour enrayer le mécanisme qui dévore ma mémoire en commençant par les noms propres et les événements récents, j'ai décidé de cataloguer, mettre en réserve, congeler des souvenirs auxquels je tiens particulièrement... Ce moment de grâce de la nuit de la Saint-Jean 1990 en représente un... Tu vois, Constance, que je ne suis pas épargnée par le syndrome que nous venons impitoyablement de stigmatiser. Mais j'essaie de le gérer à ma manière.

* * *

From : Constance Vouillé <VouilleC@Loyola.edu>
To : Caroline Pauillac <CaroPauillac@LeFigaro.fr>
cc : Julia Kaplan-Brown <JKaplanB@BlumFieldKaplan.com> ; Hubert et Alice Coste <hubertcoste@PDL.fr>
Subject : *Re* : *Re* : *Re* : *Re* : De la nostalgie, point final

Je note simplement que c'est moi, « l'Américaine », qui suis taxée de ringardise et toi, la Parisienne, qui parles de « cataloguer », « mettre en réserve » ou « gérer » les souvenirs. Quel vocabulaire de manager ! Nous voilà dans le monde à l'envers et la mémoire colonisée par le marketing !

* * *

De : Alice Coste <hubertcoste@PDL.fr>
À : Julia Kaplan-Brown <JKaplanB@BlumFieldKaplan.com> ; Constance Vouillé <VouilleC@Loyola.edu> ; Caroline Pauillac <CaroPauillac@LeFigaro.fr>
Objet : Nuit de la Saint-Jean 1990

De Lila
Aux Félines en général et en particulier...

Moi, je me souviens surtout des chiffres de notre Saint-Jean. Chacune avait calculé le nombre d'amants qu'elle avait connus à ce jour ou plutôt à cette nuit. Conclusions cocasses ! J'ai gardé le papier sur lequel j'avais consigné les résultats... je vous les rappelle...

Au 24 juin 1990 :
Constance : 8 dont Guillaume Vouillé
Caroline : 35 (et ce n'était pas fini !)
Julia : 10
Moi (Alice) : 4 sans compter le fiancé qui ne m'avait pas touchée et mon mari inclus
Soledad : 1... Nous savons lequel

Conclusion : En moyenne loin d'être des Messalines. Les filles, lisez ou relisez Sade qui compte par milliers, pas par unités. Si j'en juge par la littérature et le cinéma érotiques féminins contemporains dont j'occupe mes nombreuses heures creuses, nos cadettes, mine de rien, nous écrasent sur le nombre, avant le premier round ! Devons-nous y reconnaître l'effet historique de nos efforts dans l'ordre de la libération sexuelle ? Pour les cinquante ans de Caro qui approchent à grands pas, j'ai noué d'une faveur rose le paquet cadeau contenant le classique de Virginie Despentes, *Baise-moi.* (Injonction vaine en ce qui me concerne puisque Hubert n'est pas là !)

* * *

From : Julia Kaplan-Brown <JKaplanB@BlumFieldKaplan.com>
To : Alice Coste <hubertcoste@PDL.fr> ; Constance Vouillé <VouilleC@Loyola.edu> ; Caroline Pauillac <CaroPauillac@LeFigaro.fr>
Subject : Re : Nuit de la Saint-Jean

De Jules
Aux filles en nostalgie...

Un petit détail sur lequel j'avais argumenté : vous aviez formulé la question « combien d'amants ? ». Et j'avais fait rectifier : « Combien de rencontres amoureuses ? » Pardonnez-moi d'introduire du « politiquement correct » dans cette amicale compétition...
Autre souvenir : lorsque nous avons parlé aux Garçons, leurs chiffres à eux nous ont paru astronomiques, surtout Vivien et Thibault (mais c'est encore Thibault qui battait Vivien)...

* * *

From : Constance Vouillé <VouilleC@Loyola.edu>
To : Julia Kaplan-Brown <JKaplanB@BlumFieldKaplan.com> ; Caroline Pauillac <CaroPauillac@LeFigaro.fr> ; Alice Coste <hubertcoste@PDL.fr>
Subject : Nuit de la Saint-Jean – Suite... sans fin

D'une analphabète un peu trop peuple (Constance)
Aux élitistes de la nostalgie (le bas peuple des Félines)...

Très chères,

Pour apporter un peu de tiédeur à vos souvenirs congelés, je vous révèle aujourd'hui qu'à l'époque de la fameuse nuit j'étais sur le point de vivre ma brève rencontre avec celui qui devait être le dernier de ma liste. Je n'ai pas fait d'annonce officielle. Mais vous pouvez porter au crédit de mon compte définitif le chiffre respectable de neuf amours présumées.
Pour en revenir à notre mouton Miguel, rappelez-vous comme nous avions été surprises, cette fameuse nuit, non par le chiffre de Mélusine dont nous n'avons jamais sous-estimé les pouvoirs d'envoûtement, mais par celui de Soledad... Notre Sol avait un peu rougi au moment de se prononcer et Caro lui avait dit en riant : « Un homme en tout ! Il n'y a pas de honte, tu sais. Au contraire ! Moi aussi, si j'avais rencontré Miguel, je l'aurais gardé et je n'aurais gardé que lui ! »
Et puis Alice avait demandé :
« Et Miguel ? Pour lui aussi, tu as été la première... et la seule ? »
« À ce que je sais, oui ! »
La « première et – qui sait ? – la seule »... À la lumière du « départ » de Miguel, il y a de quoi rouvrir les comptes...

Constance

* * *

De : Caroline Pauillac <CaroPauillac@LeFigaro.fr>
À : Constance Vouillé <VouilleC@Loyola.edu>
cc : Julia Kaplan-Brown <JKaplanB@BlumFieldKaplan.com> ; Alice Coste <hubertcoste@PDL.fr>
Objet : Miguel, retour

De Caroline
À la définitivement plus ringarde *(et al.)*...

Constance ! Tu découvres le fil à couper le beurre... Tu devrais prendre des vacances... Cet air pollué de la capitale de l'Empire ne te convient pas. Voilà qu'après t'être indignée des propos salaces tenus par les Garçons sur la saturation du pauvre mari, tu les répètes avec d'autres mots ! (« la première » et qui sait « la seule »)... À moins que cette observation qui met en évidence l'intensité du lien entre Miguel et Soledad ne nous permette non d'expliquer son départ mais de prophétiser son retour...
Et puisqu'on en arrive à l'état actuel ou du moins récent du couple Aguirre, sautons quelques années. Le présent nous fait face et modèle notre futur (en dépit de vos jérémiades, nous avons un avenir, je m'y engage...). Essayons de faire l'état des lieux !
En ce qui me concerne, le chiffre de mes nuits d'amour (nous avions omis dans la statistique des amants de multiplier par le nombre de nuits ou de raffiner par celui des baises, qui eût abouti à un total sensiblement différent) a nettement diminué dans la dernière décennie, néanmoins se maintient à un rythme raisonnable, lorsque l'actualité me permet de les passer dans un lit et non à mon ordinateur ou sur le terrain. Qu'en est-il du reste des troupes ?

Mélusine moyennement conservée

* * *

De : Alice Coste <hubertcoste@PDL.fr>
À : Constance Vouillé <VouilleC@Loyola.edu> ; Julia Kaplan-Brown <JKaplanB@BlumFieldKaplan.com>
Objet : État des lieux

De la ménagère de plus de cinquante ans (Alice)

Sur ce terrain, je n'ai pas à me plaindre de la performance de mon athlétique époux, lequel, lorsqu'il n'en honore pas une autre, m'offre de beaux restes. Pour aller au fond de ma pensée, il m'arrive même de bénir ces inconnues qui par leur généreux sacrifice me permettent d'assouvir mes inaltérables besoins de sommeil.

Alice

* * *

From : Constance Vouillé <VouilleC@Loyola.edu>
To : Alice Coste <hubertcoste@PDL.fr> ; Julia Kaplan-Brown <JKaplanB@BlumFieldKaplan.com>
Subject : *Re :* État des lieux

De la plus vieille et la plus chaste...

« Calme plat » est la seule réponse honnête. Mes nuits ne sont pas plus belles que mes jours... et inversement !

Constance

* * *

From : Julia Kaplan-Brown <JKaplanB@BlumFieldKaplan.com>
To : Constance Vouillé <VouilleC@Loyola.edu> ; Alice Coste <hubertcoste@PDL.fr>
Subject : *Re* : *Re :* État des lieux

De la moins intéressante ou de la moins intéressée (Jules)

Depuis belle lurette, Jason et moi faisons chambre à part. Mais je ne vous cacherai pas qu'il y aura peut-être du nouveau dans ma vie. À suivre...

Vendredi 4 décembre 1998

Contrairement à son habitude, Vivien ne parvenait pas à dormir dans cet avion pourtant au tiers vide qui le menait de Paris à Santiago du Chili, avec escale à Buenos Aires. Il avait bu trop de champagne et discuté trop longuement avec l'hôtesse, à laquelle il n'avait pu s'empêcher de débiter quelques compliments qui n'avaient pas l'air de lui déplaire. Emporté par cette ivresse qui s'emparait de lui devant une femme qui lui plaisait, il avait fini par se secouer, se reprochant à lui-même son incorrigible manie.

À l'approche de son but, l'avion avait traversé la chaîne des montagnes qui forment la cordillère des Andes, dont les sommets encore enneigés défilaient à travers le hublot. Le regard de Vivien se perdait sur les contours obscurs des hauteurs andines, sculptées comme des veines par le soleil rosissant du matin. Il songeait à ce célèbre avion tombé dans ces mêmes montagnes, dont les rescapés avaient pour survivre pratiqué le cannibalisme. L'appareil tardait maintenant à atterrir et tournait depuis quelques minutes autour des pistes de l'aéroport Arturo Merino Benítez, dans la localité de Pudahuel, proche de Santiago. Vivien se remémorait son dernier voyage au Chili du temps où le vieux dictateur faisait encore régner la terreur. Il était alors porteur de messages que Miguel et ses amis voulaient transmettre à leurs compagnons de lutte restés au pays dans une difficile clandestinité. Son métier de cameraman dans une équipe de télévision nationale permettait alors à Vivien quelques écarts, mais en même temps il se savait étroitement surveillé par la redoutable police secrète de la dictature. L'équipée s'était révélée épineuse et Vivien avait dû à la bonne volonté de l'ambassadeur de France, en poste à l'époque, de ne pas passer plus de mauvais quarts d'heure avec les carabiniers et la DINA. Il n'était pas prêt d'oublier l'envers du décor à la chilienne. Mais cette fois le voyage s'annonçait plus sûr sinon plus gai.

Et la pensée que Soledad l'attendait à Pudahuel le réconforta soudain. Lui qui voyageait beaucoup n'avait jamais perdu le goût de trouver à son arrivée un visage de femme familière, tendue vers la porte internationale d'où émergent au compte-gouttes, dans tous les aéroports du monde, les voyageurs déphasés, à peine atterris et vaguement reconnaissants de l'être, flottant encore entre les éléments et les mondes. Il aimait à décrypter sur le visage de ces femmes aimées la petite crispation de gratitude, le soulagement de le voir arriver sur leur territoire.

Malgré le changement opéré sur toute la personne de Soledad, Vivien put identifier la crispation familière. Il reconnut sur sa blouse légère un collier en malachite et lapis-lazuli que Vivien lui avait toujours connu, cadeau de Miguel, qui portait soi-disant bonheur. Mais par ailleurs, elle avait pris quinze ans depuis leur dernière entrevue. Rodrigo et Matilde se précipitèrent à sa rencontre. Soledad tenait par la main Sebastián et Maya. Ils s'étreignirent longuement. Vivien était sensible à l'odeur féminine ; celle de Soledad, subtile, alliage de propreté et de bon savon, recouvrait un arôme naturel vanillé mélangé à des senteurs de feuille. Il la scruta avec intensité. Elle avait toujours représenté pour lui la quintessence de la femme exotique, la belle étrangère, un sang-mêlé de Germanique, d'Andalou et de Tchèque où le courant indien cheminait souterrainement et s'exprimait dans les yeux acajou profond où l'on s'enfonçait comme dans des arbres et la chevelure sombre, luxuriante sur laquelle ondulaient des vagues plus claires.

– Solita, ma précieuse. Mais tu as coupé tes cheveux.

– *Bienvenido a* Santiago, Viviancito... Si ce n'était que les cheveux... Comment as-tu pu même me reconnaître ?

Il paniqua à l'idée de la voir pleurer et ses réflexes d'homme à femmes, d'homme qui aime les femmes et les connaît d'instinct au plus archaïque lui dictèrent la parade, le banal compliment qui suture la cicatrice d'un fil de soie :

– Allons donc, tu seras toujours la plus belle femme de la Plata.

Elle lui sourit, les yeux déjà humides.

– Tu me confonds avec ta correspondante de Buenos Aires. Dis plutôt d'Araucanie, c'est plus modeste et plus local. Comme soutient Caro, « quel fieffé menteur, notre Vivien, mais c'est pour ça qu'on l'aime, parce qu'il continue à nous faire croire qu'on est toujours-jeunes-et-belles ».

Les enfants l'entraînaient vers la sortie. L'aéroport des lugubres années 70 ou même des inquiétantes années 80 avait vécu. On avait construit un édifice moderne pour les vols internationaux, opérationnel, décoratif et aseptisé.

– À l'image de ce pays, commentait Soledad, de ce pays qui se dirige sans mémoire vers un avenir radieux. Mais comment continuer à vivre sans passé ? Il faut être schizophrène, il faut être fou, comme Miguel, qui s'imagine qu'on peut rayer d'un trait une existence d'homme... Vois-tu, Vivien, ce n'est pas un hasard si notre pays s'est représenté à l'Exposition universelle de Séville sous la forme d'un iceberg. Je ne sais pas si tu avais visité le pavillon chilien : une chambre froide, avec au centre l'immense iceberg, convoyé à grands frais du Sud chilien. Cet intempestif bloc de glace prétendait affirmer au monde : nous ne sommes pas les Sud-Américains que vous croyez mais un peuple venu du froid. Ce symbole imprévu manifestait en fait la volonté nationale de congeler son histoire et de se faire voir au monde sous la forme appauvrie d'un glaçon gigantesque. Vois-tu, Vivien – elle dénasalisait plaisamment –, cet iceberg métaphorique me hante. Comme si à cinquante ans, Miguel lui aussi avait décidé de nous surgeler, de nous transformer en glaciers. Ainsi il peut vivre tranquille, il n'assistera pas au spectacle... Il ne me verra pas me métamorphoser en vieille.

– Voyons, Soledad. Est-ce que tu insinues que Miguel est parti pour ne pas te voir vieillir ? Tu ne crois pas que c'est un peu réducteur ? En revanche, ce que tu dis de l'évolution du Chili a pu avoir un impact sur sa décision. Miguel, l'idéaliste, le combattant ne s'est pas battu et n'a pas souffert pour voir son pays recouvert de McDo, avec pour seule aspiration la montée du Dow Jones.

Malgré lui, Vivien reprenait le discours de Malek, qu'il avait tant raillé il y avait à peine quelques semaines. Sur le terrain, la thèse de la fugue galante commençait à lui paraître triviale.

Ils arrivaient dans la petite maison de Ñuñoa et s'installaient sous la tonnelle. Chaque enfant voulut être le premier à lui apporter des abricots, fruits devenus mythiques dans leur petite bande après les évocations enflammées de Soledad. Vivien, gagné par la douceur de l'air et le babillage des enfants, se demanda un instant ce qui avait pu prendre à Miguel de quitter un tel paradis. La silhouette alourdie de Soledad sembla lui donner un semblant de réponse. Mais tout de même : on ne quittait pas une famille entière parce que la belle fille qu'on a aimée ressemble progressivement à sa mère. Et s'il en avait rencontré une autre, pourquoi ne pas le faire savoir comme tout le monde et divorcer ?

– Sais-tu que le Chili reste l'un des deux pays du monde où le divorce ne soit pas légal ? observa Soledad comme si elle lisait dans ses pensées...

Le soir, allongé dans le petit lit dur de Rodrigo, Vivien

essayait de mettre en parallèle sa propre vie « plurielle » – terme emprunté au vocabulaire journalistique à la mode – avec la monogamie affichée de son vieux camarade Miguel. De fait, Vivien ne se considérait pas comme un Don Juan, au sens classique du terme, puisqu'il aimait trop les femmes pour les faire souffrir et se révélait incapable de rompre pour de bon avec celles auxquelles il avait tenu. Il traînait derrière lui un cortège interminable de femmes amoureuses et insatisfaites, et se ruinait à les entretenir et à les couvrir de cadeaux de consolation. C'est pourquoi sa vie était au fil des ans devenue de plus en plus compliquée, piégée par des mensonges et des angoisses permanentes d'être découvert.

Bien qu'il ne se soit jamais marié, il jouait les Arlésiennes dans trois ou quatre foyers, avec des éclipses, lui permettant de s'assurer qu'il était toujours attendu malgré les reproches, voire les menaces. Geneviève avait incarné son premier amour, à l'époque où il n'était pas de bon ton dans leurs cercles de convoler en justes noces. Elle avait fini par se lasser et épouser un Britannique, mais ils étaient restés amants jusqu'à son divorce et même après, et il empruntait régulièrement l'Eurotunnel pour aller l'honorer à Londres. Françoise, elle, avait tenu à avoir et élever – seule, avait-elle juré – un enfant de lui, et le petit Cyril avait fini par lui coûter cher en chantages affectifs et financiers. Le labo de Françoise avait été transféré à Aix-en-Provence où il lui rendait des visites espacées mais régulières, avec des provisions de jeux et de petits ordinateurs pour son fils qui s'initiait à l'informatique. Concepción s'était montrée longtemps la plus passionnée et la plus jalouse, mais elle habitait Barcelone, vivait avec sa mère et voyageait peu. Quant à Martine qu'il voyait régulièrement à Paris, elle avait une carrière et des enfants de deux mariages, ce qui limitait ses disponibilités et dégageait du temps pour les autres. La plus récente de ses maîtresses, une Fédora grecque, le menaçait alternativement de se suicider, d'exterminer ses rivales ou de le défigurer à l'acide. Elle en est capable, se dit Vivien avec appréhension. Miguel a bien été capable de tout laisser tomber. Cela ne paraissait ni moins choquant ni moins difficile.

À 4 heures du matin, ne pouvant dormir dans le lit étroit et dur de Rodrigo, Vivien en était à envier le courage de Miguel qui avait su tirer un trait. En même temps, il se tournait et se retournait dans ses draps, en manque d'une odeur féminine, d'une présence sans laquelle il avait toujours du mal à dormir. Il caressa un moment l'idée de rejoindre Soledad et de la prendre dans ses bras. Mais fallait-il incriminer la présence des enfants, l'ombre de Miguel ou ce nouveau corps de Soledad qui ne ressemblait plus à l'ancien, il n'osa pas... renonça. Les Félines étaient les seules femmes qui lui avaient toujours résisté, à commencer par Alice qu'il avait désirée comme un fou... Peut-être parce qu'il n'avait jamais essayé vraiment ! Il s'endormit enfin en se disant qu'il était trop tard et rêva que Fédora avait mis sa menace à exécution et que son masque mortuaire défiguré par l'acide était encadré par la longue chevelure ébène de Soledad mélangée aux boucles fauves d'Alice.

Lundi 14 décembre 1998

Santiago, 14 de diciembre

Querida Alice...

C'est à toi que je voudrais faire le récit de ce qui vient d'arriver. Je n'avais pas eu le temps de répondre à ta dernière lettre si pleine de tendresse et de compréhension. Je compte sur toi pour faire passer le message aux autres Félines car tu sais que je n'aime pas beaucoup les lettres collectives pour les sujets personnels. Je laisse cette technique à nos Nord-Américaines.

Vivien et moi avons quitté Santiago, il y a environ une semaine. L'idée venait de Vivien. Il m'a convaincue que si je voulais comprendre quelque chose au comportement de Miguel, il fallait remonter à la source. Jusque-là, je n'avais jamais pu m'intéresser aux racines de Miguel. Il n'aimait pas parler des siens. Je savais qu'il venait d'un milieu assez pauvre de Valparaíso, que son père était ouvrier ou marin et rarement à la maison. Je suis une fille « de bonne famille », issue de la classe moyenne, et non de l'aristocratie, souvent d'origine basque, qui domine notre pays. Mais enfin, même si mes parents ne roulaient pas sur l'or, ils avaient possédé un *fundo* dans le Sud, ils lisaient et voyageaient en Europe ou en Amérique du Nord ; mon père était respecté. Chez nous, ces choses-là comptaient, au moins avant Allende... et après.

J'ai connu Miguel quelques mois avant le coup d'État, dans l'ambiance euphorique de la présidence de Salvador Allende. Nous nous grisions de notre jeunesse et nous exercions le pouvoir par notre héros interposé. Et il y avait tant à faire à une époque à la fois difficile et fascinante. L'argent, notre bête noire, ne valait plus rien et toutes les denrées périssables étaient rationnées. D'où la colère des riches. Mais la rue appartenait aux pauvres et à nous, et les déshérités se sentaient puissants parce que pour la première fois ils possédaient une opinion et un gouvernement pour la représenter.

Les nuits, Miguel et moi faisions l'amour, les journées, nous nous battions pour construire la nouvelle société. Nous n'avions pas le temps de parler de la famille qui incarnait un ordre avec lequel nous étions en train de rompre. Je m'étais fâchée pour des raisons idéologiques avec mon père, juge à la retraite, vieux serviteur de l'État et fidèle démocrate-chrétien qui ne jurait que par Eduardo Frei, père de l'actuel président.

Même en comparaison du 11 mars 1998, qui date la défection de Miguel, je considère aujourd'hui encore que le jour du coup d'État a représenté le pire de ma vie et que tout a changé radicalement à partir de là. Avant la dictature, mon pays avait connu une tradition démocratique, avec de brèves interruptions. Miguel a été arrêté sous mes yeux tout de suite après la prise de pouvoir de Pinochet et conduit au stade municipal de Santiago. De là, il a été envoyé dans le Sud, à Temuco. J'ai été privée de nouvelles de lui pendant des mois. Des semaines, j'ai ignoré s'il était mort ou vivant. Quand je l'ai récupéré, grâce à votre petit groupe d'Amnesty International, c'était pour l'épouser afin de partir avec lui en exil. Je ne me suis pas rendu compte que Miguel avait changé. Pas tout de suite. Au début, j'ai attribué sa morosité et ses sautes d'humeur à ce qu'il venait de vivre, dont il a refusé catégoriquement de parler. Lui qui avant se montrait si bavard dans le privé avec moi, passait maintenant des heures sans desserrer les dents.

Une fois, j'ai essayé de parler de ses parents. J'étais dans ma troisième grossesse. Nous venions d'apprendre que deux cœurs battaient dans mon ventre. Au gynécologue qui m'avait demandé s'il y avait des jumeaux dans notre famille, j'avais répondu par la négative. Mais à la maison, Miguel avait commenté brièvement : « Il y en a dans la mienne. » En même temps, il avait paru si bouleversé par la nouvelle que j'avais décidé, pour célébrer, de cuisiner les plats de notre pays qu'il préférait, des *empanadas,* des *porotos granados,* du *manjar blanco,* et surtout de faire du pain, comme chez nous, pour qu'il retrouve les saveurs de son enfance. J'étais donc en train de le pétrir, dans le studio minuscule où nous vivions passage de la Voûte tout décoré de photos de Violeta Parra, dont nous possédions tous les disques. Et j'ai demandé à Miguel s'il avait prévenu sa famille que nous attendions deux nouvelles naissances. Il m'a regardée alors avec une espèce de tristesse infinie et il m'a dit : « Ce n'est vraiment pas le moment, Solita... »

J'ai été surprise par cette réponse. Au fond de moi, je croyais que Miguel avait un peu honte de ses parents. Que peut-être ils avaient un physique très métissé, très indien, lui-même paraissant assez « typé » comme vous diriez, malgré ses yeux violets. Bien sûr, dans nos groupes gauchistes, c'étaient souvent les plus riches et les plus bourgeois qui n'osaient pas évoquer leurs origines. Mais les temps changeaient, et nous Chiliens, nous n'avons pas vraiment résolu l'ambivalence de notre double origine. De toute façon, il me fallait mettre un nom sur les réserves de Miguel. Maladroitement, j'ai fait allusion à cet embarras supposé et j'ai dit que je le préférais fils du peuple – fils d'ouvrier ou fils d'Indien – comme s'il ne s'agissait pas d'une évidence pour une militante de la justice, sociale ou raciale. Maintenant que nous allions avoir quatre enfants, j'avais le droit de m'enquérir de sa famille et d'être renseignée. Il m'a alors regardée avec une espèce de violence : avait-il besoin de me répéter qu'il refusait d'aborder certains sujets ? Plus tard, nous avons mangé en silence le pain chilien, *amasado,* complètement raté, à cause peut-être de la différence de farine. Le lendemain, Miguel avait déposé une rose sur mon oreiller que j'ai découverte le soir en rentrant du travail.

Je ne sais pas s'il écrivait à sa famille... s'il leur avait jamais écrit. Je savais qu'elle existait toujours parce qu'un compatriote arrivant de Valparaíso avait une fois devant moi mentionné brièvement que les *viejos* de Miguel (les « vieux », diriez-vous cela en français ?) allaient bien. Comme il était demeuré en correspondance officielle ou secrète avec de nombreux anciens camarades, il y avait beaucoup de lettres qui partaient pour le Chili. J'ai eu parfois la curiosité de jeter un coup d'œil sur les enveloppes, mais je n'en ai vu aucune qui parût adressée à ses parents. Peut-être étaient-ils analphabètes et Miguel communiquait-il avec eux par d'autres voies. À moins qu'il n'ait été fâché avec eux. Mais quelques mois avant notre retour à Santiago, Miguel a reçu un coup de téléphone de Marcelo, l'ami de Valparaíso, l'informant que sa mère était morte. Il a refusé que j'en parle aux enfants. Au Chili, il a été moins question que jamais de poser des questions. Miguel s'enfermait dans des silences interminables dès que j'osais aborder un des sujets tabous. Je ne lui ai donc parlé ni de sa famille ni de son arrestation.

Pourtant, Vivien m'a convaincue que notre exploration – je n'aime pas ce mot-là mais n'en trouve pas d'autre – devait commencer par les commencements. Ceux de Miguel nous ont entraînés dans un dédale de ruelles chaotiques, polluées et délabrées au bas des collines de Valparaíso. Vivien était étonné de la rapidité du voyage entre Santiago à l'est du pays et le port qu'on appelait le Val du Paradis à l'extrême ouest, la plus ancienne cité espagnole du Chili. De la cordillère au Pacifique, il ne faut pas deux heures pour traverser notre pays.

J'ai perdu de vue Marcelo, resté en France, et cherché à localiser la maison des Aguirre par d'autres amis de Valparaíso qui ne les connaissaient pas directement. Il faut prendre par la plaza Aduana, dans les vieux quartiers chinois et se perdre à travers des escaliers interminables dans un labyrinthe que seuls connaissent les natifs du quartier. À plusieurs reprises, nous avons demandé notre chemin, à plusieurs reprises nous avons cru renoncer. Vivien était déçu de n'arpenter la ville que par le bas ; il était fasciné par les élégantes demeures, les funiculaires et les belvédères qui ornent les collines où habitent les moins pauvres. Au bord des ravins, flanquées de leurs balcons fleuris, des maisons aux couleurs vives – bleus tendres ou soutenus, roses tirant sur l'ocre, jaunes et blancs pâles sous les toits de tôle – étaient à demi aspirées par la brume, comme si le gris envahissait toute la ville avant de se transformer en pluie diluvienne dont le déversement n'a pas facilité notre marche dans la boue.

La maison de Miguel est peut-être la plus délabrée de tout ce quartier dont le sordide ne peut effacer la beauté de la ville aux mille collines. De vieux vêtements séchaient à une fenêtre décrépite et un pan de toit retenu par des échafaudages menaçait dangereusement de s'effondrer. Une vieille est venue nous ouvrir la porte. J'étais si troublée que je lui ai demandé si elle était la señora Saavedra de Aguirre, alors que je savais morte depuis longtemps la mère de Miguel. Elle m'a répondu qu'elle s'appelait Teresa, une cousine qui prenait soin du père de Manuel, don Enrique. Ce dernier est apparu alors, un homme un peu voûté à la démarche hésitante, appuyé sur une canne. Tout de suite, il a demandé à la vieille dame si nous étions venus donner des nouvelles de Manuel. J'ai cru alors que ces deux vieux confondaient Manuel avec Miguel. « Je suis la femme de Miguel Aguirre, ai-je dit, je voudrais savoir si vous avez reçu des nouvelles récentes de lui. » Le vieux a fait répéter mes paroles à Teresa, qui s'est excusée pour lui : don Enrique était sourd. Surtout il voulait savoir duquel de ses fils il était question : Manuel ou Miguel ?

Je te passe les autres détails, Alice. J'ignorais complètement que Miguel avait un frère jumeau dénommé Manuel, qui avait disparu dans les années 80, alors que nous étions en France. Non. Je ne me trompe pas de mot. Disparu. *Desaparecido,* comme nous disons ici. Non pas parti de son plein gré comme Miguel. Arrêté à son domicile par les émissaires de la DINA en présence de son père et de sa mère, il n'a pas laissé de traces. Son père ignore tout de lui, s'il est mort, où il est mort et comment. Quant à Miguel, il donne régulièrement des nouvelles. Sa dernière visite coïncide avec son départ de notre maison. Il a annoncé à son père qu'il devait partir assez loin et ne reviendrait pas de sitôt. À lui, il a laissé une enveloppe contenant une somme importante.

Teresa nous a fait comprendre que don Enrique n'avait plus tout à fait sa tête. Vivien voulait savoir si Miguel était accompagné à cette dernière visite. Elle a mentionné que « quelqu'un » l'attendait, qu'il était pressé de rejoindre. Mais ni Teresa ni don Enrique ne connaissaient l'identité de ce quelqu'un ni son sexe. J'ai demandé alors si Miguel parlait à son père de nous, de sa famille. Miguel n'a jamais mentionné ses enfants ni notre mariage, mais il leur avait laissé entendre qu'il ne vivait pas seul.

À présent, Alice, tu sais l'essentiel. Je suis plus que jamais en deuil de Miguel. Sa mort ne nous aurait pas séparés comme nous sépare la découverte de son mensonge permanent. Je suis rompue, sans force pour continuer à traquer un Miguel qui n'existe plus, qui n'a jamais existé, que je m'étais entièrement forgé et qui me paraissait d'abord droit, loyal et entièrement fiable. Je suis lasse de cette espèce d'enquête, je refuse des apparences de vérités repêchées en eaux glauques et qui puent.

Vivien, que cette histoire intéresse comme s'il s'agissait d'un roman policier, voudrait poursuivre « l'enquête », comme il dit. Je souhaite que vous lui expliquiez que je n'ai pas de curiosité pour le sort de Manuel. Aujourd'hui, les *desaparecidos* sont tous morts et on préfère ne pas savoir dans quelles circonstances... Mais comment te dire, Alice, cette chose effroyable qui me fracasse le cœur ? J'aurais préféré que Miguel ait eu le sort de Manuel, qu'il soit un *desaparecido,* disparu pour avoir voulu changer le destin de son pays. Pas un fugitif à qui il manque le courage élémentaire de regarder sa femme dans les yeux pour lui dire qui il est et pourquoi il abandonne ses enfants.

Mercredi 16 décembre 1998

De : Caroline Pauillac <CaroPauillac@LeFigaro.fr>
À : Vivien Vauterive <VV@AFP.fr>
Objet : Mission manquée
cc : Constance Vouillé <VouilleC@Loyola.edu> ; Alice Coste <hubertcoste@PDL.fr> ; Julia Kaplan-Brown <JKaplanB@BlumFieldKaplan.com>

À l'éléphant dans le magasin austral

Cher éléphant, tu ne crois pas que tu as poussé fort le bouchon dans la porcelaine ? On aurait tout de même voulu épargner ce type de découverte à Soledad. Tu avais pour mission de l'aider, pas de la pousser au désespoir.

Caroline, porte-parole des Félines mécontentes

* * *

De : Vivien Vauterive <VV@AFP.fr>
À : Caroline Pauillac <CaroPauillac@LeFigaro.fr> ; Constance Vouillé <VouilleC@Loyola.edu> ; Alice Coste <hubertcoste@PDL.fr> ; Julia Kaplan-Brown <JKaplanB@BlumFieldKaplan.com>
Objet : Mission réussie

À l'intention de Caroline et autres porcelaines
D'un éléphant indigné

Je vous trouve bien effrontées de me faire des reproches alors que je viens de faire avancer votre problème. Si la vérité nue vous fait peur, alors remettez chères amies votre charmant maquillage et continuez à croire que le délicieux Miguel aura eu une crise passagère et retrouvera son foyer dès qu'elle sera terminée. Vous me faites penser au peuple chilien qui refuse d'affronter le passé de la dictature et accepte un Pinochet sénateur à vie. C'est Caroline elle-même qui avait décidé, si je ne me trompe, qu'on n'en pouvait plus de supputer les raisons du départ de Miguel et qu'il fallait aller le chercher où il se cachait. C'est ce que nous avons fait : à présent, non seulement nous en savons plus long sur Miguel, mais aussi où il est allé après avoir quitté Soledad. Je croyais connaître les femmes, mais votre réaction me confond. La découverte que Miguel avait un frère victime (comme lui) de la dictature fasciste constituerait-elle un sérieux accroc dans votre petit scénario qui veut que Miguel ait pénalisé Soledad d'avoir cinquante ans ? Êtes-vous fâchées que nous, les Garçons, ayons tout de suite deviné que Miguel n'était pas parti seul ? Sachez chères quinqua que la terre continue de tourner même si vous prenez des rides et que ma dernière conquête, une superbe Grecque de cinquante-deux printemps, presque aussi jolie que vous, me comble.

Vivien

* * *

MERCREDI 16 DÉCEMBRE 1998

From : Julia Kaplan-Brown <JKaplanB@BlumFieldKaplan.com>
To : Caroline Pauillac <CaroPauillac@LeFigaro.fr>
Subject : L'éléphant n'est peut-être pas celui qu'on pense
cc : Constance Vouillé <VouilleC@Loyola.edu> ; Alice Coste <hubertcoste@PDL.fr>

Il me semble que tu t'es instaurée un peu vite porte-parole de nous toutes, Caroline. Je ne me reconnais pas dans les reproches que tu adresses à Vivien, lequel cette fois a fait ce qu'il fallait. Si le départ de Miguel nous implique tous et toutes à ce point, c'est qu'il nous interpelle (je déteste ce mot et n'en trouve pas d'autre) et pose des questions qui font écho aux nôtres aussi bien qu'aux siennes. Nous arrivons à un âge, hommes et femmes, où l'on fait ses comptes. Miguel a commencé les siens. Il est remonté à la source. Toi, tu vois bien une psy pour régler les tiens avec ta mère. Nos générations, dans bien des coins du globe, ont subi des traumatismes historiques auxquels il n'est pas facile de survivre. (Demande donc à Malek ce qu'il en pense !) Quand il s'y ajoute le tourment de se dégrader et d'entrer dans les avenues de la mort, alors le poids de cette mémoire-là devient insupportable. Primo Levi ne s'est pas suicidé tout de suite. Il a attendu d'être plus vieux.

Jules

P.-S. Bien que cette *desaparición* soit effroyable, j'avoue me sentir plutôt soulagée que le départ de Miguel ne s'inscrive pas dans un contexte frivole. Les premières hypothèses m'avaient découragée.

* * *

From : Constance Vouillé <VouilleC@Loyola.edu>
To : Vivien Vauterive <VV@AFP.fr>
Subject : L'éléphant ou le papillon ?

Cher papillon,

Je ne crois pas un mot de ton histoire de Grecque (tout au moins en ce qui concerne l'âge), mais dans la découverte de Valparaíso, c'est plutôt Caro qui joue le rôle de l'éléphant. Je suis certaine que Soledad le reconnaîtra quand la blessure aura cicatrisé. Il faut pardonner à Caroline, qui contrairement à Julia, Malek ou moi-même, n'a peut-être pas la base historique personnelle pour assimiler le drame de Miguel.
Reste toujours aussi séduisant et contente-toi de butiner d'autres cœurs que ceux de tes copines.

* * *

De : Alice Coste <hubertcoste@PDL.fr>
À : Caroline Pauillac <CaroPauillac@LeFigaro.fr>
Objet : La découverte de Valparaíso

De Toulouse
À Paris cinquième

Caroline, je ne sais pas ce qui a pris à nos Américaines. Les voilà en train de défendre le comportement inqualifiable de Vivien, bec et ongles. Je les croyais plus solidaires mais on est toujours trahi par les sien(nes). La colère de Soledad me paraît salubre et je t'envoie ma sympathie.

Alice

Mardi 22 décembre 1998

Albany, ce mardi

Chère Soledad,

Ma sœur de quatre ans a disparu dans les camps de la mort il y a moins de six décennies. J'ai refusé d'en parler jusqu'à présent, même à Jason, et je comprends que Miguel ne t'ait rien dit de Manuel. Peut-être ne sais-tu pas ? On croit que le silence finira par gommer la chose. Pendant ce temps elle demeure, elle pourrit, et le jour vient où l'on étouffe, où ce qu'on n'avait jamais expulsé de soi vous empoisonne. Il m'arrive de haïr Jason à certains moments, de le haïr au point de le quitter. Jason, mon compagnon de vingt-cinq ans. Le père de ma Rebecca. Mais comment pourrais-je lui expliquer, à lui qui a été élevé dans une respectable famille blanche, anglo-saxonne, dont le plus grand malheur a consisté en un revers de fortune dans les années 30, que je le hais d'abord de ne pas être capable de lui faire comprendre ce que nous avons vécu ?

Moi aussi comme Miguel, j'ai cru d'abord, avec mes parents communistes, que seul comptait le combat politique et idéologique. Une fois dissipée l'illusion soviétique, je suis devenue avocate pour me battre sur le terrain du droit. Et j'ai défendu les femmes parce qu'elles se trouvent à un moment crucial de leur histoire et que peut-être elles changeront la vision du XXIe siècle et l'empêcheront de répéter les répugnantes ignominies du XXe, auxquelles certains d'entre nous ont eu le malheur de ne pas échapper.

Il ne faut pas en vouloir à Miguel pour ce mensonge-là, Soledad. Il faut comprendre. Et aussi que Miguel n'a pu prendre la décision de s'en aller que dans l'urgence et la folie. Rien n'est pire que la disparition qui ne laisse pas de traces, pas un ongle, pas une mèche de cheveux, pas un cadavre, pas même une poignée de cendres. Pendant des années, j'ai attendu ma sœur. Quand déjà l'espoir s'était évaporé, quand on avait tout découvert sur l'extermination, mes parents ont continué à croire qu'elle avait survécu, que quelqu'un l'avait sauvée et adoptée quelque part en Pologne, qu'elle donnerait signe de vie un jour. Signe de vie ou signe de mort, mais trace. À mon avis, ce sont ces traces qui ont manqué à Miguel. Nous plus tard, grâce à Klarsfeld, nous avons pu consulter la liste des convois.

Que dirais-tu de venir passer quelques jours en Californie ? Je dispose de kilomètres gratuits sur une compagnie aérienne, dont je peux faire cadeau à qui je veux. Je voudrais te présenter ma nouvelle amie Deborah. Je suis convaincue qu'elle te ferait du bien comme elle m'en a fait à moi. Je t'embrasse.

Julia

P.-S. Il m'en coûte de t'infliger cette vérité. C'est parce que je vous aime Miguel et toi que je te la devais.

* * *

Paris, le 22 décembre 1998

Soledad, Lumière de nos yeux,

Plus je pense au Chili, plus je pense à l'Algérie. Plus je pense à Miguel, plus je pense à moi. Pour les gens de notre génération qui ont lutté pour un pays qui se révèle mythique, la déception fait partie du processus de vieillissement. Parce que nous venons tous deux de nations troublées issues de pays en développement, je n'hésite pas à employer une formule que nos amis trouveraient démodée. Trop vieux pour être jeunes, trop jeunes pour être vieux, nous prenons conscience que notre jeunesse a été responsable d'un terrible malentendu. Cette jeunesse, nous l'avions offerte à une idée de révolution, de progrès collectif, qui a sombré dans les massacres et les atrocités pour accoucher au mieux d'une société capitaliste libérale où les pauvres d'aujourd'hui sont plus exclus qu'hier. Que notre combat ait engendré une imposture paraît déjà difficile à encaisser. Mais il devient intolérable quand s'y ajoutent des morts de proches. Avec le temps, ces disparitions-là ne se cicatrisent pas, elles pourrissent et contaminent. Pas un Algérien comme moi aujourd'hui qui n'ait eu un ami ou un proche assassiné ! J'ai la chance que ma famille n'ait pas été touchée. Mais Barbara m'a quitté, moi aussi, il y a maintenant près de vingt ans, parce qu'elle ne voulait pas élever notre fille dans mon pays.

Je te demande de l'indulgence pour Miguel. Par moments, je comprends si bien son geste que je me demande pourquoi je ne l'ai pas accompli moi-même.

Avec mon immense tendresse pour ma petite Solitude.

Malek

* * *

Santiago, 30 *de diciembre*

Querido Malek...

Je ne sais si je dois te remercier pour un courrier qui me fait plus de mal que de bien. Ainsi donc, pour vous, Miguel incarne la victime dans cette affaire. Ses quatre enfants et moi-même nous devons le plaindre de nous avoir abandonnés. Et comme on n'est pas à un paradoxe près, c'est pour avoir trop souffert du drame de la disparition involontaire de son frère – qui a détruit sa mère – que Miguel nous inflige à son tour une disparition volontaire qui tient plus du vaudeville que de la tragédie. Je ne comprends pas comment tu peux comparer le départ de ton ex-femme Barbara qui voulait protéger sa fille à la désertion de Miguel qui ignore aujourd'hui si ses enfants sont vivants ou en bonne santé.

Je sais l'amitié profonde qui te liait à Miguel. Autrefois, je t'en étais si reconnaissante. Je croyais que Miguel et moi ne faisions qu'un, et toute affection extérieure nous était destinée à tous les deux. À présent, tu as raison, je mérite bien et littéralement mon nom de Soledad, solitude. Et comme trop de femmes de ton pays, il ne me reste plus qu'à me voiler la face jusqu'à ce que je devienne vraiment une vieille femme.

Je pars en Californie chez Julia passer la nouvelle année. *Feliz año nuevo...*

Soledad

Mardi 29 décembre 1998

Caroline n'avait qu'une heure pour déjeuner, mais Thibault l'attendait à la terrasse chauffée du café Beaubourg. Pas complètement seul. Il était déjà en grande conversation téléphonique sur son portable. Caroline lui lança un regard sombre. Ces portables envahissaient toute espèce d'intimité. Avant, on n'était interrompu qu'au bureau. Maintenant, c'était partout, à tout moment. Elle indiqua sa montre à Thibault d'un geste expressif, mais au moment même où il se dépêchait de raccrocher, une sonnerie fusa du sac de Caroline. Du coup, ils éclatèrent de rire en même temps.

– Je ne vais pas décrocher, va, concéda Caroline. De toute façon, j'ai ma messagerie vocale. Mais à une condition. On ne parle pas de Miguel aujourd'hui. Je suis saturée de la disparition de Miguel. Écœurée des histoires de tortures et de génocides. À chacun ses cauchemars. Le mien, parmi les plus récents, s'est présenté, il n'y a pas une semaine, sous la forme d'un effroyable réveillon de Noël familial, avec ma mère... Tu sais, Thibault, à propos de disparition, il y en a une qui ne cesse de me préoccuper, c'est celle de mon gracieux minois.

– Qu'est-ce que tu vas chercher ? Tu as rajeuni depuis la dernière fois et...

– Thibault, cessez, toi et les Garçons, de nous bourrer le mou. Nous sommes charmantes parce que nous ne sommes que vos vieilles amies et vous pouvez nous raconter des histoires à peu de frais pour nous faire plaisir. Tu t'imagines que nous ne voyons pas qu'après minuit, c'est la chair fraîche qui vous intéresse. Et que c'est l'éternelle Règle de Trois qui s'applique avec ses infinies variantes. Toi, tu n'en veux qu'aux éphèbes de moins de trente... pardon, de vingt-cinq... Malek ne cherche pas la nouvelle femme de sa vie dans sa classe d'âge. Je ne parle pas du départ de Miguel parce que je viens d'établir qu'il est rejeté de l'ordre du jour. Quant à Vivien, je viens d'apprendre par une indiscrétion professionnelle que sa dulcinée grecque n'a pas cinquante-deux ans mais vingt-huit.

– À vous entendre, on croirait toujours que vous êtes les seules à souffrir de ce mal, fulminait Thibault. Tu crois que je suis resté le même qu'il y a trente ans, moi ? Tu te rappelles mes cheveux ? Ils étaient blonds et assez beaux. À une époque, je les portais en queue-de-cheval. Tu as vu aujourd'hui : plus un poil sur le caillou ! L'autre jour, j'avais dragué un beau garçon d'une vingtaine d'années, un corps superbe baraqué comme un Jésus, une bouche pulpeuse... Arrivé chez moi, il m'appelle Grand Daddy. Si tu crois que j'étais enchanté !

– Du moins l'as-tu embarqué chez toi ! Tu me vois, moi, en train de draguer un garçon de vingt ans ?

– Pourquoi pas ? Comment sauras-tu la réponse si tu n'as pas le courage d'essayer ? Je connais pas mal de femmes de ton âge qui ont des amants beaucoup plus jeunes. Seulement, vous les filles, vous avez toujours joué les mijaurées. J'accepte-t-y ? j'accepte-t-y pas ? À force de manières et de vous faire désirer, vous méconnaissez ce que signifient prendre les devants, accepter l'échec. Vous avez tellement peur que ça ne marche pas que vous n'essayez même pas.

Caroline ne répondit pas. Elle était incapable d'expliquer à Thibault ce qu'elle avait ressenti au cours de ses dernières rencontres amoureuses : la peur de rentrer avec l'autre, la peur de l'intimité, celle de son corps qui n'avait pas épaissi comme celui de Constance ou d'Alice mais qui se réduisait à un sac d'os sur lequel pendait une peau farineuse. Et dans le regard de l'autre : le reflet de son visage décomposé au petit matin, les poches sous les yeux, la peau du cou fripée, avec les traces noirâtres du mascara, écoulé comme sur un masque de Pierrot déprimé. « Comme tu as dû être belle ! » lui avait susurré un amant – pourtant lui-même grisonnant – en guise de viatique, avant de filer à l'anglaise.

– Est-ce que tu lisais la collection « Contes et légendes », quand tu étais petit, Thibault ?

– Tu parles. Comme tous les mômes de l'époque.

– Tu te rappelles ce conte, il me semble que c'était japonais ?... En voici ma version, probablement déformée : Il s'agit d'un couple de vieux, tout semblable à Philémon et Baucis, qui s'étaient aimés leur vie entière d'amour tendre. Le temps passant néanmoins pour eux aussi, ils étaient devenus vieux, très vieux, et presque impotents. Un jour, l'homme rencontre un crapaud qui cachait un bon dragon, et il se refuse à l'écraser. Le dragon lui propose alors de lui exaucer un vœu. « Retrouver ma jeunesse », répond le vieillard. Alors, le bon génie lui indique le chemin de la fontaine de jouvence et le vieux se met en route. Arrivé à la source, il commence à se désaltérer. Miraculeusement, son corps se redresse, sa peau se tend, ses rides s'évanouissent, il retrouve sa vitalité d'antan. En un mot, il a la joie de redevenir le beau jeune homme d'autrefois. Tout heureux, il reprend le chemin de la maison et y parvient plus vite qu'à l'aller. Sa vieille épouse, qui s'inquiétait, ne l'identifie pas immédiatement, puis s'émerveille et se désole. Qu'à cela ne tienne : il lui indique le chemin de la fontaine et la vieille s'éloigne toute courbée. Le jeune époux l'attend, et le jour et la nuit. En vain. Alors il part à sa recherche et trouve au bord de la fontaine un bébé vagissant. Trop avide, la femme n'avait pas su s'arrêter. Elle avait brûlé les étapes et atteignait à peine le stade du nourrisson. Alors le jeune homme enveloppe le nouveau-né dans sa manche de kimono et ramène au foyer sa petite femme...

– Comment sais-tu que le bébé était une fille ? demande Thibault, facétieux. Peut-être qu'entre-temps, elle avait changé de sexe et s'était métamorphosée en un beau petit garçon.

– Mon pauvre Thibault, espèce d'obsédé ! Je ne vois pas ce qu'un changement de sexe ajouterait à l'histoire... Mais je me souviens parfaitement de l'illustration où figurait le visage consterné du héros rajeuni, tenant dans ses bras le bébé.

– Tu vois, dit Thibault, que les femmes sont toujours excessives. Elle n'avait pas su s'arrêter de boire à temps.

– Je vois au contraire sa sagesse, née de son expérience : quand elle a le choix de recommencer sa vie amoureuse, elle préfère y revenir beaucoup plus jeune que lui. Ainsi elle ne connaîtra pas les affres de sa première existence, même si pendant quelques années ils sont à nouveau séparés par l'âge.

– Il s'avère que votre prétendue Règle de Trois ne s'appliquait pas dans l'ancien Japon, puisque le vieux mari n'avait pas remplacé son épouse, même avant la fontaine... Je trouve ton histoire déprimante, ajouta Thibault. À moins que ce charmant époux ne devienne pédophile, ce qui lui vaudrait aujourd'hui bien des ennuis, il va falloir qu'il la lange, qu'il la mouche et qu'il l'attende pendant presque deux décennies. Il y a de quoi vous dégoûter de l'amour... et même de la jeunesse.

– Rien de tel en amour que l'attente... la patience... la ténacité...

– Voilà la meilleure que j'aie entendue depuis bien longtemps ! s'écria Thibault. Est-ce bien Caroline de Pauillac, pardon, Caroline Pauillac qui s'exprime ainsi ? On croit rêver !

– De toute façon, c'est un rêve, dit Caroline pensivement. Un des plus vieux de l'humanité. Celui de Faust...

– Celui-là, comme je le comprends ! Je donnerais mille fois mon âme pour retrouver mon corps de dix-huit ans et l'époque pré-sida.

– Évidemment. Tu n'as pas d'âme, mon vieux Titi. Pour toi, c'est facile. Et puis, aujourd'hui, on n'a plus besoin de pactiser avec le diable pour découvrir les fontaines de jouvence. La science et la technique les ont remplacées. Et moi, eh bien, je pactiserai avec la technique.

Une nouvelle sonnerie sur le portable de Thibault coupa court au lyrisme de Caro. Elle se leva.

– *Ciao,* mon frère. Regarde-moi mais regarde-moi bien avant de partir. Je te donne rendez-vous ici même à 13 heures dans quatre mois d'ici, soit le 29 mars. Entretemps auront changé la décennie de mon anniversaire, le chiffre de l'année... et encore autre chose... Qui vivra verra.

– J'espère bien que nous nous verrons avant quatre mois ! *Ciao,* Caro. Et la prochaine fois, montre-toi moins énigmatique. On se croirait avec le prophète.

– La prophétesse – ou la prophète –, mon cher Titi. Respecte les règles de féminisation des noms de métier et de grade, en ce moment même concoctés par un comité de féminisation du CNRS.

Et Caroline de Pauillac s'éloigna dignement sur ses hauts et larges talons, fendant la foule attroupée devant le centre Pompidou et balançant, comme une jeune fille, son grand sac en autruche bleue.

Mercredi 30 décembre 1998

De : Caroline Pauillac <CaroPauillac@LeFigaro.fr> (la mère Noël)
À : Alice Coste <hubertcoste@PDL.fr> ; Constance Vouillé <VouilleC@Loyola.edu> ; Julia Kaplan-Brown <JKaplanB@BlumFieldKaplan.com>
Objet : De l'Invisibilité : mon cadeau pour 1999

En guise de bonne et heureuse année, ce viatique de culture féminine :

Dorris Lessing : *L'Été avant la nuit*
« Sa surface entière, les boucliers que formaient ses yeux vides et fixes, son corps et même ses pieds élégants, tout en elle était dressé à être remarqué, comme une adolescente qui a passé trois heures à se maquiller, et qui compte sur tout ce qui va arriver quand elle s'offrira aux cohortes de regards admiratifs. Kate se sentait légère, dépourvue de tout lest ; elle avait la tête chaotique, les sens paralysés par la confusion, et elle réfrénait des impulsions tellement éloignées de tout ce qu'elle avait pu ressentir ou imaginer pour elle-même qu'elle en était choquée comme si elle avait lu tout cela dans un journal. Elle savait que, si elle n'y prenait pas garde, elle irait tout droit sur l'un de ces groupes de jeunes gens qui traînaient, soulèverait sa jupe le plus haut possible, et leur crierait : *Là,* regardez ça, je suis là, non ? Pourquoi ne regardez-vous pas ? (...)

« Mme Brown se promena dans le parc tout l'après-midi. Elle n'avait pas tout de suite senti qu'elle était redevenue Mme Brown, mais ensuite elle remarqua des regards, de l'attention : c'est parce qu'elle portait la robe seyante de Maureen, d'un vert attrayant, et parce qu'elle était coiffée comme il convenait à ses traits *piquants*; parce qu'elle était en voie de guérison, et que les lignes de son corps et de son visage s'étaient harmonisées.
« Un homme vint s'asseoir à côté d'elle sur un banc, et l'invita à dîner. (...)
« Il lui suffisait de mettre l'autre robe, de brosser ses cheveux comme ceci et comme cela, et elle attirerait les regards et les invitations à chaque pas. »

* * *

From :	Julia Kaplan-Brown <JKaplanB@BlumFieldKaplan.com>
To :	Alice Coste <hubertcoste@PDL.fr> ; Caroline Pauillac <CaroPauillac@LeFigaro.fr> ; Constance Vouillé <VouilleC@Loyola.edu>
Subject :	Mon cadeau : De la Sagesse.

Suite et fin du même passage (Doris Lessing) :
« L'attention des hommes est attirée par des signaux à peine plus compliqués que ce qui attire les oisons ; et pendant toute sa vie adulte, toute sa vie sexuelle, disons à partir de l'âge de douze ans, elle s'était conformée, tiraillée comme une marionnette par ces ficelles... »

À vos jarretelles, les filles !

De celle qui jamais n'en porta, Julia

* * *

From : Constance Vouillé <VouilleC@Loyola.edu>
To : Julia Kaplan-Brown <JKaplanB@BlumFieldKaplan.com> ; Alice Coste <hubertcoste@PDL.fr> ; Caroline Pauillac <CaroPauillac@LeFigaro.fr>
Subject : Mon cadeau : De la Déception

Germaine Greer : *Le Passage*
« Ce qui se passe, en fait, au moment où la femme vieillit, lors de la cinquième période climatique, c'est que les hommes n'ont plus envie de manipuler sa sexualité, ils s'arrêtent de renifler autour d'elle (...).
« Au début, la femme libérée titube un peu comme un bagnard dont on vient d'enlever les fers. Quand on ne la voyait que trop, c'était peut-être pénible, mais maintenant qu'on ne la voit plus du tout, elle se sent un peu perdue. Elle n'avait pas mesuré à quel point elle comptait sur sa présence physique, dans les magasins, au garage, dans le bus, partout. »

* * *

De : Alice Coste <hubertcoste@PDL.fr>
À : Julia Kaplan-Brown <JKaplanB@BlumFieldKaplan.com> ; Caroline Pauillac <CaroPauillac@LeFigaro.fr> ; Constance Vouillé <VouilleC@Loyola.edu>
Objet : J'en remets dans la hotte : De la Sagesse

Noëlle Châtelet : *La Dame en bleu*
« Solange désapprend l'apparence. C'est sa dernière trouvaille, sa nouvelle liberté...
« Qui aurait pu imaginer qu'un jour elle savourerait de n'être plus regardée spécialement par les hommes, dont le verdict, elle s'en rend compte, a préoccupé les plus belles années de sa vie ? Les hommes et leurs yeux, elle les croise maintenant sans danger. Ils glissent sur elle comme la caresse d'une

brise légère, généreuse. Les hommes et leurs yeux ne revendiquent rien, ni de la conquérir ni d'être conquis. Bref, ils la laissent en paix. Ils la laissent vivre, enfin. »

* * *

From : Julia Kaplan-Brown <JKaplanB@BlumFieldKaplan.com>
To : Alice Coste <hubertcoste@PDL.fr> ; Caroline Pauillac <CaroPauillac@LeFigaro.fr> ; Constance Vouillé <VouilleC@Loyola.edu>
Subject : Celui des étrennes : De la Responsabilité

Erica Jong : *La Peur de l'âge*
« La cinquantaine nous terrifie parce que nous ne savons plus quoi faire de nous une fois privées de notre jeunesse et de nos attraits. Comme d'ailleurs aux autres stades de notre existence, il nous manque un modèle auquel nous conformer. Vingt-cinq ans de féminisme, retour du pendule, féminisme deuxième édition, et nous voilà toujours au bord du gouffre. Qu'allons-nous devenir maintenant que nos hormones nous lâchent ? »

À propos de ce dernier thème, d'après une récente étude américaine, le traitement de remplacement des hormones que Constance et moi avons été parmi les premières de notre génération à adopter pour éviter les affres de la ménopause, avoir la peau plus fraîche et ne pas prématurément ressembler à des vieilles courbées sur leur fagot, se révèle responsable d'affections plus que meurtrières comme le cancer du sein auquel a néanmoins échappé notre ancienne Mélusine, pourtant si je ne me trompe déjà prématurément confrontée à la perversité des œstrogènes et de leurs énigmatiques compléments de progestérone. Dans le dilemme, entre l'ablation d'un sein et la fatale fracture de la hanche qui nous clouera dans un mouroir, je préfère perdre mes appâts, comme aurait dit

Mme de Sévigné ou ses copines... D'autant qu'aujourd'hui on évite autant que possible les ablations. *Quid* de vous autres ?

* * *

De : Caroline Pauillac <CaroPauillac@LeFigaro.fr>
À : Julia Kaplan-Brown <JKaplanB@BlumFieldKaplan.com> ; Alice Coste <hubertcoste@PDL.fr> ; Constance Vouillé <VouilleC@Loyola.edu>
Objet : Pour vous secouer, l'amère pilule

Simone de Beauvoir : *La Force des choses*
« À quarante ans, un jour, j'ai pensé : "Au fond du miroir la vieillesse guette et c'est fatal. Elle m'aura." Elle m'a. Souvent je m'arrête éberluée, devant cette chose incroyable qui me sert de visage (...). Il me semblait que je me souciais peu de mon apparence. Ainsi les gens qui mangent à leur faim et qui se portent bien oublient leur estomac ; tant que j'ai pu regarder ma figure sans déplaisir, je l'oubliais, elle allait de soi. Rien ne va plus. Je déteste mon image : au-dessus des yeux, la casquette, les poches en dessous, la face trop pleine, et cet air de tristesse autour de la bouche que donnent les rides. Peut-être les gens qui me croisent voient-ils simplement une quinquagénaire qui n'est ni bien ni mal, elle a l'âge qu'elle a. Mais moi je vois mon ancienne tête où une vérole s'est mise dont je ne guérirai pas. »

Pour le dilemme de Julia, oui, toutes les tumeurs plutôt que de renoncer à ce supplément de jeunesse procuré par lesdites hormones qui nous manquent ! Comme elle, je continuerai à me doper quoi qu'il arrive.

* * *

De : Alice Coste <hubertcoste@PDL.fr>
À : Julia Kaplan-Brown <JKaplanB@BlumFieldKaplan.com> ; Constance Vouillé <VouilleC@Loyola.edu> ; Caroline Pauillac <CaroPauillac@LeFigaro.fr>
Objet : Suite : Simone de Beauvoir et la fuite des hormones

Simone de Beauvoir : *La Force des choses*
« Oui, le moment est arrivé de dire : jamais plus ! Ce n'est pas moi qui me détache de mes anciens bonheurs, ce sont eux qui se détachent de moi : les chemins de montagne se refusent à mes pieds. Jamais plus je ne m'écroulerai, grisée de fatigue, dans l'odeur du foin ; jamais plus je ne glisserai solitaire sur la neige des matins. Jamais plus un homme. Maintenant, autant que mon corps mon imagination en a pris son parti. Malgré tout, c'est étrange de n'être plus un corps ; il y a des moments où cette bizarrerie, par son caractère définitif, me glace le sang. Ce qui me navre, bien plus que ces privations, c'est de ne plus rencontrer en moi de désirs neufs : ils se flétrissent avant de naître dans ce temps raréfié qui est désormais le mien. »

Moi, Alice, je vote pour le renoncement au traitement. Respectons la Nature. Sinon elle reviendra au galop et se vengera de nos efforts pour rattraper des hormones qui se dérobent. Sachons une fois de plus faire notre deuil...

* * *

From : Constance Vouillé <VouilleC@Loyola.edu>
To : Julia Kaplan-Brown <JKaplanB@BlumFieldKaplan.com> ; Caroline Pauillac <CaroPauillac@LeFigaro.fr> ; Alice Coste <hubertcoste@PDL.fr>
Subject : *Re* : La fuite des hormones

M'aligne sur les positions de Lila. Ne tentons pas le diable en nous empoisonnant tous les jours avec des médicaments dont nous ignorons les effets à long terme. Ma parole, Caroline et Julia, vous êtes devenues des intégristes de la jeunesse ! J'en appelle à votre militantisme d'antan. La cause des femmes que la médecine a trompées et peut-être condamnées à développer des cancers et autres affections a besoin d'avocates comme maître Kaplan, pas de victimes consentantes comme les millions qui y ont laissé non seulement leur poitrine mais leur peau. Je m'efforce d'accepter la fuite sans retour de ce qui faisait de moi chimiquement une femme et viens d'arrêter définitivement mon traitement hormonal. Mais je me joindrai volontiers à une *class action,* une action collective en justice contre une médecine sexiste qui ne nous a fait miroiter une illusion que pour mieux nous infecter.

* * *

From : Julia Kaplan-Brown <JKaplanB@BlumFieldKaplan.com>
To : Constance Vouillé <VouilleC@Loyola.edu> ; Caroline Pauillac <CaroPauillac@LeFigaro.fr> ; Alice Coste <hubertcoste@PDL.fr>
Subject : Conclusion sur les deux thèmes par nous entrecroisés ou le présent de la fin.

Si on écoute les deux Félines qui viennent de s'exprimer, il n'y a plus qu'à se conformer à la parole de notre dame de plume, au temps où il n'y avait pas encore de traitements de substitution. En ce qui me concerne, cette vision ci-dessous mentionnée ne me dérange pas, sauf que je n'adhère pas avec sa conclusion :

Colette : *La Naissance du jour*
« C'en serait donc fini de cette vie de militante ? (...) Humble à l'habitude devant ce que j'ignore, j'ai peur de me tromper,

quand il me semble qu'entre l'homme et moi une longue récréation commence... Homme, mon ami, viens respirer ensemble... ? J'ai toujours aimé ta compagnie. Tu me regardes à présent d'un œil si doux. Tu regardes émerger, d'un amas confus de défroques féminines, alourdi encore comme d'algues, une naufragée – si la tête est sauve, le reste se débat, son salut n'est pas sûr –, tu regardes émerger ta sœur, ton compère : une femme qui échappe à l'âge d'être une femme. Elle a, à ton image, l'encolure assez épaisse, une force corporelle d'où la grâce à mesure se retire, et l'autorité qui te montre que tu ne peux pas la désespérer sinon purement. Restons ensemble : tu n'as plus de raison, maintenant, de me quitter pour toujours. »

* * *

De : Caroline Pauillac <CaroPauillac@LeFigaro.fr>
À : Constance Vouillé <VouilleC@Loyola.edu> ; Alice Coste <hubertcoste@PDL.fr> ; Julia Kaplan-Brown <JKaplanB@BlumFieldKaplan.com>
Objet : Au secours...

Au secours... je refuse la disparition, la résignation, le renoncement, la fuite, le deuil, et nos bonnes paroles, nos paroles lénifiantes cueillies sur des lèvres qui sont mortes depuis des lunes. Non ! Non ! et non ! Je ne me résignerai jamais.
JAMAIS !

Caroline

Lundi 4 janvier 1999

De : Caroline Pauillac <CaroPauillac@LeFigaro.fr>
À : Constance Vouillé <VouilleC@Loyola.edu> ; Alice Coste <hubertcoste@PDL.fr> ; Julia Kaplan-Brown <JKaplanB@BlumFieldKaplan.com>
Objet : Le pacte de Faust

Cet e-mail (de moi – ex-Mélusine – à l'attention de toutes les Félines), imprimé, a été préalablement envoyé par courrier à la Féline chilienne pour qu'elle le reçoive en même temps que les autres et m'envoie par retour sa réaction...

Mes chéries,

Voici ma résolution de début d'année :
J'ai compris, le jour de l'anniversaire de Soledad, qu'il nous fallait agir pour enrayer la machine à détraquer la peau. J'avais quelques idées sur la question depuis un certain temps (et en ai même fait part à notre ami Malek), mais une conversation avec Thibault sur la fontaine de jouvence (conte dont je vous avais aussi souvent parlé) m'a éclairée. Et puis Constance il y a quelques mois m'avait réveillée par son injonction : « On t'interdit d'avoir cinquante ans ! » Elle l'a oubliée. Vous l'avez oubliée. Pas mon disque dur, qui résiste mieux que notre mémoire collective. Quant au détonateur, notre conflit sur les traitements hormonaux, il m'amène à reprendre à zéro toute la problématique, mais

dans la sérénité. Voici donc le raisonnement que je me suis tenu à moi-même.

Nous constatons dans le domaine du vieillissement que c'est le corps qui nous trahit. Notre cerveau, lui, n'a pas bougé : Julia conserve sa mémoire d'éléphant et son esprit de géométrie, Constance ses dons littéraires, Alice n'a fait que se bonifier et approfondir son expérience, la créativité de Soledad a augmenté avec le temps et mes reportages sont paraît-il de plus en plus appréciés, sinon au journal (où ma cote diminue en fonction de l'apparition progressive des signes de dégradation ci-dessus énoncés), du moins par les lecteurs (qui ont eux la chance de ne pas me voir).

En revanche, à plus ou moins long terme, nous avons constaté que nous sommes menacées d'ostéoporose et du cancer de nos organes les plus féminins : seins, utérus, ovaires, etc. Nos cheveux s'assèchent, tout comme notre étui intime, paraît-il de moins en moins accueillant, nos dents s'abîment, notre peau devient flasque, nos lèvres s'amincissent, nos cheveux se raréfient, nos seins pendent, nos croupes bombées deviennent des sacs de son, nos bras sont flasques, nos genoux gonflés, nous avons du ventre et parfois des bouffées de chaleur. Quant à nos visages, ils ne valent pas mieux que nos corps, appelés à se rétrécir, se flétrir ou s'épaissir, et le supplice quotidien du miroir ajouté à celui non moins habituel du regard de l'homme devient intolérable. Poches sous les yeux, bourrelets, rides, sillons divers ; plus ça va et plus nos figures sont striées de lignes comme l'intérieur de nos mains. Quand je fronce les sourcils, maintenant, non pour me fâcher mais pour lire les caractères des petites annonces, mon front se creuse et reste marqué même quand ils retrouvent leur place ordinaire.

Si, avec l'âge, la beauté se mérite, eh bien nous ne devons pas être très dignes ni les unes ni les autres. Et ce n'est qu'un début. Ce préambule, mes sœurs, non pour vous assombrir mais pour vous préparer au combat. Car la solution que je vous propose consiste non à entrer au cloître comme nos aïeules ou à nous résigner passivement et masochistement comme nos mères ou nos grands-mères mais à nous battre contre le temps et la déchéance de nos corps. La science aujourd'hui nous en donne les moyens. Nous avons cinquante ans et plus, d'accord. Au lieu de gémir sur les cinquante années qui viennent de s'écouler, préparons les quarante qui nous restent. Ma grand-mère est morte à quatre-vingt-onze ans. Mais elle n'existait plus qu'à moitié depuis les derniers quarante-cinq. J'ai l'intention de profiter de mes gènes et de l'imiter, mais seulement dans la longévité. Pourquoi cesserions-nous d'être des femmes parce que nous atteignons ce que Germaine Greer appelle « la cinquième période climatique » ou que la reine d'Angleterre nommerait – si elle pouvait – *uterus horribilis*? Est-ce que les hommes cessent d'être des hommes lorsqu'ils deviennent quinqua, sexa, septua ou octo ? Aux armes, les Félines ! Ne nous laissons pas abattre parce que notre peau se fane. Rafraîchissons-la !

Première étape de mon programme : j'ai rendez-vous avec le Dr Fontaine (eh oui, sans blague !), ce mercredi 20 janvier à 9 heures, deux jours après mon anniversaire fatidique. Qui est le Dr Fontaine ? Le meilleur chirurgien esthétique de Paris. Je vous tiens au courant de tout dans les moindres détails. Bientôt vous ne reconnaîtrez plus votre

Caro

* * *

From : Julia Kaplan-Brown <JKaplanB@BlumFieldKaplan.com>
To : Caroline Pauillac <CaroPauillac@LeFigaro.fr>
cc : Constance Vouillé <VouilleC@Loyola.edu> ; Alice Coste <hubertcoste@PDL.fr>
Subject : La tentation de Faust

Trop fébrile Féline, je suis d'accord en tous points avec ton argumentation et ton programme théorique. D'accord pour cesser de gémir, d'accord pour préparer les trente ou quarante glorieuses. Mais pourquoi te faire tirer la peau par un charlatan afin d'accomplir ce beau projet ? Le b.a.-ba du combat pour préserver son corps et son esprit, les Américaines conscientes le pratiquent depuis longtemps : prévention médicale et sport régulier. Commençons par assurer la base. *Mens sana in corpore sano.*

Première étape. Tu as raison de dire que les hommes ont trouvé le secret de ne pas cesser d'être des hommes malgré l'andropause. Ils n'ont pas besoin de se faire trafiquer le visage ou le corps. Ils font des abdominaux et s'engagent dans de nouvelles existences, avec des êtres neufs. Il ne tient qu'à nous de les imiter. J'ai là-dessus un programme encore secret dont je vous dévoilerai prochainement le détail. Méfions-nous, chères Félines, des tentations et des défis, et n'oublions pas que tout retour à la jeunesse corporelle a partie liée avec le diable.
Rebecca, qui travaille à New York avec des sidéens, me rapportait qu'une jeune séropositive de vingt-quatre ans lui avait confié à quel point elle désirait vivre assez longtemps pour avoir un jour des rides !
En ce qui concerne ta reconnaissance professionnelle, chère Caro, ne crois-tu pas que tu verses sur une pente légèrement paranoïaque ? Si on te fait moins confiance, c'est peut-être justement parce que tu te concentres plus sur ton look que sur tes articles. Je n'ai, quant à moi dans mon métier, rien éprouvé ou observé de tel.

* * *

From : Constance Vouillé <VouilleC@Loyola.edu>
To : Caroline Pauillac <CaroPauillac@LeFigaro.fr> ; Julia Kaplan-Brown <JKaplanB@BlumFieldKaplan.com>
cc : Alice Coste <hubertcoste@PDL.fr>
Subject : Retour d'âge

Caroline et Julia, avez-vous donc toutes les deux perdu la tête, et de quelles abracadabrantes niaiseries êtes-vous en train de nous, de vous abreuver ? La vieillesse n'est pas une peau d'âne dont un coup de baguette magique et un vieux Prince charmant permettent de se débarrasser. À vous lire, je songe malheureusement à cette conventionnelle expression que les traitements d'aujourd'hui ont fini par occulter et même supprimer de la langue : « retour d'âge ». Vous y donnez toutes deux à plein, ayant passé directement de l'adolescence que vous avez refusé de quitter à une espèce de gâtisme encore infantile. L'acceptation de l'âge ne représente pas une contrainte typiquement féminine comme les règles ou la ménopause. Faust s'était damné pour remonter le temps. Autre chose qu'un coup de bistouri ou un nouveau compagnonnage avec partenaire plus jeune.

Étant la plus ancienne et en conséquence la plus éprouvée par le phénomène qui vous obsède, je voudrais vous mettre en garde contre de nouvelles tentations de régler par la futilité des problèmes graves. Vous nagez en pleine dénégation. En bon français, ça s'appelle de la mauvaise foi. Le lifting ne représente qu'un maquillage de plus, et nous avons en notre temps dénoncé la fatalité de tous les travestissements qui, jeunes, nous rendaient plus désirables et plus dépendantes. Je crains que Caroline ne lise trop de magazines féminins et ne fréquente trop les cocktails du show-biz parisien (légitimement d'ailleurs, afin d'échapper à

la ligne conservatrice de son propre canard et à la solitude des dimanches matin, que je connais moi-même d'expérience).
Quant à se reposer sur le jogging et la musculation, comme le voudrait naïvement Julia, on l'a fait, on le fait et on sait parfaitement que ça ne donne pas de miracles. Toute l'aérobic et tout l'effort de Jane Fonda pour préserver son corps et celui des autres femmes de son âge ne l'ont pas ramenée sur les écrans, où l'on voit en revanche se multiplier les Robert Redford et ses autres contemporains mâles dont les rides sont considérées comme des signes de distinction, généreusement rémunérés par Hollywood.

Vos solutions me paraissent inadéquates, frivoles, réactionnaires et peu novatrices. Vous ne faites que répéter le modèle ancestral. Déjà Molière se moquait des vieilles belles qui s'inondaient de rouge pour se rajeunir (seule différence : les malheureuses étaient *beaucoup* plus jeunes que nous). Un peu d'imagination, que diable ! Je ne vous demande pas de réécrire *Les Essais* de Montaigne (je vous accorde que *La Vieillesse* de Simone de Beauvoir demeure l'un des livres les plus rasoirs qu'il nous ait été donné de lire) mais de vous élever au-dessus de la philosophie des paparazzi.
D'après les statistiques actuelles, s'il est vrai que les femmes vivent en moyenne huit années de plus que les hommes ; en revanche elles paraissent dix ans de plus au même âge (à partir de quarante ou cinquante ans), à cause du manque de barbe et de poils qui préservent la peau plus épaisse de nos compagnons. (Sauf hormones de remplacement qui détruisent moins visiblement mais plus sournoisement.)
Alors, d'accord pour la longévité, mais dépasser les hommes, qui ont déjà une avance d'une décennie sur le look, qui peuvent engendrer jusqu'à la fin de leurs jours, et qui ont une tendance naturelle à préférer les nymphettes aux

beautés mûrissantes, représente une tâche de Sisyphe, nettement au-dessus de mes forces... et des vôtres. J'aimerais entendre sur ce sujet la tante Lila, qui se terre dans sa ville rose...

Votre Constance

P.-S. Du coup nous avons complètement laissé tomber la recherche de Miguel. Est-ce parce que nous n'avons pas encore réussi à démontrer qu'il avait trouvé la route de la fontaine comme le héros japonais ? En tout cas, Caroline, n'essaie pas de convaincre Soledad que les fontaines de jouvence – potions, enchanteurs ou traitements esthétiques – seraient susceptibles de lui rendre son homme. Si, comme tu l'as toi-même reconnu, notre cerveau continue à fonctionner comme auparavant – avec quelques accrocs de mémoire – et si notre esprit reste intact, donnons-lui, à *notre esprit,* la priorité !

P.-S.*bis.* Pour mémoire : deux collègues à moi se sont fait tirer la peau par le meilleur chirurgien de la ville. L'une fait effectivement dix ans de moins qu'avant mais elle a perdu toute expression : deux cernes qui faisaient ressortir ses yeux et rehaussaient ses pommettes, donnant à son regard mystère et profondeur, ont disparu, libérant un visage nu et sans mémoire. L'autre, au bout de huit mois, se révèle encore rouge et enflée. Le traitement au laser a substitué deux traces brunes à la courbure du cerne que j'évoquais plus haut, et il faut beaucoup de poudre pour les camoufler. Avis aux amateures ! (Et je ne parle pas des vraies bavures et des visages zébrés par de vilaines cicatrices.) Souhaitons-nous ressembler à des poupées Barbie ?

* * *

De : Alice Coste <hubertcoste@PDL.fr>
À : Caroline Pauillac <CaroPauillac@LeFigaro.fr> ; Julia Kaplan-Brown <JKaplanB@BlumFieldKaplan.com> ; Constance Vouillé <VouilleC@Loyola.edu>
Objet : Derechef, ne chassez pas le naturel...

Je n'ai pas eu besoin d'avoir la peau fanée pour avoir été trompée par mon mari des dizaines de fois. Et j'ai eu beau m'évertuer à tenter de lui rendre la pareille, quand j'avais encore des fesses et un visage appétissants, je n'ai recueilli qu'échec et frustration. Qu'Hubert ne m'ait pas encore quittée pour une amie de sa fille (en application de la Règle de Trois) vient peut-être de ce que je fais de mieux en mieux la cuisine (c'est vous-mêmes qui le dites) et de moins en moins de scènes de ménage. Si je rencontrais le bon génie et qu'il m'offre l'eau de jouvence, je recommencerais ma vie autrement. Je la consacrerais à la peinture, à l'illustration et pas aux hommes. Mais alors en quoi m'importerait-il de ne plus avoir de rides ? Mes enfants, qui représentent mes seuls biens (avec mes Félines !), m'aiment telle que je suis. Comment réagiraient-ils si j'avais soudain l'air de leur petite sœur ? La mère d'une copine de Chloé a ainsi déstabilisé sa fille, qui luttait contre l'acné et un chagrin d'amour avec un jeune Marocain, en lui faisant à quarante-cinq ans une concurrence déloyale auprès de ses copains. Pardonne-moi, Caro, mais cette solution me paraît superficielle et artificielle. D'une part, tu es restée très belle et à certains moments on ne te donne pas trente ans : pourquoi chercher à rajeunir davantage ? Tu finirais par te retrouver comme le bébé du conte japonais ! D'autre part, nous aurions l'impression de te perdre par morceaux si nous ne retrouvions pas sur ton cher visage tel sillon ou telle ride dont nous connaissons l'histoire et que nous chérissons parce qu'ils font partie de notre mémoire et de la tienne.
Enfin cessons de nous raconter que la loi qui régit notre vie demeure celle de la séduction ! Cessons aussi de nous

distinguer des hommes à tout prix par notre futilité. Le coup de bistouri qu'a donné Miguel à son existence, quoi qu'on en pense, a une autre allure que celui du chirurgien esthétique. Pourquoi ne pas nous résigner à la nature qui a voulu que nous fussions des êtres éphémères et mortels ? Je suis croyante. Il me paraît sacrilège de vouloir repasser derrière le Créateur...
Mais je suis aussi tolérante. Si tu veux mener ta petite expérience, ma Caro, je la soutiendrai. (Je suis néanmoins convaincue que ce volontarisme physiologique et esthétique ne nous mènera pas loin.)

D'une provinciale et fière de l'être.

* * *

Santiago, le 12 janvier 1999

Querida Carolina...

Ton message imprimé reçu hier m'a beaucoup amusée et distraite. (C'est la première fois que je reçois un e-mail, même par le courrier normal.) Je ne sais pas comment les autres Félines ont réagi mais, moi, je te suis reconnaissante – à toi, comme à Julia, qui m'a bien secouée et dorlotée pendant mon séjour en Californie – de me faire sortir de cet enfermement et de ce désarroi dans lesquels m'a jetée l'abandon de Miguel.

En un sens je me reproche d'avoir mal réagi à la découverte de la famille de Miguel. Je n'ai vu dans cette révélation que l'ignorance dans laquelle il m'avait tenue de ce qui le concernait de plus près. J'avais toujours été convaincue que nous partagions tout, même si nous ne nous parlions pas de tout. Nous formions une âme ou un cœur en deux corps. Et j'apprends que Miguel qui me racontait les moindres détails de sa journée, et je pensais, malgré quelques zones troubles, les moindres détours de sa pensée, m'avait caché le plus intime : non seulement qu'il avait un jumeau mais encore que ce jumeau était un *desaparecido*. Je n'ai retenu que le mensonge, que l'accroc entre Miguel et moi.

Et puis j'ai décidé de relire les lettres de Miguel. Une cinquantaine de lettres d'amour qui ressemblent aux vers de Neruda, et qui parlent de lui et de moi hors du temps, hors de toute contingence. Certaines de ces lettres avaient été écrites du camp de détention où il a été interné après son arrestation. Mais il n'y avait aucun écho des sinistres conditions qu'il était en train de vivre. Miguel était capable de s'abstraire du quotidien, de l'angoisse, des mauvais traitements par l'envoûtement des images et des mots. Bien sûr, il y avait la censure qui l'empêchait de raconter. Mais dans cette lecture, me frappe surtout son talent de dominer par le silence ce qui l'avilit ou le déchire. La *desaparición* de Manuel, comme la torture ou le camp relèvent de l'innommable. En me le nommant, Miguel aurait commencé à lui donner une existence, une justification. D'où son silence sur sa famille pendant ces années, silence qu'après tout j'avais fini par accepter presque naturellement, par égoïsme sans doute parce que ce secret ne mettait en cause ni ma vie ni celle de mes enfants.

Je commence à me dire qu'il m'a quittée sans un mot, non pour me blesser mais pour m'épargner. On a traité de folles les mères de la Plaza de Mayo qui ont tourné des années avec leurs photos de fantômes pour garder un visage à leurs morts ou à leurs disparus, mais elles représentaient la conscience et la santé de l'Argentine. Si Miguel retrouve la mémoire de Manuel, s'il parvient à ensevelir son frère, alors peut-être sera-t-il capable de me revenir.

Voilà mes dispositions quand j'ai reçu ta lettre. Je l'ai trouvée si rafraîchissante de vitalité, d'enthousiasme, de jeunesse ! *Sí, mi* Carolina, tu es restée tellement jeune dans ta tête qu'il faut que ton visage corresponde à nouveau à ton âge réel. Je souscris à la nécessité du combat. Une croisade contre soi-même et le temps, une lutte de tous les instants. Il me semble que si, moi, je la gagnais, je serais plus prête à accueillir Miguel au cas où il déciderait de rentrer. Cette guerre-là ne prendra pas nécessairement pour moi la forme d'un regain de fraîcheur sur le visage. Mais je trouverai d'autres stratégies. Tiens-nous au courant de tout ce qui t'arrive dans le moindre repli.

Tu amiga, qui t'aime avant, pendant et après ta petite régénération.

Soledad

P.-S. Je confie cette lettre à un ami français. Tu la recevras presque aussi vite que les messages des autres.

Vendredi 15 janvier 1999

De : Caroline Pauillac <CaroPauillac@LeFigaro.fr>
À : Constance Vouillé <VouilleC@Loyola.edu> ; Alice Coste <hubertcoste@PDL.fr> ; Julia Kaplan-Brown <JKaplanB@BlumFieldKaplan.com>
Objet : Mille mercis ! !

Il m'aura donc fallu atteindre cet âge canonique pour apprendre que je ne pouvais pas compter sur vous. Merci de m'offrir et de me lancer en pleine figure cette bonne leçon. Merci pour les visages cicatrisés et insensibles, la perte d'identité, les traces du laser, la déstabilisation des pauvres jeunes filles. Voilà qui m'encourage et me stimule ! ! ! Mais je trouve que vous n'avez pas, dans votre exercice de dissuasion, épuisé le sujet : vous avez négligé la douleur, les troubles de la vue, les paupières qui ne ferment plus, les convalescences interminables. Que n'avez-vous moralisé davantage sur la nécessité d'accepter le destin féminin supporté depuis des millénaires par nos aïeules et les aïeules de nos aïeules ! Ou invoqué l'argument féministe que nous ressassions en notre jeunesse militante : on a la tête qu'on a. À bas les soutien-gorge, les talons, le maquillage... et les liftings. Mais j'oubliais... Constance n'a pas manqué de me servir aussi ce plat réchauffé...
Je croyais partager avec vous une autre expérience un peu pionnière et à tout le moins recueillir de votre part certaine approbation voire de la sympathie. J'en ai bien reçu de ma

psy qui, par métier comme par philosophie, privilégie la chirurgie de l'âme sur celle du corps et préfère une bonne tête à une belle tête. Je l'ai parfaitement convaincue que l'une n'empêchait pas l'autre. Tout au contraire. Et je ne serais pas étonnée de la rencontrer un jour dans la salle d'attente du Dr Fontaine.
Sachez cependant que tous vos arguments accumulés n'ont fait que me convaincre davantage de rajeunir mon visage sans passer par l'alchimie ou les contrats avec Satan. Paradoxal que Soledad, la plus affectée d'entre nous par des événements, pourtant peu frivoles et peu parisiens, soit la seule à m'avoir manifesté de la compréhension et de l'affection. Jusqu'à présent, je ne doutais pas de vos sentiments. Ne doutez pas non plus que dorénavant les miens soient changés *(sic)*.

Caroline

Mercredi 20 janvier 1999

La salle d'attente du Dr Fontaine regorgeait de monde lorsque Caroline y fit irruption avec une bonne demi-heure de retard. Elle avait été ralentie par un embouteillage dans le Sentier, mais surtout par une présence turbulente dans son minuscule appartement de la rue Croix-des-Petits-Champs.

Caroline se détendit à l'évocation du tumulte de sentiments et d'événements des deux derniers jours. L'échange de messages aigres-doux avec les Félines avait eu lieu entre le lundi 4 et le vendredi 15 janvier, journée noire à l'issue de laquelle Caroline avait demandé – en vain – à sa psy une séance supplémentaire, puis s'était éclatée à une soirée parisienne, où elle avait trop bu, dit beaucoup de bêtises et dragué sans vergogne le mari de sa patronne directe au *Fig Mag*, avant de décider de couper toute relation avec les Félines dont aucune n'avait réagi à son message de rupture. Le dimanche, la déprime l'avait empêchée de quitter son lit ; elle avait longuement parlé au téléphone avec Soledad et Thibault, qui avaient tous deux essayé de la raisonner sur un mode un peu sceptique et même énigmatique qu'elle n'avait pas su interpréter. Elle avait passé tout le mardi, jour de son anniversaire, au journal à d'assommantes et interminables réunions. Le soir, elle était rentrée chez elle se changer, dans l'intention d'aller fêter son anniversaire avec Thibault Chez Georges, Malek et Vivien étant absents de Paris.

À peine Caroline avait-elle tourné la clé dans la serrure

qu'elle avait été assaillie par ses trois amies, recouvertes de tchadors que Malek leur avait autrefois rapportés d'Iran, le visage protégé par de superbes masques vénitiens offerts par Vivien, une décennie plus tôt et flanquées d'un Enchanteur Merlin, dont l'abondante barbe blanche ne dissimulait pas les traits réguliers de Thibault, braillant avec la voix de Dalida : « Elles sont venues… elles sont toutes là… La Cara… a… a… a. » En un déferlement de cris, mots tendres, exclamations, bourrades, oui, elles étaient toutes là, Alice montée de Toulouse en voiture, et les deux Américaines, Constance arrivée la veille de la côte Est et qui avait dormi chez Thibault, et Julia qui avait terminé le long voyage de San Francisco le matin même et luttait contre d'inextinguibles bouffées de sommeil.

– Alors, tu croyais que tu allais te débarrasser de nous comme cela, le jour de tes cinquante printemps… ma pauvre fille…

Alice avait senti l'émotion submerger leur rude Caroline et cherchait à neutraliser l'atmosphère.

– Quels pots de colle… mais quels pots de colle… moi qui me préparais à soûler Thibault pour qu'il avoue enfin que c'est moi qu'il préfère, avait articulé Caro qui se retenait très fort de fondre en larmes.

– Sors ta caméra, Julie… On a simplement voulu te revoir une dernière fois, avait soupiré Constance entre deux fous rires, avant que tu ne ressembles à une momie égyptienne. Profites-en bien ce soir… Tu ne pourras plus jamais rigoler de toutes tes dents, comme tu le fais en ce moment et nous devrons cesser à tout jamais plaisanteries et facéties, de peur que ta peau trop tirée finisse par se déchirer sous la pression.

– Dis la vérité, Lila… Alice voulait qu'on sorte une dernière fois en petites sœurs parce que la prochaine on nous prendra pour tes grands-mères et trois grands-mères, ça fait une de trop… si bien que Constance…

Elles avaient hoqueté de rire comme autrefois, quand elles parlaient de leurs profs, de leurs jules, de Psy et Po et de la lutte révolutionnaire, tandis que Thibault contemplait avec tendresse ses Félines, si proches de lui que parfois il ne savait plus ce que pouvait signifier la différence de sexe.

Julia avait débouché le champagne :

– Thibault t'expliquera – elle tentait de reprendre son sérieux – que notre venue était prévue depuis des mois et n'a rien à voir avec tes délires mégalomaniaques de samedi dernier. Tirage de peau ou non, on t'aurait pas laissé tomber pour tes cinquante ans ! On voulait te faire une vraie surprise...

– La vraie surprise – Thibault était intervenu tout en disposant, sur l'unique plat d'argent offert par Madeleine de Pauillac, un saumon en gelée qu'il avait lui-même confectionné –, on te la fera l'année prochaine, quand il faudra *re*fêter tes quarante balais...

– Tu plaisantes, Titi... ce Dr Fontaine n'en est pas à ses débuts... tu veux dire, ses *trente-cinq,* l'année où elle nous a posé un lapin en se faisant la malle avec... comment s'appelait-il ? Pierre-Emmanuel ?

– Constance, toi, c'est la mémoire que tu devrais te faire tirer. L'Alzheimer ne te guette plus... il est là... bien sûr que ce n'était pas encore Pierre-Emmanuel mais peut-être Jérôme ou même déjà Théodore.

– De Grossouvre, avaient hurlé à l'unisson les cinq personnes présentes avant de crouler à nouveau dans une gargantuesque rigolade, à l'évocation de ce soupirant de haut vol, mélange d'arrogance et d'humilité, qui avait tenu à demander la main de Caroline en gants blancs et mettait un genou à terre pour lui offrir des tourterelles...

Décidément, cette soirée était à marquer d'une pierre dans l'histoire des Félines, tout comme la fameuse nuit de la Saint-Jean. Et, le champagne et le pouilly-fuissé aidant, elles l'avaient terminée par une séance d'intronisation solennelle où elles avaient nommé Thibault Félin d'honneur, et commandeur suprême de la Félinerie internationale.

Le reste de la nuit avait passé trop vite et Caroline avait quitté discrètement le petit appartement surchauffé, jonché de sous-vêtements, en escaladant les deux matelas disposés dans le séjour où dormaient dans l'un Constance et Alice, chacune roulée en boule sur un morceau de drap âprement disputé, et dans l'autre Thibault et Julia rapprochés par un enchevêtrement de bras et de pieds dans une espèce d'étreinte chaste et fraternelle.

À présent, Caroline se sentait toute légère, dans le salon d'attente du Dr Fontaine où régnait une ambiance feutrée et de bon ton qui ne parvenait pas à éliminer certaine anxiété perceptible dès l'entrée. L'écoulement d'un frêle jet d'eau dans une vasque cherchait à suggérer le calme et la sérénité à ces visages tourmentés qui préféraient néanmoins se vouer à une contemplation anticipatrice de métamorphoses plus violentes.

Caroline essaya de s'absorber dans la relecture d'un article, commencé la semaine précédente, qu'elle devait remettre le jour même à la rédaction. Elle y faisait le bilan d'une génération, la sienne. Bien sûr, elle avait consciencieusement mené sa doc, mais reconnaissait s'être inspirée de son premier cercle de Félines et de Garçons. Sans doute la disparition de Miguel avait-elle constitué l'étincelle qui lui avait fait « revisiter », comme disaient Julia et Constance, l'itinéraire de leur petite bande.

Miguel, Malek, Thibault et à un moindre degré Vivien ou même Hubert – bien sûr, elle ne donnait aucun nom ni détail précis – comptaient parmi les idéalistes qui avaient marché dans les illusions et les erreurs idéologiques du siècle. Miguel s'était engagé à fond dans le gouvernement Allende, Malek dans l'indépendance algérienne, qu'ils avaient crue liée structurellement à la révolution de leurs pays. Thibault avait dû passer au crible l'héritage de ses parents communistes, accepter *a posteriori* que leur foi indéfectible dans le système soviétique n'ait reposé que sur une duperie monstrueuse et surtout remettre en question les limites de leur étroite moralité pour sortir enfin du placard et devenir lui-même. Vivien avait essayé d'appliquer à sa vie amoureuse et professionnelle le goût du voyage, la recherche du dépaysement et les grands principes libertins transmis pêle-mêle par une lignée politico-littéraire, qui allait de Laclos, de Diderot ou même de Sade aux surréalistes et aux explorations sartriennes. La déception avait fait d'eux des handicapés, incapables d'accepter les réalités du monde et de leur monde, comme Miguel, ou au contraire poussant à l'extrême, avec une sorte de cynisme et de perversité amère, la vision matérialiste et « libérale » – autrefois ils auraient dit capitaliste – du monde, comme Hubert.

Elles, les femmes, avaient mené un autre combat, qui impliquait le corps tout autant que l'esprit, et qui avait profité des avancées scientifiques de cette époque. *Baby boomers* de l'après-guerre, pionnières dans presque toutes les avancées technologiques, économiques ou éthiques – contraception, pilule, hormones de rajeunissement, libération sexuelle et professionnelle –, elles se considéraient orgueilleusement comme une avant-garde historique. À présent elles se replaçaient à nouveau en première ligne, affrontant leur longévité – elle aussi nouvelle – face à l'inévitable horloge biologique qui rétablissait à partir de cinquante ans l'inégalité avec les hommes. La parité qu'elles réclamaient en politique, elles n'avaient pas réussi à l'établir dans la physiologie, et leurs hommes s'offraient des deuxièmes ou des troisièmes familles tandis qu'elles se préparaient à l'idée de manger seules la plupart des trois repas quotidiens des trente ou quarante prochaines années.

Caroline, à cet endroit, songea qu'elle-même déjeunait et dînait plus souvent en compagnie qu'Alice, néanmoins pourvue d'un mari et de deux enfants. Surtout, il fallait veiller à ne pas stéréotyper, à ne pas réduire. Par tempérament, Caroline savait qu'elle y était portée ; ses amis le lui avaient maintes et maintes fois fait remarquer. Et l'évolution de la situation ne leur donnait pas tort. Caro sentit monter en elle une bouffée de confusion à l'idée qu'elle était prête la veille à laisser tomber ses vieilles copines pour un désaccord sur la chirurgie esthétique. Puis elle se ravisa, songeant qu'elle ne l'aurait pas fait, et qu'elle ne l'avait jamais fait même lorsque les luttes portaient sur des sujets plus graves.

Leur vieille camaraderie avait survécu à toute une histoire conflictuelle avec des mésententes qui allaient de la brouille à la discorde, de la dissension à la fâcherie, avec des périodes de guerres ouvertes suivies de pactes et d'engagements de paix où la médiation des uns et des autres finissait par avoir raison des hostilités. Une liaison orageuse entre Hubert et une collègue de Caroline avait failli détruire le lien affectueux qui l'unissait à Alice, tandis que son passage d'un hebdomadaire de gauche au *Figaro* avait entraîné des échanges peu amènes et un froid de plusieurs semaines avec son premier cercle. Des amis américains de Julia, qui avaient tout cassé dans son appartement un été, avaient créé entre elle et la « Californienne » une dispute homérique. D'autres discussions plus que vives, notamment sur l'éducation des enfants, avaient assombri un temps ses rapports avec ses amies mères de famille. Constance lui en avait voulu plusieurs mois d'avoir traité Azad de gigolo. Et les Félines ne manquaient pas d'exercer leur esprit critique, non seulement sur ce qu'elle écrivait au *Figaro* mais aussi sur tout ce qui s'écrivait au *Figaro*, ce qui avait le don de mettre Caroline en fureur.

Une apostrophe de sa voisine, dont le visage ridé comme une pomme, labouré de part en part de sillons, faisait d'elle une bonne candidate pour l'action régénératrice du Dr Fontaine, fit sortir Caroline de ses pensées et de ses notes :

– Vous ne venez quand même pas pour les mêmes raisons que nous ? demandait-elle à la jeune et fraîche trentenaire qui venait de s'installer.

– Non ! Moi, c'est pour mes fesses que je viens, répondait l'autre, déclenchant l'hilarité générale.

Caroline se rappela qu'elle avait eu cinquante ans la veille. Dans dix ans, elle serait quasiment poussée à la retraite. Qu'est-ce qui lui resterait ? Elle avait connu beaucoup d'hommes et pouvait produire un mémoire sur leurs étreintes comparées, mais elle avait rejeté le mariage, institution qui avait absorbé et détruit la vie de sa mère. Et elle avait refusé la maternité. Certes, elle n'avait pas, comme Constance, traversé un divorce dévastateur et n'avait jamais été plaquée par aucun amant, fût-il de quinze ans plus jeune ou plus vieux. Mais Constance avait un fils. Toutes les autres Félines s'étaient ménagé des enfants, que suivraient sans doute un jour des petits-enfants. L'idée de ses copines pouponnant des nourrissons de la deuxième couvée faisait horreur à Caroline. En même temps, elle leur enviait cette petite assurance sur la grande vieillesse et la grande solitude.

Elle, Caroline, n'avait personne. Elle avait rejeté sa famille. À part ses amies et quelques anciens amants, elle était seule. Seule pendant les longues fins de semaine, sans projets aux grandes vacances. Exactement la même situation que Vivien. Sauf que Vivien ne connaissait pas la solitude. Il se réservait toujours une Grecque ou une Thaïlandaise qui l'attendait quelque part. Qu'elle ait cinquante-deux ans ou vingt-sept, s'il la voulait, il la gardait. Un sentiment aigu d'injustice déchira Caroline, déclenchant une bouffée de révolte.

Mais la révolte chez elle, toujours fructueuse, débouchait sur des solutions. Et, quoi qu'en disent ses amies, une des solutions résidait en ce moment dans le cabinet du Dr Fontaine. Elle se répéta comme une leçon bien apprise les arguments mille fois ressassés, qu'elle avait défendus de son mieux face aux autres Félines. Puisque la différence entre Vivien et elle se ramenait à une affaire de peau, elle allait la changer, sa peau. La rafraîchir, la remonter, la lisser, la polir, la ranimer, la revivifier, lui rendre l'éclat du neuf. Et tout le reste allait suivre. Puisque son cerveau était demeuré intact, puisqu'elle avait plus d'énergie qu'à vingt ans, elle démontrerait qu'elle était à cinquante ans plus douce, plus ferme, plus tolérante, plus expérimentée, plus énergique, plus raisonnable, plus indépendante. Mais, pour cette démonstration, il fallait un masque. Son visage ne lui correspondait plus. Ce qu'elle était restée, ce qu'elle était devenue ne s'était pas inscrit, comme autrefois quand elle était amoureuse et que Constance lui disait : « Ça se lit, Caro, ça se lit sur ta peau. Ta chair est transparente. » Et voilà que sa chair n'était plus transparente, qu'il y avait un mur entre son cœur et sa chair, son cerveau et sa chair, son esprit et sa chair.

Grâce au Dr Fontaine, qui s'effaçait en ce moment pour la laisser passer, elle détruirait le mur, supprimerait ces frontières et redeviendrait elle-même. Caroline de Pauillac s'engouffra avec détermination dans le cabinet et, se retournant brutalement, toisa l'alchimiste.

– Docteur, est-ce que vous pouvez vraiment me rendre ma jeunesse ?

Le Dr Fontaine n'avait pas été capable de se la rendre à lui-même. Il accusait une soixantaine fatiguée avec un regard d'acier qui déjà la décapait.

– Mais non, chère madame, au mieux quinze années de supplément. Mais vous m'en serez reconnaissante...

Une demi-heure plus tard, informée, briefée, semoncée, admonestée, terrorisée, préparée, Caroline avait suivi sur un graphique le trajet du bistouri, la remontée des chairs, l'itinéraire des cicatrices, le tracé du laser, la découpe de la peau des paupières. Elle sortit, le crucial rendez-vous inscrit sur le calendrier le 8 mars suivant, avec toutes les précautions d'usage et les conseils préventifs. Il fallait vite qu'elle en réfère aux Félines. Malgré leur résistance, c'était aussi pour les autres femmes qu'elle allait servir de cobaye.

Mercredi 17 février 1999

Jour de rentrée à l'université Loyola où une partie du mois d'hiver était consacrée à des ateliers et séminaires divers auxquels les professeurs titulaires en fin de carrière n'étaient pas astreints. Après plus d'un mois de vacances parisiennes, Constance luttait contre les effets conjugués du décalage horaire et culturel. Elle était revenue la veille à Washington, après avoir passé trois semaines entre le deux-pièces de Caroline et le duplex de Thibault rue Marie-Stuart. Julia, elle, était repartie à San Francisco au bout de trois jours, ses dossiers et ses clients ne pouvant guère attendre. À présent, Constance affrontait le deuxième semestre, que l'optimisme américain nommait « semestre de printemps » et qui durait de février à mai. Elle décida de passer par le département pour prendre son courrier et un café avant d'aller s'installer dans son bureau pour y accueillir d'éventuels étudiants, et préparer son séminaire de l'après-midi. À son arrivée, la secrétaire était encore en train de trier le volumineux paquet de lettres adressé à l'ensemble du corps professoral enseignant le français.

– Professor Vouillé, il y a là une lettre. Je ne parviens pas à identifier le destinataire. Est-ce que vous connaîtriez une personne qui s'appelle Alecian. Anaïde Alecian ?

– C'est moi, s'entendit-elle répondre. Alecian est mon nom de jeune fille.

L'identité de l'expéditeur éclatait à l'œil nu. Une seule

personne au monde l'appelait ainsi : Azad. L'enveloppe avait été postée en république d'Arménie.

Constance tenta d'ignorer le trouble qui venait de s'emparer d'elle. Son cœur battait, ses oreilles bourdonnaient, ses joues brûlaient. Rien qu'une bouffée de chaleur ! jugea-t-elle avec mépris. Fait partie du retour d'âge.

Une fois dans son petit bureau, elle s'efforça d'ouvrir l'enveloppe avec soin, se contraignit à utiliser un coupe-papier, qui était, suprême ironie, un cadeau d'anniversaire d'Azad et qu'elle lui avait pratiquement renvoyé à la figure : « Pas de couteau ! ça coupe l'amitié ! » Elle avait eu tort de garder le coupe-papier en forme de poignard malgré le penny qu'Azad lui avait cérémonieusement remis pour conjurer le sort.

La lettre ne se perdait pas en détours ni précautions oratoires. Azad lui annonçait qu'il venait d'être nommé au cabinet du ministre des Affaires étrangères de la République arménienne, ce qui lui donnerait l'occasion de passer à Washington. En post-scriptum, il avait écrit avec une fausse négligence : « Je vis depuis deux mois avec une jeune personne du nom de Taline. Elle calme mes fureurs et fait la cuisine presque aussi bien que toi. Et figure-toi qu'elle adore la France et a fait des études de français. Je suis sûr que tu l'aimeras. »

La réaction de Constance l'étonna elle-même. Elle se saisit de la lettre et la coupa en petits morceaux, qu'elle troua avec le coupe-papier. Cet exercice lui prit quelques minutes, le temps de refouler des larmes qu'elle voulut attribuer à la colère. Ah ! il n'avait pas changé, Azad : « Je suis sûr que tu l'aimeras » ! L'art de la cruauté innocente. La férocité en dentelles. Tout à trac il lui annonçait qu'il avait réussi dans la voie qu'elle lui avait déconseillée et qu'il avait rencontré le sosie de Constance, en moins vieille. De surcroît, il était capable de venir lui rendre visite à Washington avec cette « jeune personne », voire même de lui demander de les héberger.

Constance revoyait la chambre, le lit dans un bungalow sur la dune de Chincoteague où pour la première fois il l'avait appelée Anaïde. Cette nuit-là ! La plus belle de leur amour. Entre les étreintes, il lui parlait de l'Arménie, qui avait été le premier pays avec l'Estonie à se dresser contre l'Empire soviétique. Cette nuit-là, accordés au mugissement de l'océan, ils avaient parcouru ensemble les plaines et les forêts d'un pays mythique, qui sous leurs pas se mettait à exister. Tour à tour ils s'étaient chevauchés, sur une terre encore imaginaire où trois générations de leurs parents avaient rêvé de poser le pied. Entre deux mirages, ils avaient dormi l'un dans l'autre, incapables de se desceller, et pendant les petites heures de l'aube, Constance avait écouté, comme un chant venu du fond des âges, le souffle de son amant interrompu par les mots d'amour qu'il répétait dans son rêve et qui se mêlait au chant des vagues. Et pour lui, elle avait incarné Anaïde, déesse de la fertilité, maîtresse des sens et maîtresse de l'esprit, celle qui commande aux génies et aux caravanes, et dans son oasis il était venu s'échouer comme un athlète rompu. Et pour elle, il avait incarné le cavalier d'ébène, le justicier céleste qui revenait purger le monde des miasmes d'un massacre infâme où tant de leurs parents avaient été assassinés. Et ils s'étaient longuement raconté des histoires, des contes de revenants, réécrivant l'histoire de leur peuple et l'histoire de leur famille avec les mots de l'amour et les mots de la tribu.

Leur mémoire tournait et retournait à mai 1915, en Anatolie, cette partie orientale de l'Empire ottoman transformée en charnier par les massacres d'Arméniens. Et ils se murmuraient des noms de lieux qu'ils n'avaient jamais vus, paraissant empruntés aux contes des Mille et Une Nuits, mais repeuplés de convois de spectres hagards, pieds nus, tremblants de fièvre et d'épuisement, affamés et mourant de soif sous le soleil brûlant, contraints de marcher des étendues infinies, à travers des défilés rocheux, dans la steppe vierge, dans des marécages à demi tropicaux, jusqu'aux déserts de l'Arabie. Des noms comme Karpout ou Alep, destination finale de la déportation massive, où avaient afflué des dizaines de milliers d'exilés disséminés le long de la route depuis Konya, ou depuis Bozanti, sur la ligne du chemin de fer de Bagdad, ou comme Ourga : autre lieu de regroupement, Yozgad, Trébizonde et surtout Deir ez-Zor, au milieu du désert de pierre, où dans la « grotte des Arméniens » demeurent les restes de ceux qu'on a fait entrer dans une caverne, avant de les incendier avec de l'essence.

Anaïde, la grand-mère de Constance, Haïg, l'arrière-grand-père d'Azad, avaient été tous deux assassinés le même mois de la terrible année 1915 sur la rive droite de l'Euphrate, entre Meskéné et Deir ez-Zor, en face de Rakka. Ils étaient morts au milieu des caravanes de foules affaiblies, d'enfants, d'hommes et de femmes affamés, pendus, étranglés. Ils étaient morts, nul ne savait comment, abattus d'un seul coup de fusil ou poignardés. On savait seulement que leurs corps nus avaient été abandonnés à la putréfaction et aux chacals. Mais la mémoire du *tchart,* des massacres, qu'avaient transmise fidèlement les aïeux et les parents survivants – histoires terribles de victimes jetées vivantes dans des puits ou dans le feu, de corps émasculés, de femmes éventrées, précipitées dans le fleuve –, que leur avaient chuchotées de vieilles lèvres desséchées, n'épuisait pas l'héritage d'une diaspora revendiquant une longue histoire dont témoignaient l'église apostolique arménienne de la Sainte-Croix d'Akhtamar, qu'Azad avait visitée, les couvents de Saint-Agop et de Saint-Kévork transformés en habitations ou encore l'église de Karmivank, près du lac Van, qui datait du Xe siècle.

Les aïeux – la grand-mère Anaïde et le grand-père Haïg – appartenaient tous deux à des familles d'*amiras,* riches négociants du littoral de l'Anatolie, qui avaient fait leur fortune, l'une dans la soie et les tapis, l'autre dans les céréales et les fruits, et qui avaient envoyé nombre de fils étudier à Londres et à Paris. Fiers de leur religion et de leur langue, ils ne s'en étaient pas moins embourbés, comme tant d'autres peuples vaincus, dans les sables d'un désastre collectif qui leur avait ôté même le droit à une sépulture.

Mais à présent ils revivaient sous les traits de Constance et d'Azad, et dans leurs soupirs d'amour et leurs cris de volupté, leurs descendants se juraient d'exorciser la défaite et de reconstruire. C'est alors, dans un ahanement intense, les mains vissées aux seins de Constance, affolé de désir, de tendresse et de violence, qu'Azad avait hurlé ces mots banals, ces mots que Constance avait tant de fois espéré entendre d'un homme dans le cours de sa vie amoureuse : « Anaïde, fais-moi un enfant... donne-moi un enfant... Anaïde. » Comme malgré elle, elle avait lâché prise ; tout son corps s'était détendu ; elle avait senti le sexe d'Azad flotter dans le nid élargi, traversé de courants d'air, et d'elle s'échapper une plainte qu'il avait pu prendre pour un gémissement de plaisir. Et pour la première fois, elle l'avait repoussé de toutes ses forces et il avait roulé à l'autre bout du lit comme un enfant puni.

Pour la première fois aussi, elle avait su dans la nuit de ses entrailles qu'elle ne pouvait satisfaire le désir le plus archaïque de son amant. Qu'auraient-ils fait d'un bébé dans leur situation ? Pourtant elle n'avait pas été étonnée que le sang ne coule pas pour elle ce mois-là. Le gynécologue, lui, n'avait rien encouragé, s'était même montré brutal. « Il y a des cas de grossesse à votre âge, avait-il marmonné, mais le phénomène n'est ni courant ni recommandé. » Constance avait communiqué à Azad la grande nouvelle virtuelle en omettant les commentaires, et elle avait vu le visage de son amant se métamorphoser soudain sous l'effet d'une espèce de clarté intérieure. Mais elle avait tardé à acheter le test de grossesse au drugstore. Ce que son ventre avait compris au moment même où Azad butait sur l'illusion lui fut confirmé par le résultat. Le docteur, innocent ou pervers, avait creusé un peu plus la blessure.

– Je m'en doutais, avait-il affirmé au téléphone, avec une espèce de jubilation. Nous avons affaire à un début de ménopause. Il faudra démarrer les hormones de remplacement.

Constance avait passé dans son lit les quarante-huit heures qui avaient suivi, anticipant le pire. Elle avait raison. Ce coup ne marquait que le commencement du pire. Mais elle se préoccupait alors plus du passé que de l'avenir, ruminant les refus de paternité qui avaient jalonné sa vie de femme et s'étaient résolus en interruptions de grossesse. Elle revoyait le visage mécontent de Vouillé, apprenant que leur fils n'était pas une fille comme il le souhaitait. Puis ses autres rejets... « Encore. Mais ma pauvre Constance, tu es une véritable lapine ! Je t'avais dit de faire attention à ton diaphragme ! » Et avant le diaphragme et la pilule, dans la préhistoire même de la contraception, ce fragile fiancé de ses dix-huit ans, tremblant devant la grosse femme qui agitait une sonde sur une table d'arrière-cuisine, et qui demandait pardon. « Comprends, Constance, j'ai mes études, tu as tes frères... On aura des enfants plus tard. »

Pour finir, il fallait se rendre à l'évidence que sa vie, que la vie l'avait blousée. Tant qu'elle s'était avérée fertile, bonne terre à féconder, prodigue d'ovules et de lait nourricier, ses hommes n'avaient pas souhaité engendrer. Maintenant que son amant caressait ses hanches trop pleines en souhaitant y planter sa descendance, il était trop tard...

Bourrée de somnifères et d'anxiolytiques, elle avait fini par s'endormir. Elle s'était rêvée enceinte d'Azad et entourée des petits enfants dont elle avait autrefois avorté. Mais le rêve s'était transformé en cauchemar et c'est dans la sinistre caverne de Deir ez-Zor, au milieu des fumées, qu'il s'était terminé dans les flammes. Au matin, dopée, luttant contre la nausée et le goût de cendre dans la bouche, elle avait reçu un message tendre d'Azad : « Anaïde, ne sois pas triste, mon amour. Nous en aurons d'autres. » Se pouvait-il qu'il n'ait rien compris ? Et comment trouver ce sinistre courage de lancer à la face du jeune homme qu'on aime : « Nous n'en aurons jamais plus parce que je suis trop vieille » ?

Constance prolongeait sa méditation, touillant rêveusement la petite poignée de confettis à laquelle avait été réduite la lettre d'Azad sur ce souvenir déjà vieux de plusieurs années. Elle avait alors à peu près l'âge de Caroline aujourd'hui, Caroline qui dans quelques jours subirait son opération esthétique. Oui. Voilà le mot juste ! Elle la subirait. Mais le bistouri du chirurgien ne lui rendrait pas sa fertilité, qui était ce qui manquait le plus à Caroline, selon Constance, cette maternité qu'elle avait toujours rejetée. Constance aurait désiré exprimer cela à Caroline sans la blesser. On ne retardait pas l'horloge biologique qui avançait à petits pas irréversibles. Au-delà de l'image, du masque comme disait Caroline, tout l'intérieur se ratatinait. Ménopause, hystérectomie, ablation d'un sein puis de l'autre. Leurs contemporaines s'en allaient par morceaux. Leurs organes féminins d'abord comme s'ils étaient usés de n'être plus utilisés, de n'être plus utilisables, et puis c'étaient les lèvres en voie de rétrécissement, réduites à un rictus sévère et réclamant le rouge faussement dilatateur, les dents gâtées qu'on remplaçait par des implants, la vue qui baissait, l'ouïe qui ne permettait plus de saisir la conversation d'un ami dans un restaurant un peu bruyant, et les cellules de la mémoire qui s'enfuyaient à la débandade, vous laissant sur votre faim d'exactitude et de rigueur, orphelines d'un nom chéri, connu depuis toujours et qui se détachait progressivement d'un long passé linguistique de familiarité et de connivence.

Pourtant elle aussi, comme Caroline aujourd'hui, avait voulu se battre et conjurer le sort. Les technologies modernes remplaçaient pour leur génération les vieilles pratiques magiques, et Constance avait orchestré toute une stratégie imaginaire où Alice transformée en mère porteuse accouchait en lieu et place de Constance d'un solide petit garçon pur arménien. « Dis, Lila, tu aurais accepté n'est-ce pas ? » Si les ovules avaient manqué, on ne pouvait l'imputer ni à cette déesse nourricière ni à la volonté désespérée de la mère manquée. La grande horloge avait sonné pour Constance et elle ne pouvait en rendre responsables ni la science, ni les lois, ni la morale patriarcale. Un jour peut-être, avaient chuchoté les lèvres tendres de la Féline la plus maternelle. Mais ce jour-là ne viendrait que pour les arrière-petites-filles qu'elles n'étaient même pas sûres d'engendrer.

Le téléphone sonna. Le doyen souhaitait lui parler d'une affaire importante. De quoi pouvait-il s'agir ? Depuis sa liaison avec un étudiant plus jeune qu'elle, Constance demeurait sur ses gardes. Une collègue les avait dénoncés. Il avait fallu prendre un avocat pour savoir au moins comment se défendre. Azad avait presque quarante ans ; on ne pouvait pas accuser Constance de détournement de mineur. Mais elle demeurait son professeur, en position de supériorité hiérarchique. Aux États-Unis, même le président n'échappait pas à l'acharnement puritain qui alimentait de diaboliques machines bureaucratiques impossibles à enrayer.

Allons ! De toute façon, il fallait faire face. Constance ramassa les miettes de la lettre d'Azad et essaya de reconstituer l'adresse au verso de l'enveloppe. On se trompe en répétant toujours le même cliché : ce n'était pas le premier homme qui était inoubliable mais le dernier. Azad resterait l'amant qui avait le plus compté dans sa vie. L'ultime. Elle ne voulait pas, elle ne pouvait pas perdre sa trace.

Lundi 22 février 1999

17 h 30. Julia rentrait précipitamment chez elle. Elle avait promis à Deborah de jouer au tennis ce soir-là ; entretemps Jason s'était annoncé pour dîner, circonstance exceptionnelle un lundi. Il n'avait que deux heures de 6 à 8, étant repris par une réunion à 20 h 30. Tant pis ! Elle lui préparerait un en-cas et il dînerait seul. Elle ne renoncerait pas au rendez-vous avec Deborah, dont elle se promettait tant de joie. Et puis elle voulait s'entretenir de Miguel avec la juriste, comme elle, et de surcroît spécialisée dans les questions des droits de l'homme. Et avec Deborah, on pouvait parler de n'importe quoi. Et surtout d'un sujet intarissable pour elles, et qu'elles appelaient par pudeur ou par habitude de la théorisation, la question de l'identité.

Deborah aussi était juive. Elle aussi née en France, quelques années avant Julia. À quatre ans, elle avait été internée avec sa mère, fraîchement arrivée de Pologne, au camp de Beaune-la-Rolande, en France. Elles avaient dû à un miracle de n'être pas envoyées dans un camp d'extermination : parce qu'en surnombre dans le convoi qui partait ce matin-là pour les camps de la mort, on leur avait fait attendre celui du lendemain. Et puis, on les avait oubliées. Cachées par les autres détenues, évacuées des listes, donc sans existence bureaucratique, elles étaient restées anonymes dans les baraquements, jusqu'à ce qu'un oncle d'Amérique fût parvenu à les faire sortir.

Toutes deux avocates, Deborah et Julia s'étaient rencontrées depuis peu dans une organisation humanitaire, où Julia tentait malgré le manque de temps de faire du bénévolat. Et pour la première fois, Julia avait pu parler de sa sœur Rachel sans être paralysée par une haine irrationnelle de son interlocuteur, comme si lui et elle se transformaient par cette seule énonciation en coupable et en bourreau. Deborah avait avoué n'être parvenue à ce calme qui pacifiait Julia qu'au prix d'une longue thérapie.

Les deux femmes s'embrassèrent à la française sur les deux joues dans le vestiaire vide. Deborah avait eu le temps de se changer. Son short et son tee-shirt blanc découpaient sa silhouette sculpturale. Elle portait sans honte de vigoureux cheveux argentés qui faisaient ressortir ses yeux couleur lavande.

« Quelle élégance ! songea Julia. Pourtant, elle n'a pas l'air jeune, elle fait son âge... et elle est irrésistiblement belle. »

Et elle eut une pensée pour Caroline et son visage qui serait décomposé et recomposé par une main mercenaire. Dans l'association, on murmurait que Deborah préférait les femmes. Mais Deborah n'avait jamais fait à Julia la moindre allusion à ses mœurs. En revanche, elle parlait volontiers de son mari allemand, dont le père avait lutté contre les nazis.

– Il était trop... comment dites-vous en français, trop plan-plan pour moi. Adorable mais si organisé, si ordonné.

– Si discipliné, compléta Julia en riant.

– Allons ! Ne tombons pas dans les poncifs. Je ne l'ai pas quitté pour cette raison. Au contraire. J'aimais ses égards, ses petites attentions, la fleur que je trouvais sur le plateau du petit déjeuner.

– Enfin un homme civilisé... Il faudra que je fasse son portrait à mes Félines ! Mais pourquoi as-tu renoncé à ce pur diamant ?

– Ce solitaire plutôt. L'image lui convient mieux. D'abord... il voulait une progéniture, une famille. Et moi... avec mon enfance... Beaune-la-Rolande... les petits qui partaient pour les chambres à gaz, je ne pouvais pas. Et puis...

– Et puis...

Deborah eut un geste qui balayait la confidence. Pour la première fois, Julia sentit une espèce de gêne se glisser entre elles.

– Au moins nous sommes restés d'excellents amis...

Deborah reprit sur un autre ton. Elle souhaitait que Julia lui parle de Miguel. Elle connaissait un Chilien qui avait participé aux travaux de la commission Vérité et Réconciliation, laquelle avait publié un rapport très documenté. En principe, la plupart des noms des *desaparecidos* y figuraient. La première étape consisterait peut-être à vérifier que le nom de son frère s'y trouvait.

– En fait, nous ignorons si le sort de Manuel a le moindre rapport avec celui de son frère, affirma Julia.

Et elle tenta de rassembler ses esprits pour faire le bilan de la première disparition qui avait si fort bouleversé leur petit groupe, celle de Miguel.

– Tu sais qu'il s'agit d'un phénomène courant, commenta Deborah, sur un ton très professionnel. Il y a des milliers d'hommes qui disparaissent de leurs foyers, chaque année, dans tous les pays. En général, ils se refont une vie ailleurs.

– Oui. Mais pas Miguel. On ne pouvait pas imaginer que Miguel...

– Bien sûr, ça n'arrive qu'aux autres, dit ironiquement Deborah.

– Il était si attaché à Soledad, à ses enfants, si sérieux, si rigoureux... si catholique...

– Peut-être est-il parti se faire moine, sourit Deborah. Vous n'aviez pas pensé à cette éventualité.

Julia songea qu'elle aimait le sourire de Deborah. Parce

qu'il était rare ? Il illuminait son visage, faisant apparaître des fossettes et disparaître les plis de l'âge. Quand elle souriait ainsi, Deborah ne paraissait pas trente ans.

Julia tenta d'expliquer à Deborah qu'ils avaient essayé de penser à tout. Que chacun d'entre eux avait consciencieusement projeté sur le départ, la fuite ou l'abandon de Miguel, toutes ses frustrations et ses fantasmes personnels. Que pour les uns, il s'était envolé avec une autre femme, jeune ou moins jeune, que pour Thibault, il avait fait le choix de l'autre bord. Qu'elles et ils avaient incriminé la saturation conjugale, celle du quotidien, ou la déception, voire le désespoir, devant l'évolution actuelle de son pays. Et puis ils avaient fait cette découverte récente : un frère dont il n'avait jamais soufflé mot, son jumeau assassiné par les militaires.

– Sans compter sa propre expérience de la détention, peut-être de la torture, observa Deborah… Avec le temps, ces souvenirs si longtemps refoulés se mettent à pourrir de l'intérieur. Si on ne communique pas avec quelqu'un, on devient fou.

Julia comprenait que Deborah parlait pour elle-même. Elle lui avait avoué un jour que sans son thérapeute elle n'aurait pas pu circonscrire son violent désir d'en finir. Et elle, Julia, comment aurait-elle continué de supporter la fin de Rachel, la petite sœur aînée qui ne grandirait jamais, sans la rencontre de Deborah, avec sa mémoire d'enfant déportée, son inlassable écoute, ses yeux d'eau douce où l'on pouvait plonger et se perdre ?

– Pourtant, Miguel avait Soledad, et il nous avait tous, dit doucement Julia. Il faut croire que ça n'a pas suffi.

L'amour des autres ne suffisait pas toujours. Celui de Justus, son mari, n'avait pas sauvé Deborah d'elle-même, ni du passé… Et le silence qui s'était installé entre eux, sur leurs origines, sur des événements dont ils n'étaient pas responsables mais qui empoisonnaient leurs rapports, n'avait rien arrangé. Le père de Justus avait compté parmi les opposants à Hitler, un de ces Allemands qui avaient trouvé le courage de dire non et qui s'étaient exilés en Amérique. Mais ensemble, Justus et Deborah ne parlaient pas de cette période comme si le monstre qui avait détruit leurs familles était tapi encore dans l'ombre, prêt à bondir. Justus ne supportait pas d'entendre parler du camp de Beaune-la-Rolande, ni d'ailleurs des autres camps, ni de la Shoah en général. Il avait fini par avouer à Deborah qu'il ne parvenait pas à dominer son sentiment de culpabilité, mais que l'Allemagne demeurait son pays malgré tout et qu'il souhaitait y revenir. Peut-être pas tout de suite, mais plus tard. Et ce jour-là, Deborah avait su qu'elle ne le suivrait pas, que c'était fini...

– Est-ce que tu crois que l'âge joue un rôle ? poursuivait Julia. Au fond nous étions tous d'accord sur un point : Miguel n'aurait pas agi ainsi à trente ans, ni même à quarante.

– Sans doute un facteur parmi d'autres, concéda Deborah. Tu sais que j'ai dépassé la soixantaine. Et j'ai décidé de quitter Justus il y a un peu plus d'une dizaine d'années. Quant à lui, à peu près au même âge, il a choisi de rentrer à Heidelberg... Viens, Julia, je me propose de t'écraser au tennis ce soir. La dernière fois, j'étais trop fatiguée. Tu as beau être la plus jeune de nous deux, tu n'auras pas toujours le dernier mot !

Julia saisit sa raquette en pensant que décidément personne ne se ressemblait. Pourtant, elle éprouvait face à Deborah un fort sentiment identitaire, comme si elle venait de retrouver sa sœur jumelle ou, comme dans la théorie platonicienne, l'autre partie d'elle-même. Elle n'avait jamais ressenti un tel mélange de complicité et d'affinités électives. Même avec les Félines. Elle regardait Deborah comme une autre soi-même, en grand. Depuis qu'elles se connaissaient, elles ne pouvaient arrêter de se parler... une idée, une confidence en attirait une autre. Et demeurait constamment cette conviction de communiquer, cette certitude que le dire de l'une était écouté et entendu par l'autre, sans négliger le moindre détail, pas même l'éloquence de certains silences... À présent, Deborah parlait de Miguel, comme si elle l'avait connu aussi bien que ses amis les plus proches. Elle disait la difficulté d'exister de ceux qui avaient été systématiquement brisés par un aveugle système d'extermination. Et surtout la coupure avec les autres, ceux qu'on aimait, ceux qu'on ne pouvait plus aimer, à cause de cette porte claquée pour toujours sur l'enfer, qu'on souhaitait épargner aux autres jusqu'à la dénégation, jusqu'à la négation, jusqu'à la folie.

Jamais Julia n'avait aussi bien joué au tennis, elle volait sur le cours, elle rattrapait toutes les balles, suspendue à ce beau bras musclé qui lui faisait face et dont le geste savait allier l'exactitude à l'harmonie. Soudain, Deborah lui apparut dans une hallucination en Diane chasseresse, bandant son arc avec la même minutie, avec la même grâce et elle eut une espèce de faiblesse ; elle sentit faiblir ses genoux sur la terre rouge, tenta de rabattre la balle dont une main adroite avait orchestré le vol et manqua son revers... Deborah avait fini par gagner.

Jeudi 25 février 1999

Alice reposa *La Cérémonie des adieux,* dédicacée par Constance, qu'elle venait de terminer, et relut la dernière phrase par laquelle Simone de Beauvoir prenait congé de son vieux compagnon : « Sa mort nous sépare. Ma mort ne nous réunira pas. C'est ainsi ; il est déjà beau que nos vies aient pu si longtemps s'accorder. » Elle la relut une troisième fois et sentit monter l'émotion. Hubert se serait bien moqué d'elle, de son incorrigible sentimentalisme, de son petit cœur de Margot... Elle n'avait pas changé depuis ses seize ans. Au contraire, peut-être ce côté larmoyant avait-il empiré.

Et puis qu'importait ? Simone de Beauvoir, au contraire d'elle, avait mené sa vie avec énergie et cohérence. Quoique plutôt froide et sèche, selon beaucoup de ses contemporains, elle avait connu néanmoins la chance extrême de pouvoir écrire une telle phrase sur un ultime bilan : deux vies accordées de la première rencontre à la cérémonie des adieux. En revanche, Beauvoir n'avait aucun espoir d'un au-delà. Alice repensa à un petit mot que lui avait envoyé Constance quelque temps auparavant : « Soledad et toi, vous avez en commun la préoccupation spirituelle. Caro, Julia et moi ne sommes que des mécréantes. Quel qu'il soit, notre bonheur est circonscrit ici-bas. » Alice soupira. Il eût été bon de connaître ici-bas un petit bout de bonheur. Mais elle reconnaissait qu'elle avait éprouvé dans la foi des exaltations qui disqualifiaient la volupté humaine. Récemment, elle s'était rapprochée des croyances de son enfance et avait révisé certaines de ses convictions militantes, notamment sur l'avortement. L'idée d'arrêter l'évolution d'un fœtus humain lui faisait maintenant horreur. Elle avait failli se fâcher avec les autres Félines sur cette ancienne plateforme des luttes pour les droits. Maintenant, elle préférait éviter le sujet. Heureusement que sa fille Chloé partageait ses vues, quoiqu'elle ait affirmé, en cas de panne, vouloir prendre la pilule du lendemain, « mais rien au-delà ».

Alice résolut de se secouer ; ils partaient tous en Charente dans la maison de ses beaux-parents. Il fallait faire les préparatifs, vérifier que la femme de ménage passerait donner à manger aux chats. Caroline lui avait proposé d'entreprendre avec elle une bande dessinée sur les milieux des médias. Caro ferait le texte et elle, Alice, l'illustration. Caroline avait déjà trouvé un éditeur avec un à-valoir conséquent. Si seulement ce projet pouvait marcher, après toutes ses tentatives de bénévolat manquées. Alice résolut de s'y atteler à Mérignac. Elle échapperait ainsi aux corvées familiales et aux longs tête-à-tête que sa belle-mère occupait à lancer des méchancetés, entre autres sur le fait qu'aucune ONG n'avait accepté le dévouement, pourtant gratuit, de sa belle-fille. Se faire adopter par la famille d'Hubert quand on descendait d'un grand-père pêcheur et d'un père plombier n'avait rien eu de facile. On le lui faisait sentir depuis près de trente ans. Sa belle-mère avait l'art de l'humilier dans les détails, pour d'absurdes questions de protocole, la place d'un couvert sur une nappe brodée, le texte d'un faire-part, le cadeau à un domestique... Heureusement qu'Alice avait le recours de consulter Caro, qui sur ces questions avait été élevée en petite comtesse et maîtrisait les usages à la perfection, ne serait-ce que pour les transgresser.

Le téléphone sonna au moment précis où elle saisissait sous la grande étagère du placard la valise de Chloé...

Hubert!... À une heure intempestive pour lui! Son projet de rentrer plus tôt à la maison ne l'était pas moins. Combien de fois en vingt-huit ans de mariage n'avait-il pas annoncé au contraire qu'il avait « un contretemps » ?

Alice raccrocha avec anxiété. Que signifiait cette avance subite sinon qu'il avait une nouvelle délicate à lui annoncer ? Une nouvelle qu'elle attendait avec angoisse depuis dix ans, peut-être même depuis toujours. Car, depuis le commencement, elle s'était demandé pourquoi Hubert restait avec elle, qui n'était ni brillante, ni intelligente, ni ambitieuse, ni même plus jolie. La preuve : il n'avait jamais cessé de la tromper... même durant leurs « fiançailles » ! Elle en avait été informée depuis peu par une de ses belles-sœurs bien intentionnée. Depuis une dizaine d'années, l'inquiétude s'était muée en terreur, les exemples des contemporains d'Hubert s'envolant avec des jeunes femmes s'étant multipliés. La Règle de Trois fonctionnait comme un couperet, appelé pudiquement stress par les médecins, qui souvent dégénérait pour les épouses en dépressions nerveuses ou en cancers suivis de diverses ablations.

Et puis, avec la disparition de Miguel, l'obsession s'était installée, la question n'étant même plus si Hubert le ferait mais quand. Alice ne voulait ni ne pouvait plus suivre les discours orientés de Caro sur la jubilation retrouvée des femmes enfin libres qui se remettaient à vivre. Pas plus tard que la semaine précédente, la Féline la plus célibataire du groupe avait envoyé à Alice un entrefilet de son journal qui établissait que sur le chapitre du contentement, la catégorie des femmes seules battait tous les records. Les hommes mariés figuraient en deuxième position, les femmes mariées ne venaient qu'en troisième, juste avant les hommes célibataires, les plus malheureux du spectre social.

Sur le cas Hubert, d'ailleurs, l'interprétation des Félines ne faisait pas dans la nuance. Transparent, ponctuait Caro : « 1) C'est toi qui aurais dû le quitter depuis longtemps et pas l'inverse. 2) Ta peur panique n'est qu'un désir profond qu'il le fasse. 3) Conclusion (éternelle conclusion) : quitte-le et tu résous tout. » Parade (éternelle parade) d'Alice : « Ma pauvre Caroline, tu ne m'as pas regardée. À mon âge ! C'est trop tard. J'aurais dû quitter Hubert il y a dix ans. »

Et voilà que les dix ans avaient passé et que « la chose » si longtemps redoutée allait arriver. Alice en imaginait le moindre détail : Hubert prendrait son air grave, un peu doctoral, celui qu'il avait hérité de son père, professeur de droit. Et il argumenterait si bien qu'elle n'aurait rien à ajouter. Comme toujours, elle apparaîtrait comme la coupable de tout. Hubert, lui, avait essayé ; il lui avait consacré sa jeunesse, les meilleures années de sa vie. À présent, il aspirait à autre chose, à repartir, à avoir d'autres enfants mieux élevés que les leurs et qui lui donneraient plus de satisfactions. Oh ! Il n'éliminait pas ses propres responsabilités dans ce naufrage où étaient en train de s'engloutir Fabien, et même Chloé. Mais l'éducation des enfants concernait tout de même la mère... surtout lorsqu'elle n'avait rien d'autre à faire de son existence !

Ainsi elle allait à son tour passer sous la barre de la Règle de Trois. Ce n'était que justice, rétablissement d'une certaine équité : pourquoi tant d'autres et pas elle ? Alice se demanda si Hubert lui indiquerait le nom de l'élue. Un si grand nombre de candidates tournaient autour de lui qu'il n'avait que l'embarras du choix. Alice se les énumérait et les détaillait tour à tour, à commencer par Marie Clément, son chef du personnel. Une syndicaliste, avec laquelle il avait commencé par s'accrocher mais qu'il avait parfaitement neutralisée sur tous les plans. Aude Feillant, sa conseillère juridique, élégante avocate, toujours habillée à la dernière mode, pouvait également être placée sur les rangs. Venait ensuite Anne-Lise Roseau, son assistante, et il avait toujours couché avec ses secrétaires, avant qu'elles n'atteignent l'âge canonique. Celle-là était récente. Sans compter la jeune pianiste, dont Alice ne se rappelait pas le nom, et Maryvonne Delteil, une infirmière rencontrée au Club Med. Et encore... Le coup de sonnette caractéristique interrompit ses conjectures : dans les grandes occasions, Hubert ne prenait pas même la peine de chercher ses clés.

Alice essaya de recomposer son visage et de comprimer les battements de son cœur. Il fallait rester digne. Dommage que les Félines n'aient pas même eu le temps de lui envoyer les bonnes vibrations amicales qui protègent mieux que tous les gris-gris.

Hubert avait son visage des mauvais jours.

– Est-ce que tu pourrais me servir un scotch ? Tu sais, Alice, je me retrouve dans une mauvaise passe.

Elle prépara soigneusement la boisson, les deux glaçons. Elle connaissait par cœur la mesure d'eau minérale.

– Pas besoin de précautions oratoires, Hubert. J'ai déjà compris. D'ailleurs j'ai réfléchi. Je n'ai pas besoin que tu me donnes trop de détails. Quand veux-tu partir ?

Ahuri, Hubert la fixait.

– Partir... Alice ? Mais pourquoi veux-tu que je parte ? Ce que je veux, c'est rester et me battre. Mais pour cela, j'ai besoin de toi.

Clairement, ils ne se situaient pas sur la même longueur d'ondes et ce fut au tour d'Alice d'être éberluée...

– Ma petite fée, dit-il, avec une tendresse qu'elle ne lui avait pas entendue depuis des lustres, tu as toujours ta couleur du pays des merveilles. Tu as été épargnée. Tu ignores les aléas de la vie professionnelle, la dure réalité, l'envie des uns, la haine des autres, les présomptions, les accusations, les mises en examen...

– Tu as été mis en examen ?

– Pas encore, dit-il avec effort. Mais il se peut que ça m'arrive !

Alice baissa la tête. Elle ressentait un profond sentiment de soulagement.

– Est-ce que toi aussi, tu ne vas plus me regarder en face ? dit-il tristement. Je vais commencer à compter mes amis sur les doigts.

Soudain, Alice retrouvait le Hubert qu'elle avait connu. Avec cette franchise, cet air désarmé. Elle eut envie de le prendre dans ses bras d'abord mais se retint. Que diraient les Félines ? Deux minutes plus tard, elle savait que ce qui se passait là ne relevait pas du jugement de ses amies. Il s'agissait de sa vie à elle, et de l'homme avec lequel elle avait passé vingt-huit ans de son existence. À elle de décider !... elle ne devait se laisser dicter son attitude par personne.

Hubert parlait comme il n'avait plus parlé depuis longtemps, avec un vocabulaire emprunté aux journaux et à l'actualité médiatique. Les fausses factures, les caisses secrètes, les premières trahisons, les convocations chez les juges, l'engrenage.

Et Alice traduisait en absences, en insomnies, en accès de mauvaise humeur, en distractions. Voilà donc l'explication ! Pas une femme. Elle avait tout interprété à l'envers. Elle essaya de se concentrer sur ce qu'il disait ; mais elle n'y parvenait pas. Une seule réalité éclatante, aveuglante, transpirait : dans l'adversité, il ne se réfugiait pas auprès de Marie Clément, d'Anne-Lise Roseau ou d'Aude Feillant mais auprès d'elle, Alice Depreux, Alice Coste, sa femme.

Comme si elle était détachée d'elle-même, elle s'entendit dire avec tranquillité : « Est-ce que c'est sûr pour l'huissier ? Et dans quels délais ? » La réponse lui importait à peine. Elle n'avait jamais été attachée aux meubles, aux bijoux, aux comptes en banque. Son esprit se mit à fonctionner avec célérité. On pourrait liquider la grande maison bourgeoise de Toulouse, qu'elle n'avait jamais aimée, se réfugier dans la magnanerie ardéchoise, qui ne servait plus guère qu'aux réunions annuelles avec les Félines. Elle projeta de longues journées partagées avec Hubert, comme autrefois dans leur jeunesse, des promenades semblables à cette ancienne journée au musée du Désert, dans les Cévennes, étoile filante qui scintillait encore dans ses souvenirs conjugaux.

Et puis elle travaillerait. Peut-être que le job dont lui avait parlé Caroline serait toujours disponible.

Alice contempla avec une infinie tendresse le visage d'Hubert, décomposé par les soucis et l'anxiété, derrière lequel elle reconnaissait les traits du jeune homme qu'elle avait aimé, ces yeux plissés par une sorte d'imploration enfantine, sous lesquels la peau était comme guillochée de creux et de sillons, cette bouche que la tension faisait remonter, ce front que creusaient de nouvelles rides.

– Je suis vieux, Alice... je suis cuit... À mon âge, je ne retrouverai jamais rien. En admettant que je m'en sorte, sans condamnation !... Et Chloé qui commence à peine ses études... et Fabien... mon Dieu, Fabien... Qu'est-ce qu'il va devenir ?

Soudain, un souvenir incongru fit dériver les pensées d'Alice. Le poète qui avait tant fait rêver Julia et Thibault dans leur enfance, le beau Louis Aragon, dissimulant son visage de vieillard sous un masque ridicule à sa dernière émission de télévision. Et, comme en écho, ce fragment de Jacques Brel : « Mourir... quelle importance... mais vieillir ? » Julia avait raison quand elle affirmait à Caroline : « T'inquiète pas, ils souffrent aussi, ils souffrent autant que nous. C'est pour cela qu'ils ont besoin de se refléter dans un visage jeune. » (Et nous les femmes, jeunes ou vieilles, dans quel visage nous reflétons-nous ?)

– On trouvera des moyens, dit Alice avec détermination. Tu leur consacreras davantage de temps. Ils ont plus besoin de leur père que de fric. Et toi, Hubert, tu as peut-être besoin d'eux aussi... Et puis, tu sais, Caro vient justement de me trouver un travail.

Samedi 27 février 1999

From : Julia Kaplan-Brown <JKaplanB@BlumFieldKaplan.com>
To : Constance Vouillé <VouilleC@Loyola.edu> ; Caroline Pauillac <CaroPauillac@LeFigaro.fr> ; Alice Coste <hubertcoste@PDL.fr> ; Vivien Vauterive <VV@AFP.fr> ; Thibault Clavel <ThibClavel@hotmail.com> ; Malek Hicham <MHicham@orsay.fr>
Subject : Faire-part

Aux Félines et aux Garçons...

Ainsi, ce n'est pas Miguel qui est revenu, mais Hubert. Celui qu'on n'attendait pas. Il est vrai qu'il n'était jamais parti. Bref, chères Félines, la vie est imprévisible. L'âge aussi. Je me croyais comme vous en train de tourner à la petite vieille. Il me tombe un procès inespéré que j'ai des chances de gagner. Surtout, surtout, j'ai rencontré Deborah. Elle est en train de transformer ma vie et de me faire découvrir deux vérités existentielles et essentielles : l'amour n'a pas d'âge et il n'a pas de sexe. Thibault le savait déjà. Ce courriel fait office de faire-part.

* * *

De : Caroline Pauillac <CaroPauillac@LeFigaro.fr>
À : Constance Vouillé <VouilleC@Loyola.edu>
Objet : *Re :* Faire-part

Félicitations à nos deux meilleures Félines pour avoir découvert le fil à couper le beurre. L'une convole avec son vieux mari, l'autre verse dans le saphisme. Qu'en penses-tu, ô toi, Constance et Sagesse des nations ? Crois-tu que nous allons transformer le monde avec ce type de solutions ? En possèdes-tu d'autres ?
Moi, la plus légère et la plus écervelée d'entre toutes, je me fais ravaler la figure le lundi 8 mars, aux petites heures du matin (celles que je déteste le plus). Dès dimanche soir, je serai installée à l'hôpital (militaire parce que moins cher) et vous enverrai numéro de téléphone pour consolations appropriées. Notre Toulousaine est trop occupée à dorloter son époux injustement persécuté pour monter à Paris s'occuper de moi. Je lui pardonne, ma magnanimité étant confortée par des sondages qui établissent qu'une femme divorcée de cinquante ans a autant de chances de se remarier que d'être victime d'un attentat terroriste. Mieux vaut donc garder ce qu'on possède, même sans la qualité d'avant-guerre. En ce qui me concerne, je ne possède rien que mon visage usagé, qui réclame avec urgence une rénovation, qu'on ne refuse jamais, si on en a les moyens, aux vieilles baraques.

* * *

From : Constance Vouillé <VouilleC@Loyola.edu>
To : Caroline Pauillac <CaroPauillac@LeFigaro.fr>
Subject : *Re : Re :* Faire-part... c'est un peu trop de deux !

Caroline, es-tu sûre de ce que tu fais ? As-tu vraiment de bonnes références du chirurgien ? Tu me parais encore si fraîche et si charmante. Attends la soixantaine au moins.

À ton âge, je vivais le plus bel amour de mon existence. Et si tu laissais faire la nature, Caro ! Alice a raison. Elle est bonne conseillère.

* * *

De : Caroline Pauillac <CaroPauillac@LeFigaro.fr>
À : Constance Vouillé <VouilleC@Loyola.edu>
Objet : *Re* : *Re : Re :* Faire-part : deux valent mieux qu'un...

Si tu ne jouissais pas du statut de Féline bien aînée, je t'enverrais sur les roses les plus fanées et te traiterais de vieille gâteuse. Pourtant tu es bien déjà revenue sur ta position et m'as offert un splendide cadeau d'anniversaire de tolérance et de compréhension. N'oublie pas que cette bonne conseillère de nature t'a pris l'amant que tu aimais. Tu m'as toi-même confié un jour que si Azad n'avait pas connu ton âge, tu l'aurais gardé plus longtemps. Si nous avions suivi la nature comme nos grands-mères, nous serions déjà ridées comme des pommes, complètement édentées et voûtées par l'ostéoporose. Et nous ne serions pas loin d'attendre dans quelque mouroir avec d'autres vieilles séniles de libérer un lit pour la suivante. Non. Non et non. Je n'accepterai jamais d'être devenue ce que je suis et je me battrai jusqu'à la mort.
Si tu m'aimes, n'essaie pas de me dissuader, aide-moi.

* * *

De : Caroline Pauillac <CaroPauillac@LeFigaro.fr>
À : Julia Kaplan-Brown <JKaplanB@BlumFieldKaplan.com>
Objet : Panique...

Depuis que j'ai pris le rendez-vous avec le Dr Fontaine, j'ai des vertiges, des nausées avant chaque repas, et un poids sur l'estomac qui ne me quitte pas. Ne me lâche pas davantage la question lancinante vingt-cinq fois posée dans

la journée : et si le résultat se révélait pire qu'avant ? Je suis en train de négocier l'anesthésie avec le chirurgien. Sais-tu que j'en ai aussi peur qu'Alice de l'avion ? Je me sens comme une future grande accidentée et me répète, aussi souvent que la question ci-dessus mentionnée, cette belle phrase de notre dame de plume : « La mort ne m'intéresse pas. La mienne non plus. »
Comme dans l'*Orphée* de Cocteau, je penche vers le miroir mon visage et observe avec horreur la chute des chairs vers les enfers. J'ai le visage non de la marâtre de Blanche-Neige mais de son arrière-grand-mère. Mardi, ce visage les aura traversés, ces enfers, et en portera les traces. Il faudra assumer le chaos.

J'oriente vers toi qui sais que la futilité peut être grave ce message doux-amer. J'ose l'adresser à celles qui comme toi ont traversé des épreuves auprès desquelles mes revendications pourraient paraître sinon criminelles, à tout le moins obscènes. Comment comparer une tache de sang sur la dentelle et une dent d'or arrachée à un agonisant ? Comment rapprocher mon souci de celui de Miguel, mon histoire de la tienne ou de celle de Deborah ? Et pourtant, nous avons le même âge, nous lisons les mêmes livres, nous aimons les mêmes jeux et nous sommes amies.

* * *

From : Julia Kaplan-Brown <JKaplanB@BlumFieldKaplan.com>
To : Caroline Pauillac <CaroPauillac@LeFigaro.fr>
Subject : *Re* : Panique...

Il y a toutes sortes d'héroïsmes, ma Caro. Le modèle masculin du soldat qui défie la mort nous a contaminées. Notre dame de plume nommait cet acharnement féminin à dissimuler la douleur sous le maquillage : « héroïsme de poupée ». Défier la vieillesse est peut-être aussi héroïque que de provoquer en première ligne le feu de l'ennemi.

SAMEDI 27 FÉVRIER 1999

Tu sais que l'héroïsme dans les camps de la mort a consisté souvent non à provoquer le bourreau mais à manger avec propreté le peu qui n'empêchait pas qu'on meure de faim, non à affronter le tortionnaire mais à garder, dans des situations de barbarie, de l'élégance. Deborah m'a raconté qu'au camp, une des déportées avait réussi à se fabriquer une espèce de cuiller avec un bout de bois. Jamais elle ne s'est jetée bestialement sur la nourriture. Garder sa dignité ! Une clé de la survie. On peut la préserver en acceptant son visage, mais on peut aussi mieux la servir en souhaitant l'améliorer. Entre les deux, je ne choisis pas. Mais je suis fière que toi tu aies su prendre une décision.
Comme tu me l'as demandé, j'ai prévenu Thibault mais pas les autres Garçons. Titi tiendra sa langue et viendra te voir mardi soir, si tu le souhaites. Tu ne connais pas Deborah mais elle, elle t'admire déjà et fera directement la connaissance de ton nouveau visage.

* * *

De : Alice Coste <hubertcoste@PDL.fr>
À : Caroline Pauillac <CaroPauillac@LeFigaro.fr>
Objet : Le retour de Mélusine

Tu m'excites et m'angoisses à la fois, grande folle de Féline, et je ne te promets pas d'aimer ta nouvelle figure comme j'aime l'ancienne (y compris les poches sous les yeux et le sillon qui creuse tes jolies joues). J'ai été tentée d'écrire au Dr Fontaine que s'il ne restituait pas exactement les traits et la figure de Mélusine à trente ans, nous les Félines viendrions avec les Garçons lui casser la sienne.
Ce message pour t'annoncer que je quitte séance tenante mon époux, mes enfants et mes habituelles corvées, et me tiendrai à ton chevet comme une Commandeure, lorsque tu te réveilleras en Dracula. Courage. Nous tenons un gros avantage sur le Castor : être nées quarante ans plus tard et avoir de vraies amies.

Mardi 2 mars 1999

Soledad ne pouvait en croire ses yeux ni ses oreilles. On lui proposait à Chiloé une exposition de ses macramés géants à l'occasion d'une rencontre sur la question des droits de l'homme. Elle en avait fait un en trois dimensions représentant les Mères de la place de Mai, qui avait plu aux gens de la commission internationale. Et puis elle venait de finir une structure de plusieurs mètres, figurant un corps distordu, les membres éparpillés dans toutes les directions, la chevelure en plein envol. La mimique douloureuse de la bouche constituait le centre de l'œuvre... elle ne savait de quelles tripes sortait cette grimace torturée. Mais elle avait spontanément intitulé l'œuvre à peine terminée : *La Desaparición*... la disparition, et l'avait dédiée à Miguel dans son cœur.

Renato Mulián, responsable de la commission, était venu lui rendre visite pour régler les derniers détails. Il était tombé en arrêt devant cette tapisserie sculpture et avait avoué son coup de foudre. Cette œuvre avait sa place au Musée national de Santiago. Mais il fallait aussi qu'elle apparût à Chiloé avec les Mères de Buenos Aires.

Soledad avait hésité à donner une réponse : depuis plusieurs nuits, elle ne dormait pas et se tourmentait de scrupules. Avait-elle le droit d'utiliser en direct ce drame de son histoire privée pour en tirer de l'argent, des honneurs ? L'idée lui paraissait intolérable depuis qu'après le départ de

Mulián, Rodrigo, son aîné, lui avait lancé sur un ton de révolte : « Alors, pour toi, *la desaparición,* c'est devenu un marché ! » Il le lui avait crié en français, langue qu'il n'avait jamais parlée avec sa mère, même lorsqu'il allait à l'école en France.

– Mais, tu sais bien, Rodri, la disparition, c'est aussi le problème du Chili, avait-elle répondu doucement en espagnol.

– Justement ! Tu n'as pas à tout mélanger. Le vrai *desaparecido,* c'est mon oncle Manuel. Pas mon père. Et on ne fait pas de fric avec cela. Tu vas devenir comme Ariel Dorfmann qui a vendu les victimes de la dictature à Hollywood.

– Mais Dorfmann n'a fait que sublimer cette douleur dans *La Jeune Fille et la Mort,* en l'exprimant par l'écriture. Il a fait œuvre de mémoire, œuvre d'art.

– Tu n'es pas une artiste, tu es ma mère !

Miguel ! Elle entendait le ton de son père, l'intransigeance de Miguel... l'incapacité de Miguel à accepter en elle la créatrice : « Mon petit soleil, tu n'es pas une artiste, tu es ma femme. »

Soledad ne voulait pas aller jusqu'au bout de cette phrase-là, de cette pensée-là. Lorsqu'elle avait essayé avec ses amis de réfléchir au comportement de Miguel, aux raisons de sa rupture, il y avait ce chemin dans lequel elle refusait de s'engager, qui s'avérait plus douloureux même que l'idée d'une rivale, voire d'un rival comme l'avait suggéré Thibault.

Elle ne voulait pas se souvenir de cette scène que Miguel lui avait faite à Paris lorsqu'un critique d'art lui avait proposé à elle, Soledad, de se présenter à un concours.

– Ces Français, il n'y a que les femmes qui les intéressent ! Et chez les femmes, le cul. Ne t'imagine pas que c'est pour ton talent qu'il insiste. Je sais bien ce qu'ils ont tous derrière la tête... nation d'obsédés !

Elle avait cru à une scène de jalousie amoureuse, le critique lui ayant fait quelque peu les yeux doux, oubliant que, une semaine à peine auparavant, un projet d'architecture de Miguel avait été refusé.

Et maintenant, Rodrigo lui tenait le langage de son père.

Soledad savait bien comment les Félines auraient interprété ces accès de colère conjugale. Une phrase du dernier livre de Françoise Chandernagor, qu'Alice lui avait envoyé, l'avait aiguillée sur une piste. « Je lui pardonnais ses frasques, écrivait de son mari la narratrice... il me pardonnait mes livres. »

Mais jusque-là, Soledad n'avait pas eu de frasques à pardonner à Miguel et, lui, avait dû subir sa renommée grandissante à elle. Elle se remémorait ses crises d'intolérance à l'égard de la France au fur et à mesure que la réputation de Soledad s'y établissait, et parallèlement son désir de plus en plus fort de revenir au Chili.

Elle n'avait jamais osé confesser à ses amies françaises qu'une telle motivation avait entraîné leur retour d'exil. Parce qu'il y en avait bien d'autres, des raisons, de plus avouables. D'ailleurs, leur désir de retour n'avait jamais été mis en question par qui que ce fût. Ils avaient fui la terreur militaire dans un pays d'accueil ; ils rentraient chez eux avec le retour de la démocratie.

Seulement, le non au plébiscite de Pinochet n'avait pas suffi à rétablir cette démocratie comme un coup de baguette magique. Et Miguel était resté un adolescent, qui aurait voulu que tout se règle en quelques mois. Il avait contracté en France une insatisfaction chronique assortie d'exigences irréalisables. Quant à l'esprit critique, qui avait toujours été développé chez lui, il s'était sensiblement aggravé.

Leurs discussions, à leur retour, tournaient continuellement autour des mêmes thèmes. Soledad essayait de rétorquer à Miguel que, non, le Chili n'était pas la France et qu'on ne pouvait pas comparer une vieille république avec un pays qui sortait de la dictature. Et que, non, le Chili d'aujourd'hui n'était plus leur Chili, celui qu'ils avaient quitté vingt ans auparavant et qui avait survécu sans eux.

Bien sûr, il y avait la tonnelle dans la petite maison de Ñuñoa, que leur avait laissée la mère de Soledad, la douceur de *tomar onces* dans les tièdes fins d'après-midi d'été, avec le thé chaud, la purée d'avocat et le *quesillo,* quand on recommence à refaire le monde avec les quelques copains rescapés d'autrefois, les grandes escalades andines avec la petite troupe d'enfants, la beauté du désert d'Atacama à San Pedro, cette année où les cactus avaient fleuri en rose. Mais le quartier de Ñuñoa s'était métamorphosé depuis leur jeunesse. De grandes tours avaient poussé dans l'avenue Kennedy et l'on ne savait plus parfois si l'on se trouvait toujours à Santiago ou dans la banlieue de Melun ou de Detroit. La pollution de la ville avait altéré en quelques mois les bronches délicates de Miguel, et les enfants étaient tous devenus allergiques aux fumées épaisses et opaques qui encerclaient la ville comme une prison pendant la plus grande partie de l'hiver.

Et puis, très vite, les Renato Mulián s'étaient mis à se presser autour de Soledad, critiques d'art, conservateurs de musées, petites municipalités friandes d'artisanat local. Comme à Paris, pire qu'à Paris, où Miguel pouvait attribuer ses propres échecs à son statut d'immigré, et la réussite de Soledad au faible bien connu des Français pour les femmes. « Tu n'es pas une artiste, tu es ma femme. »

Maintenant que Soledad n'était plus la femme de personne, pensa-t-elle, peut-être avait-elle enfin le droit d'être une artiste ?

Lundi 8 mars 1999

Journal de Caroline, destiné à mes amies les Félines. À leur remettre au cas où je ne me réveillerais pas de mon anesthésie et disparaîtrais à mon tour.

Dimanche soir, 19 heures

Ça y est, je suis dans ma chambre de clinique. La veille de la fête des femmes ! Admirez le symbolisme, adroitement planifié par mon inconscient féministe, qui lui se conserve mieux que la peau de mon cou ! Arrivée à 17 heures, j'ai réglé les formalités médicales et financières. Ici, on paie d'avance... cher ! Quand je pense à tous les voyages sous forme de visites que j'aurais pu nous offrir avec cet argent, mes Félines qui vivez dans les quatre coins du monde, sans parler des petits Saint Laurent que j'ai reluqués ce printemps, ou plus prosaïquement de ma salle de bains, qui aurait grand besoin d'être refaite. Mais, basta, la jeunesse s'est toujours payée au prix fort.

À 18 h 30, j'ai dîné dans ma chambre, me sentant déjà un peu malade, tenaillée par le sentiment de détention que me produit toujours l'univers hospitalier. Je me rassure en me rappelant que je reste ici de mon plein gré, que nulle cellule folle ne s'est cancérisée sans mon approbation consciente. Mais justement l'espèce d'inquiétude rampante que je sens monter me souffle que je suis en train de tenter le diable, moi qui il y a quelques semaines encore me demandais si on n'allait pas être contraint de m'enlever un sein.

De gré ou de force. Je retourne l'expression. Je me trouve ici de mon plein gré pour subir une opération dont je n'ai pas besoin. En tout cas dont mon corps n'a pas besoin pour survivre. Ce que je vais subir représente une espèce de luxe que peu de femmes (et d'hommes) au monde peuvent s'offrir. En même temps, quel masochisme de se faire charcuter sans nécessité !

Je songe aux vertueux et aux moralistes qui me condamneraient si je ne me relevais pas. J'ai du mal à lutter contre un sentiment de culpabilité qui pointe ma coquetterie, ma futilité, mon incapacité à me résigner à la figure que j'ai contribué à sculpter non sans l'aide corrosive du temps. Je me complais dans les clichés – que je vous ai ressassés – selon lesquels nous avons à cinquante ans le visage que nous méritons. En quoi ai-je donc démérité ? En même temps, je me sens exaltée à l'idée peut-être de retrouver dans mon futur visage post-opératoire des éclairs de celui d'autrefois. J'y vois le combat de Mélusine avec l'ange. Là encore, je dois confesser mon incurable frivolité : je crains plus d'être défigurée que de mourir. Je suis sûre que nos deux croyantes – j'ai nommé Alice et Soledad – doivent développer tous les trésors de leur coupable indulgence à mon égard pour ne pas s'en indigner. Mais j'espère aussi qu'elles prient pour mon âme qui aurait bien besoin elle aussi de se faire lifter.

Tu vois, Alice, que j'ai bien fait de t'empêcher de courir à mon chevet comme tu me l'avais si généreusement proposé. Je préfère te voir ou plutôt que tu me voies après. Ton premier regard sera mon miroir.

J'ai décidé « de gré » de refuser l'anesthésie générale, cette plongée dans le néant où je ne contrôle plus ma conscience, où l'*on* m'endort de force. Le chirurgien m'a assuré que je n'en garderais aucun souvenir mais j'espère en conserver quelques bribes pour vous mes Félines afin de vous associer le plus possible à cette traversée orphique.

Tout de même, pas un mot à Malek ni à Vivien. Ils sont trop « hommes ». Ils ne comprendraient pas. Pour l'instant au moins. Nous verrons plus tard...

Entre ce dernier mot et le premier de cette phrase que j'écris, il y a eu vos quatre coups de téléphone, sans compter celui de Thibault un peu plus tôt. Votre amitié me sert de baume pour adoucir mon angoisse. Ah ! si je pouvais devenir ce génie qui indiqua au vieux Japonais le chemin de la fontaine, comme je vous y enverrais avec joie, comme je mesurerais exactement pour vous la quantité de liquide magique, comme nous en reviendrions gaiement toutes et tous ensemble avec nos corps de dix-sept ans et nos cœurs d'aujourd'hui !...

Trêve de lyrisme, il est 20 heures, heure de la prémédication. *Alea jacta est.* Je me jette dans ce Rubicon de jouvence avec mes anges gardiennes. Puissé-je en sortir noyée ou régénérée !

Mardi 9 mars 1999

Mardi

Hurrah ! Les filles. Je ne suis pas morte au sens technique du terme. Mais je ne sais pas ce qui reste de moi. Je compte sur Julia ou Constance pour analyser, au point où j'en suis, ma problématique identitaire. Moi, je me contente d'essayer de ne pas succomber à la tentation de me regarder dans une glace.

En attendant, pour distraire mon attention et par amour de vous, je vais retracer, à partir de quelques notes, les étapes de ma traversée des enfers mineurs. Si je ne le fais pas immédiatement, je sais que j'oublierai tout.

Jour J (lundi)

Réveillée aux aurores, je me douche avec un produit décapant et désinfectant comme la veille. Puis je revêts le costume de mon rôle, une tenue qui ressemblerait à une camisole de force sans la couleur verdâtre des manches. L'uniforme de patiente est complété par des chaussures stériles. De retour dans la chambre, je me couche sur le brancard roulant non sans avoir à nouveau avalé l'Atarax et le Xanax, substances mystérieuses au nom mythologique. Je n'ai pas le temps de m'endormir, car à peine étendue, je suis précipitée dans la salle, sur la table d'opération. Je vois tout autour de moi des faces rondes chapeautées de vert, j'ai peur, je voudrais trouver l'anesthésiste dans cette foule, lui crier que je souhaite disparaître dans le sommeil, que finalement j'accepte, que je désire, que je sollicite l'anesthésie générale, la plongée dans le voluptueux Léthé. Mais en vain. Ma langue pâteuse et embarrassée me trahit. J'ignore qui est l'anesthésiste. Où il se trouve. Je n'ai pas la force. Il est trop tard. Je me laisse aller.

Pourtant, que je l'ai regrettée cette anesthésie générale ! Comme j'aurais souhaité m'immerger dans le vide bienheureux plutôt que d'assister impuissante au découpage de ma propre peau ! Sans doute mon sentiment d'avoir été éveillée et consciente de tout est-il faussé ! Je n'ai pas assez de souvenirs pour quatre heures d'horloge (je suis sortie à midi).

Voici cependant des bribes du cauchemar pendant qu'il est encore frais :

Ma première sensation concerne le Pr Fontaine à ma gauche. J'ai l'impression qu'il s'est étalé sur mon corps pour atteindre mon côté droit. Je vois et j'entends tout et d'abord qu'il parle... de foot ! Autre flash qui commence par la phrase : « Maintenant, les muscles », suivi d'un bruit de sécateur du côté de la mâchoire droite.

Plus tard, la voix de Fontaine, sur le ton de l'ordre : « Maintenant, on fait l'autre côté. » Et des mains qui me prennent la tête pour la retourner. Là, il y a comme un trou noir. Dans l'épisode suivant, le professeur et sa voix ont complètement disparu. Maintenant, j'entrevois deux personnes, deux femmes, dont l'une qui porte des lunettes donne des instructions à celle qui opère. Subitement, j'entends les ordres prononcés cette fois par une voix féminine : « Valérie, les ciseaux à bouts ronds ! »... « Oui, Delphine... » « Allez-y, un peu plus à droite... non... pas tant ! » Je veux me redresser et réclamer le Pr Fontaine. C'est lui la sommité, lui que je paie pour me refaire le portrait. M'aurait-il trompée en déléguant une subalterne ? Un sentiment aigu de trahison me submerge. Et je ne sais comment je le manifeste, mais ma vigilance et mon regard fixe doivent gêner ceux que je considère en ce moment comme de diaboliques tortionnaires. Ils m'appliquent un morceau de gaze sur les yeux, « pour que vous ne soyez pas éblouie », articule la même voix de femme.

Pendant ce temps, j'entends le bruit sourd des ciseaux qui me coupent et me découpent. Je ne peux m'empêcher de douter : est-ce ma peau ou des compresses qu'entaillent les ciseaux ? Y aurait-il télescopage entre la séquence du côté droit et la phase des pansements où l'on découpe non pas ma peau mais des compresses, des tonnes de compresses ? J'agonise. Je voudrais crier, mais j'ai peur en bougeant d'entraîner l'irrémédiable. Bien sûr, je ne ressens aucune douleur physique, mais peut-être pis encore. Dans le cauchemar, on sait qu'on rêve ; en enfer, si l'enfer existe, on souffre. Ou peut-être que l'enfer réside dans cette sensation de dépossession de soi, dans l'intolérable conscience de respirer à côté de son propre corps, sans exister.

À ce moment, je sombre dans le trou noir. Je ne vois plus rien jusqu'à ce qu'une voix annonce qu'on passe aux paupières. On me retire le tissu qui couvrait mes yeux. J'entends le bistouri qui découpe dans la peau la plus fine. Ma prunelle ! Et s'ils allaient par mégarde me l'entailler. Je songe aux centres de torture. Miguel n'a jamais rien raconté. On ignore tout de ce qu'il a subi. Le pouvoir que prennent certains êtres humains sur d'autres m'accable. Je me suis abandonnée à leur merci. Et je ne me dis pas – mais le pense au moment où je vous écris – que pourtant ceux-là sont des « bons », d'excellents médecins qui n'entendent extorquer aucune information de moi et à qui j'ai quémandé un sursis de dix ans.

Quand tout est fini, je suis (toujours ?) éveillée. Je bombarde de questions l'équipe autour de moi. Est-ce bien le Pr Fontaine qui m'a opérée tout le temps ? Et les deux silhouettes féminines que j'ai cru identifier dans mon état second ? M'a-t-on menée en bateau ? Les réponses me paraissent confuses. Je finis par m'assoupir et me retrouve – combien d'heures plus tard ? – de retour sur le lit de ma chambre.

En y repensant, je me dis qu'il est paradoxal qu'un élément clairement paranoïaque – le Pr Fontaine me persécute – se soit ainsi greffé sur une inquiétude justifiée concernant une opération entièrement physique. Mais enfin, tout est dans la tête, et le cerveau, lui, ne se lifte pas. Je remarque aussi que pour une fois que j'ai fait confiance à un homme, il m'a trahie ou du moins ai-je le sentiment qu'il m'a trahie. Syndrome de féministe américaine, le ciseau à découper les soutien-gorge entre les dents ? Pardon, Côtes Est et Ouest, je ne voulais pas heurter votre sensibilité à l'égard de votre nouvelle patrie et de ses militantes...

Seule et étendue sur la couche où je m'éveillai « normale » et telle qu'en moi-même ce matin, j'envoie mes doigts partir à la découverte prudente et inquiète de mon visage ou de ce qu'il en reste, et qui émerge des bandages de gaze blanche entourant ma tête comme un casque. J'ai la surprise de sentir au bout de mes doigts une texture inconnue qui est ma peau, dure, enflée, totalement insensible. Mes doigts sentent ma peau ; ma peau ne sent pas mes doigts. Je les laisse, ces loyaux émissaires, poursuivre leur exploration ; ils se fixent sur une espèce d'arête qui traverse la joue droite et aussi la joue gauche et que le toucher pas plus que l'intelligence n'identifient... Je crois d'abord à une différence de densité des tissus liée à la compression des pansements et me réconforte en me promettant qu'avec le temps (combien ?), ces aspérités disparaîtront.

Mais je ne me sens pas du tout mais pas du tout rassurée. Que signifie cet inexplicable renflement sous la joue ? Est-ce qu'ils m'auraient ratée et, devenue monstre, suis-je condamnée à vivre en *elephant woman* ou en patiente anglaise (chaque genre, ou plutôt chaque sexe a les guerres qu'il peut !) les années qui me restent ? Dans ce cas, je ne me désavouerai pas. Je préfère mourir tout de suite. Mais aussi, quelle présomption que la mienne ! Les dieux punissent ceux qu'a frôlés de son aile la chimère de la jeunesse éternelle. Comme vous aviez raison, mes amies, mes sœurs, de me mettre en garde ! J'aurais dû mieux vous écouter. Votre félin instinct opère plus sûrement que ma coquetterie de Narcisse. Hélas ! Si j'ai joué Narcisse, je n'ai pas voulu entendre vos échos, et à présent un simple regard sur ma défiguration va vous pétrifier d'horreur sur votre rocher. Et vous-mêmes ne pourrez plus m'aimer parce que je suis devenue affreuse et responsable de l'être.

Combien de minutes ou d'heures ai-je passées à promener sur ce visage étranger mes mains, seuls organes disponibles que je reconnaisse pour miens, combien à extirper de mon cerveau cette intelligence que les aspérités que je prenais pour des excroissances monstrueuses se réduisaient à des tuyaux provisoires chargés de drainer mon sang depuis les tempes jusqu'au cou ? Destinés à éviter l'hématome, longs et souples, ils sont reliés à des flacons, qui hier étaient attachés à mon cou et que je porte aujourd'hui inséparablement, partout où je vais.

Aujourd'hui, mardi

Nuit difficile. Je suis enserrée dans mon pansement comme dans un linceul. Une momie dans ses bandelettes. La peau me tire horriblement et j'ai mal à la tête. Le sang coule de mes paupières et des deux plaies formées en haut des joues par la brûlure du laser. Je vois trouble et me demande si cette petite manipulation n'a pas endommagé ma vision. Au toucher, je sens que mon visage est enflé. Je ne me suis pas vue. Je brûle d'envie de me contempler même si je dois en devenir pétrifiée comme la Méduse, mais on me l'a interdit. De toute façon, il n'y a pas de glace dans la chambre.

Ambiance de l'hôpital : très militaire. Des ordres sont donnés par haut-parleur. Je suis régulièrement appelée à la salle des pansements sur ce ton un peu menaçant. On me lave les paupières avec des compresses stériles. Univers très orwellien. Je pense à Miguel, je pense à Manuel. La manipulation humaine des corps et des consciences me paraît de plus en plus insondable. Quant à cet être que j'appelle moi ? Quoi d'autre qu'une nantie privilégiée qui se paie de la chirurgie esthétique ? Pas une victime qu'on veut réduire par la souffrance. Je devrais crier ma chance, mais je n'y arrive pas.

Vivement demain mercredi. J'attends Alice avec impatience. Pourvu qu'elle ait un petit miroir dans son poudrier !

Jeudi 11 mars 1999

Jeudi.

J'ignore ce qu'Alice a pu vous en raconter. Je me sentais à la fois contente et apeurée de la voir arriver. Vous la connaissez : elle affronterait le Minotaure sans ciller. Mais je l'ai tout de même sentie choquée, surtout au fait qu'elle a résisté d'entrée de jeu à mon envie de connaître ma nouvelle trombine.

Quelle tronche, mes amies ! Heureusement qu'il y avait mon nom affiché sur mon lit. Aucune Féline ne pourrait m'identifier, y compris moi-même. Je dispose d'une tête batracienne, énorme, enflée de deux à trois fois sa taille habituelle, et pluricolore, « plurielle » comme on dirait aujourd'hui avec des hématomes de teintes différentes, du violet au jaune cireux, dont le plus foncé vire au noir corbeau. Les yeux se réduisent à deux fentes au-dessous desquelles le laser a laissé deux plaies purulentes.

Me voilà punie comme dans les contes de ma vanité et de ma curiosité. Je me sens moitié Peau d'Âne, moitié femme de Barbe-Bleue.

Mais il y a quand même un lot de consolation : le cou et même le menton, lisses, tendus comme à mon premier et unique bal de débutantes auquel ma mère m'a contrainte le jour de mes dix-huit ans. Bien entendu, ma mère n'est au courant de rien, pas plus que les Garçons – je ne doute pas de vous, discrètes Félines –, hors le doux Thibault qui voudrait prendre la relève après m'avoir envoyée au feu.

Alice m'a traitée d'abord comme une enfant pyromane qui se serait fait flamber dans l'incendie allumé de ses propres mains. Elle m'a examinée à la loupe et assuré que la cicatrice deviendrait invisible. Quant à la gueule que je tirerai dans... mettons deux mois : mystère et boule de gomme. Globalement, Alice juge que le travail a été bien fait. Elle n'a pas commencé pour rien des études d'infirmière, il y a longtemps. Je lui fais confiance mais crève de trouille.

Le Pr Fontaine passe me voir sur ces entrefaites. Pressé. Il me houspille parce qu'il a surpris le petit miroir qu'Alice a laissé traîner. Je ne me laisse pas faire et contre-attaque. D'abord il m'avait promis que je n'aurais aucun souvenir de toute cette horreur. Et j'en ai. Et puis il y a cette Delphine dont il reconnaît qu'elle est son assistante et qu'elle a opéré le côté gauche et les paupières. Je lui crie qu'il s'agit d'un abus de confiance. C'est à lui que je me fiais, pas à elle.

– Vous avez tort, dit-il avec un sourire embarrassé. Le Dr Delphine Courtois est meilleur(e) que moi. Elle a la main plus sûre. Elle est plus jeune... (Là aussi, Règle de Trois ? *No comment*...)

Je souffre surtout du cou, et des plaies causées par le laser. Les cicatrices derrière les oreilles font aussi mal. Quant aux oreilles, elles se sont transformées en deux blocs de béton, totalement insensibles. J'avais eu la même sensation par moins 40 au Canada et l'on m'avait prévenue qu'il me fallait protéger mes précieux organes, susceptibles de se détacher et de tomber à mes pieds. Les yeux commencent à sortir un peu mais bridés et dissymétriques. À vrai dire, la peau me tire de partout. Ma tête est comme emmurée dans ce carcan de pansements durcis. Mes paupières tendues se raidissent quand je ferme les yeux. J'ai une gueule de mérou glauque, crochetée et ensanglantée par une brute de poissonnier.

Thibault, survenu sur ces entrefaites, tente de me consoler en me conseillant de sortir en *burka*. Ses pitreries me donnent le fou rire. Mais je ne peux ni rire ni sourire, comme ces vieilles actrices d'Hollywood, tirées et re-tirées dont nous nous sommes tellement moquées. Chères Félines, je dois avouer que, malgré toute votre sollicitude, j'ai pas le moral, je craque comme ma trombine dans un univers glauque. Écrire même me fatigue. Je renonce. Votre Mélusine s'est transformée en fée Carabosse.

Vendredi 12

On m'ôte les drains. Douleur très forte mais rapide. De retour dans ma chambre, je me sens un peu moins mal. J'ai même assez d'appétit pour pester contre l'infâme mixture de l'hôpital et assez de courage pour refuser de retourner le miroir.

Je relis distraitement *L'Œuvre au noir,* cadeau approprié de notre Thibault. Car j'associe la ruine de mon visage à la phase de dissolution exigée par les alchimistes dans la construction de leur Grand Œuvre. Jeunesse éternelle et immortalité y correspondent à la fusion du soufre et du mercure et à leur transmutation en or. Et moi aussi, à ma manière, j'ai cherché dans le laboratoire du Pr Fontaine l'or de ma jeunesse révolue, et je traverse le cycle de décomposition et de déconstruction qui prélude à la réconciliation et à l'union de l'Œuvre au blanc. Viendra-t-elle ou suis-je condamnée à me désagréger dans ce chaos ? Peut-être qu'il faudra que je porte un masque comme le vieil Aragon ?

Samedi 13

Cette fois on me tire les fils des paupières. Mais je ne ressens presque plus rien. En revanche, je m'offre une séance narcissique, face à un nouveau miroir cerclé de nacre que m'a offert Thibault à sa deuxième visite. Ô miracle ! Telle l'image qui se fixe progressivement dans le bain noir de la photographie, émerge le reflet d'un visage ancien qui fut le mien, dans une autre existence. Il est baigné d'une inexplicable jeunesse qui se profile sous les épaves de ce naufrage qu'héberge encore ma figure, toujours enflée, mêlée anarchique d'hématomes et de cicatrices, où la peau ne ménage pas les surprises et se refuse toujours à la moindre esquisse d'harmonie. Le premier signe de reconstruction dans la confusion de ce chantier, ce sont les yeux. Je les retrouve enfin, mes yeux couleur de vitrail, d'outremer – comme disait Hervé –, mes mirettes dans lesquelles s'était englouti ce banal premier amour de dix-sept ans, que d'autres hommes ont célébrées, et puis peu à peu oubliées, tandis que s'amoindrissait la prunelle et que s'aplatissaient les commissures jusqu'à en absorber presque tout l'éclat. Bienvenue à mes larmiers, retour à mon visage. Je vous informerai des autres retrouvailles.

Dimanche 14

Mon visage revient rapidement à la normale si ce n'est à lui-même. Il s'éloigne de celui d'il y a une semaine. Les rides et les poches ont disparu. Il ne ressemble pas non plus à celui d'autrefois. Ni vieux ni jeune, il paraît sans âge. Mais s'il faut absolument lui en donner un, je dirais, autour de trente-cinq-quarante. Comment vais-je l'assortir avec des bras et un ventre de cinquante ans ? Est-ce qu'il faudra tout rafistoler comme le font les actrices ? Oui. Mais elles, elles en vivent. Pour moi, ni le corps ni la tête ne représentent des gagne-pain. Je regarde avec angoisse mes mains qui ne sont plus assorties à ma figure et vieilliront seulettes et séparées. Mes Félines, venez à mon secours. Je ne sais plus où j'en suis. Mon visage m'est étranger (il est vrai qu'il me l'était devenu depuis de longues années). Mon corps me dégoûte. La jeunesse me paraît une chimère, une représentation de l'esprit. À vingt ans, je lui faisais déjà des reproches, à ce corps. Rien n'a changé depuis l'opération, sauf l'enflure, les hématomes et cette lourde fatigue qui m'empêche de me distraire de moi-même. Demain je rentre à la maison. Thibault viendra me chercher. Il veut absolument me sortir dans un grand restaurant, mais j'ai trop peur de rencontrer quelqu'un. Je voudrais me cacher dans un bois et être réveillée par un baiser comme la Belle au bois dormant, sans cicatrices et sans hématomes.

Jour J + 9

Première sortie. Je me déguise en diva... Lunettes noires et grand foulard. J'ai encore un bel œdème entre les yeux et les pommettes. Un autre le long des oreilles sur les tempes maxillaires. La douleur s'estompe mais subsiste. Je ne prends plus que deux Diantalvic par jour. Je vais mieux, beaucoup mieux. D'après Thibault, j'ai perdu ou gagné quinze ans. Vous le constaterez vous-mêmes puisqu'on se retrouve bientôt à la magnanerie. Mais chut, par pitié, on n'en parlera pas. Je vous promets que j'abandonne Narcisse en même temps que ma vieille peau et ne palabrerai plus jamais sur moi-même.

Have you visited our web site lately?

If you want to see what's new in stamps and stamp products, or get the latest information on stamps issued throughout the year, visit The Postal Store at

www.usps.com

ANTIC

TOYS COURTESY OF STRONG MUSEUM

TWENTY
FIRST-CLASS
SELF-ADHESIV
STAMPS

4 DIFFERENT DESIGNS

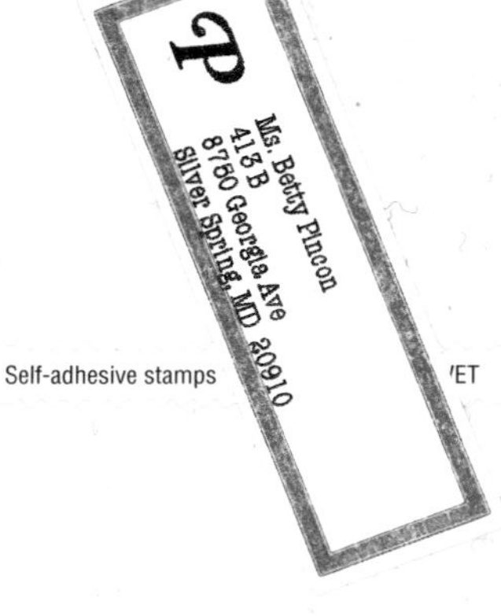

Peel here to fold

Self-adhesive stamps

'ET

Mardi 16 mars 1999

De :	Hubert et Alice Coste <hubertcoste@PDL.fr>
À :	Constance Vouillé <VouilleC@Loyola.edu> ; Julia Kaplan-Brown <JKaplanB@BlumFieldKaplan.com> ; Thibault Clavel <ThibClavel@ hotmail.com>
Objet :	Le miroir de Mélusine

Aux Félines (sauf Caroline) et Thibault

Notre Caroline m'a donné le choc de ma vie.
Indépendamment de toute réserve éthique, je ne sais pas si tant d'épreuves valent quelques rides de moins. À coup sûr, il faut autant de courage pour le faire que l'éviter à tout prix.
Il me semble cependant qu'on peut se battre pour son corps autrement (gym, calcium, régimes, yoga et autres).
Curieux que Caroline et Miguel aient décidé presque en même temps, lui de changer de vie, elle de visage. Je sais que les deux démarches n'ont rien à voir mais je suis troublée quand même.
Caroline n'aurait-elle pas, comme elle le dit, tenté le diable sans rectifier de beaucoup le cours de notre destin qui consiste à déchoir en prenant de l'âge ? Car rappelez-vous notre dame de plume : « Il faut vieillir. Ne pleure pas, ne joins pas tes doigts suppliants, ne te révolte pas : il faut vieillir. Répète-toi cette parole, non comme un cri de désespoir mais comme le rappel d'un départ nécessaire. Regarde-toi, regarde tes paupières, tes lèvres, soulève sur tes tempes

les boucles de tes cheveux : déjà tu commences à t'éloigner de ta vie, ne l'oublie pas, il faut vieillir. » Avant nous, *elle* avait tout dit. Nos mères et nos grands-mères étaient moins aliénées que nous qui ne tolérons plus rien des hommes, de la société, de nous-mêmes et de la nature.

Lila

* * *

From : Julia Kaplan-Brown <JKaplanB@BlumFieldKaplan.com>
To : Alice Coste <hubertcoste@PDL.fr> ; Constance Vouillé <VouilleC@Loyola.edu> ; Thibault Clavel <ThibClavel@hotmail.com>
Subject : Re : Le miroir de Mélusine

Bonjour, bonnes gens non (encore) tirés,

Notre dame de plume était loin d'avoir cinquante ans quand elle écrivit ces lignes. Et nous ne savons pas comment elle aurait réagi au lifting. Elle avait bien ouvert plus tard un salon de beauté où elle s'efforçait d'améliorer les visages de clientes qui lui écrivaient avec passion : « J'ai des rides ; aidez-moi ! » Toutes les générations en sont passées par là et nos aïeules n'ont pas manifesté plus de sérénité ni plus de résignation que nous. Simplement, elles ne disposaient pas des mêmes moyens.

Julia

* * *

MARDI 16 MARS 1999

From : Constance Vouillé <VouilleC@Loyola.edu>
To : Julia Kaplan-Brown <JKaplanB@BlumFieldKaplan.com> ; Alice Coste <hubertcoste@PDL.fr> ; Thibault Clavel <ThibClavel@hotmail.com>
Subject : Re : Re : Le miroir de Mélusine

Aux mêmes

J'admire Caroline mais j'ignore si j'aurais le même courage qu'elle. À tout prendre, je préfère garder ma tête comme elle est. Du moins éviterai-je les décalages entre mon visage et le reste de mon corps, surtout entre la nouvelle image projetée et une histoire qui me date irrémédiablement. Que dira Caroline lorsqu'on parlera de mai 68 ? Qu'elle n'était pas née ? Il y a dans cette manipulation un truquage qui me gêne.

Constance

* * *

De : Thibault Clavel <ThibClavel@ hotmail.com>
À : Constance Vouillé <VouilleC@Loyola.edu> ; Julia Kaplan-Brown <JKaplanB@BlumFieldKaplan.com> ; Alice Coste <hubertcoste@PDL.fr>
Objet : Le miroir de Mélusine cassé par les fées marâtres

Ô trois marraines sans bienveillance, attention aux coups de baguette...

On n'est pas obligé de mentir sur son âge lorsqu'on rajeunit. Au contraire, on donne licence de transformer la représentation que se font les autres d'un âge donné. Depuis que Catherine Deneuve les a si bien portés, les cinquante ans d'une femme ne sont plus connotés de la même façon.

Caro est devenue mon héroïne et je voudrais bien en prendre de la graine si je ne me savais pas si lâche devant l'épreuve physique.

Thibault l'enchanteur

* * *

De : Alice Coste <hubertcoste@PDL.fr >
À : Thibault Clavel <ThibClavel@ hotmail.com> ; Constance Vouillé <VouilleC@Loyola.edu> ; Julia Kaplan-Brown <JKaplanB@BlumFieldKaplan.com>
Objet : Au lieu de les briser, apprivoisons les miroirs

Les actrices sont des professionnelles de l'image. Pas nécessairement non plus des représentantes des autres femmes, elles qui font métier de changer de peau. Et puis que dire à ses enfants ? Caroline n'a pas ce problème. Mais refuser de vieillir, c'est empêcher ses enfants de grandir. Chloé a le droit de paraître plus belle et plus jeune que moi, et je dois l'accepter.

Une frimousse cinquantenaire

* * *

From : Julia Kaplan-Brown <JKaplanB@BlumFieldKaplan.com>
To : Alice Coste <hubertcoste@PDL.fr> ; Thibault Clavel <ThibClavel@hotmail.com> ; Constance Vouillé <VouilleC@Loyola.edu>
Subject : Dans le miroir, le visage d'une autre

Pour moi non plus, la reconstruction ne résout rien. Plutôt apprendre à se libérer du regard des hommes, des pièges de la séduction. Je refuse de me soucier de ce regard. Quelle liberté que d'ignorer ce verdict qui vous fait ou non exister ! Quel soulagement que d'être invisible ! Jason ne semble pas remarquer que je laisse mes cheveux grisonner et ne porte plus que des pantalons. En même temps, je m'éloigne de Jason. Retenez-moi, vous autres. Je ne sais plus très bien où je vais.

Jules

* * *

From : Constance Vouillé <VouilleC@Loyola.edu>
To : Julia Kaplan-Brown <JKaplanB@BlumFieldKaplan.com> ; Alice Coste <hubertcoste@PDL.fr> ; Thibault Clavel <ThibClavel@ hotmail.com>
Subject : Il faut en finir avec les miroirs

Je propose de laisser Caroline en dehors de notre petit échange. Elle est encore trop convalescente pour bien encaisser. Et puis avons-nous seulement raison ? Attendons notre grande réunion d'Ardèche pour lui en parler directement.

Constance

* * *

De : Thibault Clavel <ThibClavel@ hotmail.com>
À : Constance Vouillé <VouilleC@Loyola.edu> ; Julia Kaplan-Brown <JKaplanB@BlumFieldKaplan.com>, Alice Coste <hubertcoste@PDL.fr>
Objet : Vos filles ont besoin de guides, pas de miroirs...

Oui, Alice, pensez donc à vos filles. Vous n'avez hérité que de modèles sur papier. Elles auront des exemples en chair et en os. Elles vous auront vous, les Félines, avec une superbe Mélusine qui n'hésite pas à marcher au front, en première ligne.

Permettez néanmoins à celui que vous avez admis dans votre sein (ô combien magnifique) de vous trouver vachardes avec votre meilleure copine à laquelle je trouve, moi, un fameux cran. Y aurait-il de votre part certaine envie détournée ? Je le dis clairement : je ne puis m'empêcher d'être... déçu.

Thibault, le désenchanté

Jeudi 18 mars 1999

La sonnerie du téléphone réveilla Malek en sursaut. Il avait travaillé très tard dans la nuit et ne comptait pas se rendre au laboratoire ce matin. Il se précipita. Peut-être un message de Leïla, qui attendait en Algérie ses papiers pour venir le rejoindre ?

Voix de Vivien, un peu tendue.

– Pour Miguel, tu sais. Je suis sur une piste.

– Sur une piste ? Où cela ?

– Au Canada. Je t'expliquerai. À toi seul pour l'instant. Les renseignements s'avèrent très incertains. Tu viens à la salle de gym ce soir, Malek ?

– J'attends un message de Leïla. Elle a du mal à téléphoner de là-bas. Je préférerais rester à la maison. Mais résume-moi au moins un peu. Il s'agit bien de Miguel ?

– Je n'en sais rien, mon vieux. On a trouvé un Chilien complètement amnésique qui correspondrait au signalement de Miguel.

– On a trouvé ? Qui ça on ? et comment ?

– Après une tentative de suicide. « On » représente un bon copain, journaliste au Québec, avec qui j'ai déjà travaillé. Je lui avais parlé de la disparition de notre ami et il a supposé qu'il pourrait s'agir de lui. Le nom est le même semble-t-il : Miguel Aguirre.

– Mais Miguel ne peut pas être amnésique. Il est parti de son plein gré en laissant une lettre. Et il n'a jamais été suicidaire non plus.

– Enfin, Malek. Tu avais l'impression que tu connaissais Miguel. Est-ce que tu aurais imaginé une minute à partir de cette connaissance qu'un beau matin il abandonnerait sa famille et nous quitterait tous ? Le Miguel qui a disparu diffère de celui que nous avons connu. Du moins la thèse de l'amnésie expliquerait-elle qu'il n'ait jamais donné de nouvelles et ne se soit pas soucié de ses enfants.

– Entre nous, Malek, tu n'en as pas semé toi aussi des enfants par le monde dont tu ne t'es pas soucié ?

– Jamais ! Tu es fou, Vivien. Là je donne raison aux Félines. On peut avoir envie de quitter une femme. Moi, comme tu sais, j'ai divorcé de Barbara, j'ai rompu avec d'autres. Mais je me suis toujours occupé d'Ingrid, et si Barbara m'avait laissé faire, je l'aurais élevée bien davantage. Tu ne sais pas ce que j'ai souffert de la mort d'Aïcha !

– Je n'en doute pas... Malek. Moi aussi, je me suis occupé de Cyril... Au fait... Tu leur as dit, aux Félines, pour Leïla ?

– Pas encore ! C'est prématuré, Vivien...

– C'est prématuré ou tu n'oses pas leur avouer que tu te remaries avec une fille de vingt ans ?

– Pas vingt ans, Vivien, tu exagères toujours. Leïla a trente ans. Et puis nous n'avons pas encore publié les bans. Pour l'instant, je cherche surtout à la faire sortir de sa géhenne : être femme, célibataire et intellectuelle dans l'Algérie aujourd'hui, il faut avoir la peau dure pour tenir.

– Tu n'as pas à me convaincre, Vivien. Pas moi ! Mais nos vieilles amies. Tu connais leur thèse : la fameuse Règle de Trois. Elles l'appliquent à tous les hommes, même à Miguel. Jusque-là, tu échappais au modèle, donc à la vindicte. Mais je crains que tu ne deviennes à leurs yeux un salaud « comme tous les autres ».

– Tous les autres, sauf toi, Vivien.

– Eh bien oui, moi. Elles savent que j'adore tellement les femmes que je me désintéresse de leur âge. L'essentiel, c'est qu'elles aiment ça au lit et qu'elles aient quelque chose à dire après... Et encore, à la réflexion... elles ont toujours quelque chose à raconter après.

– Pour en revenir à Miguel, tiens-moi au courant. Et s'il faut aller le repêcher là-bas, tu peux compter sur moi.

– On ira ensemble. Vaut mieux laisser les filles en dehors de tout ça. Et puis d'abord, il faut identifier le Chilien du Canada. Je te rappelle, Malek... Au fait, tu as de leurs nouvelles récentes ?

– Non. J'ai laissé des messages depuis une semaine à Caroline. Elle ne m'a pas rappelé. Elle a dû quitter Paris.

– À plus, Malek.

– Salut, Vivien.

Malek raccrocha songeur. Miguel amnésique ? Est-ce que cette piste était vraisemblable ? Au contraire, Miguel lui avait toujours paru, comme lui-même, surchargé de mémoire. Malek se savait le seul à qui Miguel ait fait des confidences sur sa détention au stade de Santiago les premiers jours, puis sur son transfert dans le terrible centre de l'Academia de Guerra Aérea à Santiago. Là, Miguel avait expérimenté l'interminable liste des tortures inventées par le diabolique esprit humain : électricité, simulacres de fusillade, semi-asphyxie dans des excréments. Il avait passé des heures à faire des pompes sur le sol ou accroché par les bras sans que ses pieds touchent le sol. Le pire cependant lui avait été épargné. Le pire, c'est-à-dire les violences, surtout sexuelles face à sa famille. Les cris des femmes encapuchonnées et violées par des chiens hantaient ses nuits. À l'époque, heureusement, il n'avait ni épouse ni enfants.

Le plus intolérable, tu sais, avait-il confié à Malek, ce sont les femmes tortionnaires. Avec cette obsession de la sexualité et de l'humiliation sexuelle qui règne partout dans ces sinistres endroits. Les femmes ! Certaines sont des louves. Après cela, tu ne peux plus voir les femmes de la même façon.

Malek s'était longtemps demandé comment Miguel avait pu recommencer avec Soledad une vie de couple sans jamais rien dire. Et puis un jour, tout s'était peut-être confondu dans sa tête. La femme du rêve, les femmes du cauchemar. Le poids de la mémoire peut basculer parfois. Au silence du contrôle peut succéder l'amnésie, la perte du souvenir insoutenable. Après le centre de torture, il avait écopé du camp de détention à Tejas Verdes, sur la côte. Pour l'ultime fois, Miguel avait cru sa dernière heure arrivée, quand on l'avait emmené en hélicoptère les yeux bandés au-dessus de l'océan avec d'autres détenus. La moitié d'entre eux avait dû sauter. Miguel faisait partie de l'autre moitié. Sans raison. C'était à tour de rôle, par groupes de deux. Celui qui avait été jeté à la mer juste avant lui, un jeune mineur de Lota prénommé Antonio, avait à peine dix-huit ans. « Préviens ma maman », avait-il soufflé avant d'être brutalement balancé.

La nouvelle de la disparition de Manuel avait dû réactiver en Miguel, bien après que leur groupe d'Amnesty l'avait fait libérer et envoyer en France, ces traces indélébiles. Il avait dû longuement remuer dans sa tête ces monstrueux calculs. Il faisait partie de la bonne moitié. Son jumeau de la mauvaise.

Pour comble, Miguel n'avait jamais réussi à retrouver la piste de la mère du jeune mineur. Il ne connaissait pas son nom de famille. Au Chili, les femmes gardent leur nom de jeune fille, ce qui avait compliqué la recherche. Comme son frère Manuel, Antonio deviendrait un disparu. Son corps englouti dans les eaux du Pacifique n'aurait pas de sépulture et sa mère se comptait peut-être parmi celles qui manifestaient silencieusement, les yeux secs, une photo et un nom placardés sur la poitrine.

Malek ne s'était pas demandé pourquoi Miguel avait choisi de se confier à lui – Kabyle et Algérien, il comprenait.

À Julia et à Constance aussi, Miguel avait parfois livré certains détails. Elles avaient leur histoire dans l'Histoire. Cette complicité expliquait aussi leur amitié. Quant aux autres Félines, elles évoluaient sur une orbite différente, loin de ces violences, et le sujet les mettait mal à l'aise.

– Je vais accompagner Vivien au Canada, décida-t-il brutalement. Il n'y a aucune chance que Leïla arrive avant la semaine prochaine.

À Saclay, il disposait assez librement de son temps. Soudain, il ressentait comme une dette à l'égard de Miguel. Mais le hasard en décida autrement.

Vendredi 26 mars 1999

Caroline regarda sa montre. L'avion allait atterrir à Roissy. Elle se sentait ankylosée par la courte nuit qui se terminerait pour eux à 2 heures du matin, heure de Montréal. À Paris, les aiguilles du deuxième cadran de sa montre marquaient 8 heures. Elle regarda avec tendresse Vivien, abandonné sur le siège voisin, dont la tête cherchait son épaule. Elle se serra contre lui, huma la chaude haleine qu'elle avait appris à connaître avec le goût nouveau d'une bouche et d'une salive.

Des années, des prodiges imprévisibles, un miracle de rencontre, une véritable renaissance les séparaient de la semaine dernière, quand ils avaient pris l'avion à l'aller pour le Québec à la recherche de Miguel. Ils s'étaient envolés amis. Ils revenaient amants.

Comment cette transformation était-elle advenue ? Caroline essayait de se remémorer dans le détail les différentes phases de cette aventure qui avait transmué pour elle la personne de Vivien aussi radicalement que son propre visage avait été transformé par le coup de bistouri du chirurgien. Les deux phénomènes entretenaient-ils entre eux une relation ? Caroline se l'était demandé presque tout de suite à l'aéroport quand Vivien, qu'elle n'avait pas revu depuis « avant », l'avait accueillie d'un : « Bonjour, ma ravissante. Je ne sais pas comment tu fais, Mélusine, mais tu rajeunis là où les autres femmes vieillissent. »

Elle s'était bien promis de lui dire la vérité sur sa petite opération. Maintenant que c'était fini et bien fini, elle n'avait aucune intention de s'en cacher. Au contraire, elle voulait militer, montrer le chemin aux autres femmes et aux autres hommes qui n'osaient pas, et qui entraient prématurément en vieillesse dans leur tête, pour quelques rides ou quelques kilos. Mais quelque chose l'avait retenue, une espèce de honte à reconnaître son péché de coquetterie.

De plus, les circonstances ne prédisposaient pas à la futilité. Vivien pensait avoir retrouvé la piste de Miguel au Canada, et Malek à la dernière minute avait été empêché de l'accompagner parce que Leïla, devenue sa « fiancée », arrivait d'Algérie.

C'est Malek qui avait contacté Caroline pour lui donner les deux nouvelles. Elle avait d'abord ri de sa gêne à avouer son nouvel amour.

– Je serai franc : il s'agit bien de ce que vous autres Félines appelez la Règle de Trois. Leïla n'a pas trente ans. Mais je l'aime, Caroline. Avec elle, je m'embarque vraiment pour la vie.

– Tu veux dire, pour *ta* vie. Allons, Malek, ne t'excuse pas. Ça vaut mieux qu'un harem ! Et puis, tu sais, au fond, on ne se moque que par dépit. Parce qu'on ne peut pas vous imiter, avec le balancier de l'horloge biologique qui nous menace. Notre épée de Damoclès à nous... Alors, dis donc, mon vieux Malek, le monde se retourne à nouveau : Miguel disparaît et toi tu nous trahis.

Caroline ne croyait qu'à moitié à la découverte du journaliste québécois. L'amnésie, le suicide : sans doute du cinéma ! Mais elle ferait volontiers le voyage avec Vivien. Elle en ramènerait un papier sur le référendum au Québec. Justement, leur correspondant était parti en vacances.

Elle avait seulement laissé un message sur le répondeur de Vivien et voilà qu'ils s'étaient retrouvés sans y penser dans le même avion, dans le même hôtel, entraînés dans cette même aventure de retrouver une aiguille dans une botte de foin : Miguel au Québec.

Gaétan Rivière, le journaliste canadien ami de Vivien, détenait un certain nombre de détails. L'homme amnésique qu'on avait sauvé de justesse d'un suicide au gaz s'appelait bien Aguirre, Juan Aguirre. Juan, pas Miguel. Mais l'amnésie pouvait expliquer une erreur sur le prénom. De nationalité chilienne, de profession indéterminée, il disait avoir quarante-cinq ans. Gaétan leur donna l'adresse et le numéro de téléphone.

Le téléphone était branché sur un répondeur. Message banal, en français avec accent chilien. La voix pouvait être celle de Miguel. Vivien et Caroline l'avaient écoutée avec attention une bonne dizaine de fois mais ils n'avaient pu acquérir aucune conviction.

– On aurait peut-être dû emmener Soledad, regretta Caroline. Elle aurait pu identifier Miguel entre toutes les voix.

– Trop d'émotions pour une probabilité aussi infime ! répondait Vivien. Tu sais, s'appeler Aguirre au Chili revient un peu à s'appeler Dupont en France. Soledad se porte mieux à Chiloé au milieu des honneurs... juste au moment où elle commence à s'en sortir... Il y a si peu de chances que cet homme cache notre Miguel. Et quand bien même il s'agirait de lui et qu'il soit vraiment devenu amnésique, l'épreuve n'en serait que plus dure pour elle. Laissons-la tranquille pour l'instant.

Caroline avait acquiescé. Depuis qu'elle avait retrouvé Vivien, elle souscrivait à tout. Elle avait vu s'allumer dans ses yeux à lui une flamme qu'elle reconnaissait dans tous les hommes : cette petite étincelle spontanée devant une femme qui leur plaît. Une étincelle qu'elle n'avait pas repérée depuis bien longtemps. En vingt-cinq ans de fréquentation, Caroline et Vivien n'avaient entretenu qu'une amitié platonique et de toutes les Félines à respecter, Alice l'attirait clairement plus que les autres.

Mais quelque chose avait changé. Caroline sentit qu'il lui était reconnaissant de continuer à être belle. Et pour la première fois depuis la pénible petite opération, elle ressentit comme une espèce de victoire secrète.

Toute cette période révolue avait pesé si lourd. Se sentir au début plus laide et plus diminuée qu'avant l'avait accablée. Et aussi l'avaient taraudée la fatigue, la cruauté du miroir, le sentiment d'avoir été trompée, pis encore celui de s'être trompée. Et puis une espèce de honte à se sentir si futile qui paralysait toute tentative de se confier et de se plaindre. Malgré leurs protestations de fidélité, elle devinait toujours chez ses amies une réprobation qu'elles ne parvenaient pas à dissimuler. Caroline pouvait difficilement, après cette crise de frivolité, gémir auprès d'elles sur ses problèmes financiers ou sur son visage qui avait rajeuni mais avait perdu cette harmonie qui faisait de Mélusine jeune une « beauté » originale.

Thibault s'était révélé le plus coopératif et le plus compréhensif. C'est encore Thibault qui l'avait encouragée à partir au Canada avec Vivien. Lui-même en était empêché pour des raisons professionnelles, Malek attendait Leïla, Alice était retenue à Toulouse par les problèmes d'Hubert ; les autres étaient loin ou submergées de travail. Et l'on avait décidé d'un commun accord de tenir Soledad en dehors de l'aventure.

– Vas-y, ça te changera les idées, avait insisté Thibault avec un clin d'œil prémonitoire qui avait agacé Caroline sur le moment.

Comme si courir en plein hiver à travers les neiges canadiennes après un ami disparu, peut-être amnésique et suicidaire, possédait des vertus thérapeutiques cachées.

Et pourtant, Thibault avait eu raison. L'expédition ne leur avait pas rendu Miguel mais les avait rapprochés, elle et Vivien, au point de se demander pourquoi avoir attendu si longtemps...

L'hôtesse annonçait le petit déjeuner. Vivien ouvrait les yeux et tendait les bras. Caroline se sentit détendue, à l'aise dans sa peau, comme jamais depuis des siècles. Ça ne durera pas, pensa-t-elle avec effort. C'est bon. Mais ça ne durera pas. On le connaît, Vivien. Il faut que j'en profite. Le bonheur, *hic et nunc,* ici et maintenant. Demain et ailleurs risquent de se transformer en fumées sans souvenirs. Je n'avais jamais remarqué la beauté changeante et soyeuse de ses yeux, tantôt bruns, tantôt jaunes, des yeux d'or. Mon Dieu, que c'est beau un homme qu'on aime et qui se réveille... Elle fondait devant le sourire de Vivien, oubliant, refoulant la question qui la tracassait depuis que l'avion avait achevé la traversée de l'Atlantique : Que diraient les Félines ?... Que diront les Félines ?

Dimanche 28 mars 1999

Paris, ce dimanche matin

Ma grande Soledad,

La primeur d'un voyage auquel tu étais étroitement associée te revient.

Tu sais qu'une nouvelle ou plutôt une rumeur en a formé l'origine : Gaétan Rivière, journaliste à Montréal et ami de Vivien, avait cru découvrir à travers un fait divers la trace possible de Miguel. Un certain Juan Aguirre, ressortissant chilien, devenu amnésique, avait fait une tentative de suicide. Rivière préparait un reportage sur le suicide chez les immigrés du Québec. L'histoire l'a intrigué et il s'est demandé si cet Aguirre ne recouvrait pas l'ami de son collègue français. Je suis partie enquêter avec Vivien sans t'en informer de peur de te donner de fausses espérances ou des émotions sans fondement.

Que je te dise tout de suite que Juan Aguirre n'est pas Miguel Aguirre mais un personnage plus ordinaire, qui n'a pas émigré au Canada pour des raisons politiques ou existentielles mais pour suivre une jeune Canadienne dont il était amoureux. À la suite de sa rupture tumultueuse avec cette Armande, Juan Aguirre perd la tête, tente de mettre fin à ses jours et en ressort avec un grave déficit de mémoire.

Ce fait divers n'aurait pas eu pour nous d'intérêt majeur s'il n'avait entraîné une autre circonstance qui elle nous concerne et que je vais te raconter telle que nous l'avons découverte Vivien et moi-même.

Nous avons fini par atterrir après quelques difficultés dans la banlieue assez minable qu'habite Juan Aguirre depuis sa rupture avec Armande Lamarche. Juan lui-même était absent de chez lui, le matin où nous avons enfin sonné à sa porte. En revanche, nous avons longuement parlé à sa voisine, ménagère désœuvrée qui s'était passionnément intéressée à l'existence de son insolite voisin sud-américain et qui lui a sauvé la vie en prévenant la police assez tôt pour qu'on vienne le chercher à temps.

Je te passe les détails de l'existence lamentable de Juan Aguirre, ancien instituteur de Punta Arenas, Patagonie chilienne, chômeur amoureux venu trouver l'oubli de son misérable passé sous quelques pieds de neige à mille lieues de son continent austral d'origine. Notre attention, dans le récit de Mme Dion, sa voisine, a été attirée par le fait que nous n'étions pas les premiers à nous être intéressés à cette histoire évoquée dans un entrefilet de journal à la rubrique des faits divers : un compatriote de Juan avait, deux semaines auparavant, juste après le drame, entrepris auprès de Mme Dion la même démarche que nous.

Bien entendu, nous avons d'abord pensé à un confrère, quelque journaliste en mal de copie. Mais il s'agissait apparemment d'un Sud-Américain, qui s'est identifié comme chilien et qui a beaucoup interrogé Hélène Dion sur l'identité d'Aguirre, en particulier son prénom.

– Est-ce qu'il aurait mentionné un autre prénom ? a demandé Vivien, avant même que je comprenne où il voulait en venir.

La voisine ne se souvenait pas de l'appellation suggérée par son visiteur. Elle se rappelait seulement sa connotation hispanique.

– Ne serait-ce pas Miguel ? a demandé Vivien, Miguel ou Manuel ?

À ce moment-là, Hélène Dion s'est redressée.

– Manuel. Exactement, s'est-elle écriée avec son fort accent québécois. Calice ! Je jurerais bien que c'est ce prénom-là. Je l'avais remarqué parce qu'à l'école élémentaire, le meilleur ami de mon fils s'appelait Manuel.

La personne qui cherchait Manuel correspondait au signalement de Miguel : grand, légèrement métissé avec les yeux violets que Miguel tient, nous as-tu dit, d'une grand-mère irlandaise.

Malheureusement, l'homme n'a rien laissé à Mme Dion qui permette de le retrouver facilement. Aucune adresse, aucun indice. Il a seulement mentionné qu'il faisait partie d'une association recherchant un certain Manuel Aguirre et qu'il était de passage à Montréal dans ce but.

Inutile de te dire que nous avons écumé la communauté latine de Montréal et même de Québec et n'avons pas décelé le moindre vestige ni de Manuel ni de Miguel Aguirre. Mais nous n'avons pas non plus disposé du temps nécessaire. Vivien ne s'est arrêté que quelques heures à Paris et a filé à Moscou où, comme tu sais, la situation est préoccupante. J'ai été moi aussi rappelée au journal par mon patron qui m'a accusée d'absentéisme (récent) et a tiqué lorsque je lui ai offert un papier sur la communauté latino-américaine au Québec au lieu de l'article sur l'autonomisme que j'avais promis.

Décidément, le projet d'avenir ne constitue pas une science exacte. Ni dans la vie professionnelle ni dans la vie privée. J'ai rapporté un papier pour un autre… et une relation pour une autre. En termes clairs, ma Soledad, ce salmigondis signifie que Vivien et moi avons, au cours de ce voyage, ajouté à notre amitié une dimension amoureuse. Te voilà la première à le savoir.

J'attends tes réactions à notre petite découverte concernant Manuel et tes instructions sur la suite à donner à notre exploration.

Caro

P.-S. Je suis *heureuse* !

Vendredi 23 avril 1999

From : Constance Vouillé <VouilleC@Loyola.edu>
To : Julia Kaplan-Brown <JKaplanB@BlumFieldKaplan.com>
Subject : Bilan

Je te salue, Côte Ouest, avec mes trois heures d'avance et suppose que tu as reçu comme moi une chronique de Thibault sur la situation générale en Félinie. Résumons-nous car les choses ont l'air de se corser depuis quelques semaines. Les différentes pistes pour retrouver Miguel, disparu depuis maintenant plus d'une année, se sont révélées infructueuses. Nous avons cru cependant en avoir appris un peu plus long sur notre ami évanoui dans la nature que ce que nous en savions quand il vivait auprès de nous. Nous avons découvert ou plutôt *inventé* (je n'insiste pas sur les troubles motivations qui nous ont fait construire de toutes pièces ce portrait-robot de notre vieux copain) un être tourmenté, capable de préférer d'autres femmes voire d'autres hommes à sa compagne, notre amie. Nous avons découvert son irresponsabilité (au moins envers ses enfants), sa jalousie profonde (à l'égard de la réussite de sa femme). Son dossier de santé n'a pas eu vraiment de suite.

Les circonstances atroces au cours desquelles Miguel a été arrêté et maltraité par la police de la dictature l'ont beaucoup plus marqué que nous ne le pensions dans notre légèreté et notre indifférence (pour les uns comme pour les autres). Surtout il nous a à tous dissimulé une part importante de sa vie, la disparition réelle et historique, celle-là, de son frère jumeau Manuel. Sa propre fuite aurait donc un rapport très étroit avec cette disparition et Miguel *nous* aurait quittés pour courir après son frère tandis que nous courons après lui.

Bien sûr, il faut porter au tableau la fameuse *mid-life crisis,* que nous traversons tous entre cinquante et soixante. Je crois que la désertion de Miguel nous a permis de bien fantasmer et de nous projeter allègrement sur son geste si peu ordinaire et si tentant. (Si tu me demandes ce matin de tout envoyer en l'air et de tout recommencer, je te réponds immédiatement avec enthousiasme un oui franc et massif... et pourtant que ferais-je sans mes Félines ?)

Alors *quid* de nous, qui sommes restés derrière à courir en rond après une ombre d'ami qui se soucie de nous comme d'une guigne ? Notre Caroline, jamais en reste de vitalité et d'égoïsme sain, passe de la plus profonde déprime à l'euphorie la plus niaise. Le chirurgien qui l'a opérée a dû lui retirer aussi les rides du cerveau et la graisse de l'expérience. Comme dans le conte japonais, elle a avalé un trop-plein de jouvence et la voilà revenue à un âge mental de quinze ans à peine. Par-dessus le marché, elle nous pique notre meilleur copain, pratique strictement prohibée dans le code félinien. Caroline non seulement a péché mais s'est placée dans l'illégalité félinienne et doit être mise en examen par nos instances (je ne sais pas encore lesquelles).

Permets-moi de te dire que ta solution de quitter Jason pour Deborah, quoique plus originale, me paraît elle aussi pécher par légèreté. Tu as eu la chance, unique parmi nous, d'avoir décroché un excellent compagnon, qui depuis des décennies se dévoue à tes petits soins, et que tu vas désespérer. As-tu seulement pensé à ta fille, à peine délivrée d'une adolescence difficile, à ta mère que l'éthique communiste n'a pas préparée à ces débordements ? Ne me dis pas que c'est sexuel. Si tu avais été lesbienne, on l'aurait su depuis longtemps et je n'en vois pas le moindre indice dans ta (longue) vie où tu m'as fait l'honneur de quelques confidences.

Reste le « mythe identitaire ». Là aussi, je crois avoir sur ce chapitre quelque expérience. Je conçois que la tragédie de la déportation de ta sœur trouve des échos dans le terrible passé de Deborah. Mais cette relation complexe d'attraction pour le ou la même que j'ai aussi éprouvée pour Azad ne représente qu'un succédané d'amour. Ce n'est pas l'amour. Elle ne justifie en rien qu'on anéantisse toute une famille. Si tu avais une psy, comme Caroline, j'imagine qu'elle te parlerait exactement comme je suis en train de le faire. Je ne me traiterais pas autrement moi-même.
Ma Jules, ma vieille complice, écoute-moi, garde à Deborah une amitié profonde mais ne te complais pas dans cette mémoire malsaine et ne détruis pas tes proches. Nous arrivons au XXIe siècle. Débarrassons-nous de ces horreurs, de ces massacres, de ces génocides, de toute cette férocité des rapports entre les êtres appartenant à l'espèce humaine. Ne les reproduis pas dans ta propre famille. Ne fais pas le malheur de Jason et de Rebecca, parce que les nazis ont un jour arrêté et exterminé des petites filles !
Vous regarder tous vivre ou plutôt gérer vos vies me donne le tournis. Et je vois le monde tourner à l'envers. L'injustice s'incarne. Jason s'est montré depuis bientôt vingt-cinq ans un mari attentif, fiable et aimant. Tu veux le larguer pour une rencontre qui n'a pas six mois. Hubert au contraire a trahi Alice de la pire façon sans même respecter les règles de Félinie que Caroline vient de violer. (Tu te rappelles comment, en un autre temps, il m'a fait la cour ?) Et voilà qu'Alice lui tombe dans les bras à sa première petite misère. Lui qui a toujours réussi en tout au prix de l'égoïsme, du machisme et de la cruauté mentale, garde sa femme tandis qu'une Soledad ou un Jason perdent tout. Quant à Malek, il viole une autre loi non écrite de notre petit clan en détournant à son profit la Règle de Trois.
J'ai ressenti un profond dégoût généralisé et me suis violemment disputée avec Thibault à propos de vous tous ; il

m'a même traitée de vieille fille acariâtre qui a pourri au lieu de mûrir. Il faut dire que ma dernière rencontre avec Azad à son passage officiel de diplomate arménien, suffisant et sûr de lui, n'a pas contribué à me calmer... Tu le verras, Julia, et vous le verrez toutes, le plus difficile, ce n'est pas d'avoir cinquante ans. « Mes beaux cinquante ans », disait notre dame de plume, et elle avait raison. C'est la suite qui nous menace. Les quelques années que j'ai de plus que vous m'ouvrent les yeux, et ce que je vois me terrifie. Ne m'en veux pas. J'applique la règle d'or des Félines : se dire toujours la vérité, toute la vérité, quel qu'en soit le prix.

Samedi 24 avril 1999

From : Julia Kaplan-Brown <JKaplanB@BlumFieldKaplan.com>
To : Constance Vouillé <VouilleC@Loyola.edu>
Subject : Notre Constance a disparu (elle aussi)

À une inconnue...

Côte Est, je suppose que tu n'as pas encore suffisamment perdu les pédales et le sens de la réalité pour ne pas imaginer que ton message me mettrait en fureur. J'essaie de me dominer et de te trouver des justifications mais je souhaiterais que tu n'aies jamais jeté sur l'écran de ton ordinateur des paroles aussi blessantes, aussi étroites et franchement aussi bêtes. Est-ce vraiment toi notre modèle, notre Constance de toujours qui as pu te fourvoyer à ce point ou est-ce que ton cerveau a été récemment visité par quelque visiteur diabolique qui a éjecté la véritable Constance et s'est installé à sa place ? Comme tu le sais, pas plus que toi (et dans ton cas, c'est peut-être dommage), je n'ai jamais eu de psy mais je n'imagine pas un professionnel assez incompétent pour me sortir d'aussi ringardes âneries. J'avais l'impression en te lisant d'avoir été coincée par une de ces maîtresses d'école d'antan qui pontifiaient avec d'autant plus d'assurance qu'elles ignoraient tout de la vie contre laquelle elles étaient censées mettre en garde leurs petites élèves.
Je ne trouve rien dans ton discours qui ne mérite d'être

corrigé et rectifié mais je me bornerai à deux ou trois détails parce qu'il faut que je parte travailler (je plaide aujourd'hui à 16 heures).

Qu'est-ce qui te permet de dire que l'amour que je porte à Deborah représente un « succédané d'amour », sous prétexte qu'il y a entre elle et moi une expérience proche de l'horreur, de celles dont on ne parle ni aisément ni à la légère ? La découverte-choc de racines communes avec une autre personne ne constitue certes pas la passion mais peut en être le détonateur, au même titre qu'une ressemblance physique, le timbre d'une voix ou la passion des lieder de Schubert. Je ne te ferai pas l'injure de t'asséner un cours sur les différentes étapes de la cristallisation de l'amour, à toi qui as pour métier d'enseigner Stendhal ou Racine. Simplement, ces classiques d'une France franco-française où le *melting pot* n'avait pas encore commencé son œuvre ne pouvaient encore s'intéresser à ce phénomène de retour aux sources. De plus, à leur époque, on mourait – au moins amoureusement – à trente ans. Aujourd'hui, à cinquante ans, l'identité commune, que l'on rejetait au temps de larguer les amarres, s'avère un meilleur support pour le mystérieux coup de foudre que le mystère ou l'exotisme qui charmaient à vingt ans. Pour les Bretons comme pour les Juifs ! Tu as reconnu toi-même qu'une partie de ton amour avec Azad était inspiré par ce passé arménien et par cette douleur qui vous avait rapprochés, après que tu avais orienté la première partie de ta vie dans une autre direction et épousé un Vouillé. Je refuse de me montrer cruelle en te faisant observer que l'échec de ton histoire te rend si injuste avec la mienne. Mais Deborah n'est pas Azad, et si je veux maintenant construire ma vie avec elle, ce n'est pas parce qu'elle a passé dix mois de son enfance dans un camp nazi, c'est parce qu'elle est elle, Deborah, que je suis moi, Julia, et que nous nous aimons.

Quant à me dire aussi crûment que si j'avais été lesbienne,

« cela se saurait », pardonne-moi de ne t'avoir jamais révélé que je me suis toujours connu ces préférences profondes (même si je t'ai fait de nombreuses confidences, je ne t'ai pas tout dit... et toi non plus) et que j'ai sans doute aimé Jason pour sa profonde féminité (même si elle ne t'est jamais apparue à toi). Ce dernier se révèle d'ailleurs beaucoup plus compréhensif que toi-même. Nous avons eu une conversation à la fois très dure et très tendre. Jason a tout compris peut-être même avant moi et il manifeste une tolérance qui me touche. Pour l'instant, il ne peut pas supporter l'idée d'une séparation. Je ne veux rien brusquer... Dommage que la Règle de Trois ne s'applique pas à lui aussi... Pour une fois que les trois auraient été contents, sans compter le ou la quatrième.
Je ne veux pas faire de cet e-mail un cahier de doléances mais franchement, je te trouve très injuste et, comme le dit Thibault, bien acariâtre avec Caroline qui a réussi à surmonter une crise existentielle ingrate par son courage et sa vitalité. Je suis d'accord avec toi qu'on ne règle le problème du vieillissement ni en se faisant tirer la peau ni en s'envoyant en l'air une fois de plus. Mais si ce n'est pas une stratégie à long terme, c'est au moins une tactique qui nous rapproche des hommes et de leur fameuse Règle de Trois... Au fond, il faut le considérer comme une forme de cette parité exemplaire à laquelle nous convie notre Mélusine.
Je te quitte. Il faut que j'aille plaider, je devrais dire que je continue à plaider, mais cette fois pour un laboratoire pharmaceutique.
Prends garde, Constance, que tes défauts ne s'aggravent au point qu'on ne te reconnaisse plus. Après tout, nous nous sommes habitués aux disparitions !

Côte Ouest en colère

P.-S. Sur un seul point, je souscris à ta sévérité. Caroline n'aurait pas dû jeter son dévolu sur l'un de nos Félins. Notre petite société s'est toujours définie par son exogamie et il flotte comme un parfum d'inceste dans la liaison Vivien-Caroline.

* * *

From : Constance Vouillé <VouilleC@Loyola.edu>
To . Julia Kaplan-Brown <JKaplanB@BlumFieldKaplan.com>
Subject : Tant qu'à passer pour acrimonieuse...

Bravo pour ta « tactique » de vieillissement ! Pourquoi pas des enfants à soixante ans comme cette mamie italienne ?
À force de changer de côte ou de côté, tu as fini par perdre le sens du ridicule. Je t'avoue qu'à ces grossières techniques pour ralentir les ravages du temps sur nos attraits passés, je préfère le « chic suprême du savoir décliner » de notre plume exemplaire. Au moins, elle savait se tenir à sa place.

Dernier nom de baptême : Acariâtre

* * *

From : Julia Kaplan-Brown <JKaplanB@BlumFieldKaplan.com>
To : Constance Vouillé <VouilleC@Loyola.edu>
Subject : Pour être Acariâtre, tu n'en demeures pas moins Féline

Rappel d'information : notre dame préférée a connu son dernier mari à plus de cinquante balais et n'a pas craché sur les galipettes tant qu'elle a pu et quoi qu'elle en ait dit dans ses livres. Elle te ressemblait bien, cette littéraire, façon : « Faites ce que j'écris, pas ce que je fais. »
As-tu reçu les dernières nouvelles de notre petit monde ?
Alice prépare la magnanerie pour notre semaine de retraite en août. Soledad a annoncé sa venue. Son succès à la dernière expo au sud du Chili l'a ragaillardie tout en lui

donnant les moyens de se payer le voyage. Nous répondrons donc tous présents à l'appel, à une seule condition : les conjoints et autres compagnons ne seront acceptés sous aucun prétexte. Malek a déjà fait appel mais il n'y aura pas plus de Leïla que de Deborah à la magnanerie. Tu avais raison au moins sur un point, Côte Est. Les hommes, on ne peut pas leur faire confiance quand une petite culotte passe (et même le président des États-Unis !). On compte sur toi seule et surtout inchangée. Laisse au vestiaire tes masques de la dernière saison.

Jules

* * *

De : Caroline Pauillac <CaroPauillac@LeFigaro.fr>
À : Julia Kaplan-Brown <JKaplanB@BlumFieldKaplan.com> ; Alice Coste <hubertcoste@PDL.fr> ; Thibault Clavel <ThibClavel@hotmail.com>
Objet : Péché de vieillir et présence du mal

Je viens de trouver ce passage chez Claire Gallois *(Les Heures dangereuses)* qui nous (qui me) convient tout particulièrement : « La loi de la séduction a remplacé pour nombre d'entre nous les commandements d'une religion. Le gros péché d'aujourd'hui, pour une femme occidentale née dans un pays évolué, appartenant à un milieu favorisé, est d'être vieille et moche. Nous sommes une foule immense à être ainsi abâtardies. À souffrir davantage d'une défaite amoureuse que de la mémoire de l'horreur absolue, celle de l'extermination de l'homme par l'homme. Il est vrai que la présence du mal dans l'histoire ne disqualifie pas l'espérance du bonheur. »
Cette dernière phrase a remué en moi ma vieille culpabilité et la honte de ma coquetterie alors que notre meilleur ami

était pris dans la tourmente de son histoire collective et que d'autres s'en vont travailler en Afrique pour des ONG. Je me suis toujours sentie morveuse par rapport à Soledad ou à Julia de me préoccuper tant de mon âge et de mon look. Mais l'injustice de la Règle de Trois et du fait que les hommes pouvaient tout se permettre quand nous commencions à n'être plus des femmes m'a agitée ces dernières années plus que l'épuration raciale en Bosnie ou les massacres du Rwanda. Ainsi vont les peuples et les êtres privilégiés, et les Américains se préoccupent plus du zizi de leur président que des tueries dans leurs ghettos.
Me voilà à présent plus soucieuse de garder Vivien un bout de chemin auprès de moi que de retrouver les traces de Miguel. Je subis mon égoïsme avec une passivité qui me surprend moi-même. Mais il y a parmi nous au moins une Féline plus égoïste encore que moi, c'est Constance. Je ne sais pas ce qui lui prend. Je ne la retrouve pas.

Lundi 17 mai 1999

From : Julia Kaplan-Brown <JKaplanB@BlumFieldKaplan.com>
To : Alice Coste <hubertcoste@PDL.fr> ; Caroline Pauillac <CaroPauillac@LeFigaro.fr> ; Malek Hicham <MHicham@orsay.fr> ; Thibault Clavel <ThibClavel@hotmail.com> ; Vivien Vauterive <VV@AFP.fr>
Subject : Constance

Ce message pour répéter ceux que j'ai laissés sur vos répondeurs téléphoniques. Constance a craqué et avalé ses cent comprimés. Elle se trouve actuellement au Sibley Hospital, hors de danger. J'ai pris l'avion de San Francisco pour Washington avec Deborah. Nous sommes auprès d'elle et y resterons jusqu'à demain. Ne téléphonez pas encore. Écrivez plutôt. Elle n'aura pas de séquelles.

Julia

* * *

San Francisco, vendredi 21 mai 1999

Chère Soledad,

Tes appels téléphoniques et tes lettres ont beaucoup aidé Constance. Elle se trouve actuellement sous traitement chimique avec accompagnement thérapeutique. Et son fils et l'un de ses frères ont accouru auprès d'elle. Heureusement que le semestre se termine bientôt à l'université. Elle n'aura pas à reprendre ses cours. Il suffira qu'elle envoie le texte des examens.

Tu me demandes ce qui a pris à la plus sage, la plus raisonnable, la plus modérée en apparence d'entre nous toutes. Je ne peux pas répondre à cette question. Simplement que j'avais noté en Constance un ton nouveau dans les dernières semaines, que je ne m'expliquais pas. Toutes ses belles théories sur l'*art de savoir décliner* ont fondu peu à peu devant la détermination de Caroline et peut-être de nous toutes, chacune à notre manière, de tourner le dos à la résignation et de nous battre pour rester vivantes. Y avait-il (depuis longtemps ?) une tendresse un peu particulière entre Vivien et elle, qui expliquerait une hostilité épidermique contre Caro ? Je n'en parle que parce que dans son délire à l'hôpital, elle amalgamait les noms de Vivien, de Miguel... eh oui, et bien sûr d'Azad.

Ce dernier a sûrement servi de détonateur à la crise qui a secoué notre amie. Constance, qui n'avouait pas tout – et je ne saurais lui jeter la pierre – ne nous avait jamais dit qu'Azad venait d'être muté attaché culturel à Washington, avec sa nouvelle femme. Je n'en sais pas plus. Je ne connaissais jusque-là Azad qu'à travers les récits de Constance. J'ai découvert au chevet de notre amie un homme encore adolescent malgré ses quarante-huit ans, qui a éprouvé pendant au moins une heure la peur de sa vie : la responsabilité d'un suicide.

Apparemment il ne comprenait rien à ce qui était arrivé, mais se sentait coupable. Il m'a répété à plusieurs reprises qu'il n'était pour rien dans cette affaire, que lui et Constance n'entretenaient plus depuis longtemps que des relations purement amicales. J'ai essayé de le faire parler, de savoir pourquoi il avait rompu avec elle il y a huit ans avec cette brutalité, avec cette violence. Mais il développe une attitude de dénégation de tout. Ce qui avait représenté pour Constance « la grande affaire de ma vie » se réduit pour lui à une liaison sans conséquence. Et s'il a incarné pour Constance le « dernier amour de ma vie de femme », elle n'aura représenté pour lui qu'une histoire sans lendemain, « à cause de la différence d'âge... vous comprenez, Julia. Et puis tout de même, elle était mon professeur... J'avais le sentiment d'un inceste, d'avoir transformé une dame que j'estimais et respectais en vulgaire maîtresse... Nous ne pouvions pas continuer. Vous comprenez, Julia..., pour moi, avec mes valeurs, l'éducation que j'ai reçue... c'était inacceptable. Et en plus une Arménienne... Soyons sérieux. Je n'aurais pas osé la présenter à ma mère ».

Mais enfin il n'avait pas mérité, insistait-il, qu'elle s'effondre ainsi et se donne en spectacle... Et si elle était morte... il se retrouvait, lui, dans de beaux draps. Le jour même où il lui avait annoncé que Taline attendait un enfant.

Voilà, Soledad, tu en sais autant que moi. Comme dirait notre dame exemplaire, il n'est « qu'un homme », ce beau garçon désolé, dépassé par ce qui arrive à Constance, à lui, à nous... Il n'a cessé de me répéter à quel point il chérissait Constance et tenait à son amitié. Pour un peu, il lui aurait demandé d'être la marraine de son enfant à venir. Je me demande même s'il ne l'a pas fait au cours de cette soirée qu'ils ont passée ensemble et qui s'est terminée par la folie de Constance : cent comprimés (soigneusement préparés dans le tiroir de la table de chevet depuis des mois, peut-être des années) avalés sans faiblir, sans nausée, avec l'idée fixe d'en finir.

Alors pourquoi maintenant et pas il y a huit ans, au pire de la tourmente ? La réponse ne réside sans doute pas dans Azad lui-même ou l'échec de cet amour-là mais dans la difficulté du déclin. Nous n'avons pas suffisamment accompagné Constance depuis quelques années. Elle était notre aînée. Nous lui faisions confiance pour nous montrer la voie. Depuis quelque temps, elle ne la distinguait plus. Et elle, elle ne disposait pas de repères. Les dames de plume ne suffisent plus quand on est coincée dans le fond du fût. Et Constance a toujours refusé l'aide professionnelle qu'elle tolérait pourtant chez Caroline. « Mais moi, je suis forte ; je m'en tirerai seule. » Nous la jugions changée, amère, grognon, acariâtre... elle avait cessé d'être notre grande sœur de toujours. Nous trouvions qu'elle vieillissait. Mal. Nous ne souhaitions plus lui ressembler. Nous l'avons abandonnée, Soledad. Sauf toi peut-être, mais tu vis loin et puis tu avais ton drame à toi auprès duquel le sien devait lui paraître si dérisoire.

J'ai profité de mon passage sur la côte Est pour réserver le billet de Constance et le mien pour le 13 août. Nous arriverons à la magnanerie le 15 à l'heure dite. Prendras-tu le train pour Nîmes ou viendras-tu en voiture avec Caroline et Vivien ? Les Garçons se sont montrés vraiment chics : ils ont envoyé à Constance un panier de fruits exotiques, avec un billet doux, qui l'attendait à son retour à la maison.

Quand je pense que nous avons failli perdre une Féline, j'en frissonne encore. Et toi notre soleil, prends garde, prends garde à toi.

Deborah souhaiterait approfondir votre rencontre de décembre. Quand reviendras-tu en Californie ?

En attendant : dans moins de trois mois à Jérusalem (Ardèche).

Julia.

Jeudi 3 juin 1999

Constance repoussa le morceau de drap qui ajoutait au poids de la chaleur et décida de remettre en marche la climatisation. Elle avait horreur de cet air « conditionné » qui aseptisait tous les lieux et lui rappelait la cellule glacée qu'elle occupait à l'hôpital. Elle se rappela qu'elle avait dormi toute la matinée et qu'elle n'avait aucun besoin de se lever. En un mot, elle commençait sa convalescence et ne devait effectuer aucun effort, pas même celui de rejoindre ce groupe de femmes qui toutes relevaient d'une tentative de suicide et essayaient de se réconforter les unes les autres en glosant sur les malheurs de leur vie.

Elle aperçut sur un coin de son lit le volume ancien de *La Naissance du jour* de leur favorite dame de plume qu'elle était en train de préparer pour ses étudiants, la veille du jour où elle avait revu Azad et puis sombré. Le passage qu'elle avait souligné, puis raturé avec rage, juste avant la crise qui l'avait entraînée à ouvrir le tiroir contenant les cachets, se lisait ainsi : « Je n'ai pas même besoin d'indulgence pour déclarer que personne ne m'a tuée dans mon passé. Souffrir, oui, souffrir, j'ai su souffrir... mais est-ce très grave, souffrir ? Je viens à douter. Souffrir, c'est peut-être un enfantillage, une manière d'occupation sans dignité – j'entends souffrir, quand on est femme par un homme, quand on est homme par une femme. C'est extrêmement pénible. Je conviens que c'est difficilement supportable. Mais j'ai bien peur que ce genre de douleur-là ne mérite aucune considération. Ce n'est pas plus vénérable que la vieillesse et la maladie pour lesquelles j'acquiers une grande répulsion... »

Constance relut le passage qui l'avait soudain déstabilisée, après ce dîner avec Azad où elle avait revécu le bouleversement de la rupture ancienne, lors de ce week-end à Boston où ils étaient partis amants et revenus séparés. C'était le 13 mai, il n'y avait pas trois semaines. Une éternité.

La soirée avait coulé apparemment tranquille jusqu'à ce qu'Azad eut commencé à lui parler de Taline et de son enfant. Ils étaient retournés dans cette auberge un peu britannique sur MacArthur Boulevard, le long du canal, là où ils avaient célébré l'anniversaire d'Azad, dans le meilleur moment de leur amour, huit ans plus tôt. Azad cependant ne paraissait se souvenir de rien. Il lui parlait de l'Arménie, des difficultés politiques qu'il avait rencontrées, de cette espèce de crise d'identité qu'il avait traversée, ne sachant plus s'il était arménien, français ou américain. Et puis, il avait rencontré Taline. Et elle l'avait « sauvé ».

Au moment où Azad s'était mis à évoquer Taline, il avait déjà beaucoup bu ; il venait de commander une autre bouteille de ce cabernet californien, qu'ils affectionnaient. Peut-être avait-il oublié qui était l'interlocutrice à qui il avait déversé ces confidences sur son amour pour la jeune Arménienne, peut-être ne savait-il plus à qui il s'adressait quand il disait que, pour la première fois de sa vie, il avait rencontré une *vraie* femme, un être qui incarnait toutes les qualités qu'il recherchait dans la compagne idéale :

– Comme ta mère...

Constance l'avait interrompu avec une ironie qu'elle sentait aigre.

Mais il avait à peine relevé. Taline n'était pas seulement belle et intelligente, elle n'avait pas seulement fréquenté Wellesley College, l'un des meilleurs établissements pour jeunes filles des États-Unis. Elle était aussi capable de renoncer à tous les attraits d'une belle carrière pour se consacrer aux enfants déshérités d'Arménie... et éventuellement à ses propres enfants.

– Tu veux dire à vos enfants... ceux que vous aurez ensemble.

C'est là qu'Azad avait évoqué la grossesse de Taline, leur bonheur d'apprendre que le bébé serait un garçon et leur décision de se marier avant de repartir définitivement pour les États-Unis où Azad venait d'être nommé – il le lui avait déjà annoncé – à un poste d'attaché culturel.

Taline viendrait rejoindre Azad la semaine suivante, avait-il annoncé. Il ne doutait pas que Constance et elle deviendraient d'excellentes amies.

– Tu verras comme tu vas l'aimer, avait-il répété avec cet enthousiasme juvénile qui le faisait paraître moins encore que son âge.

Ce rajeunissement d'Azad joint à la fatigue de Constance devait encore accentuer aux yeux de l'extérieur leur différence d'âge. Elle avait remarqué que le garçon avait hésité à qui faire goûter le vin, auprès de qui déposer l'addition. Manifestement, il devait se demander si elle était sa mère.

– Et tu lui as parlé de moi, avait demandé Constance.

– Bien sûr, elle sait que je te considère comme le meilleur professeur de littérature que j'aie jamais eu... et tu sais à quel point ça compte... pour elle et pour moi.

Constance ne se demandait même plus s'il était en train de se payer sa tête ou si la pure cruauté le faisait parler ainsi. Julia plus tard accorderait à Azad des circonstances atténuantes, pointerait la naïveté, l'inconscience mais pas nécessairement la férocité dont l'accusait Constance.

Pour l'instant, cette dernière avait l'impression de recevoir des coups. Des coups de plus en plus douloureux. Cette scène réactivait celle de la rupture sur la pelouse du campus de Harvard où Azad avait expliqué que tout devait finir entre eux.

Ce qu'il avait dit alors, elle ne parvenait pas à se le rappeler avec précision. Elle n'avait retenu que la douleur, ses larmes, ses pauvres arguments. Sa honte aussi, de n'avoir pas pris les devants, de n'avoir pas lâché avant, avec panache, comme dans les romans de femmes, la princesse de Clèves se refusant à Nemours ou Léa ouvrant à Chéri la porte qui le libère d'elle et le mène à sa jeune femme.

Tout ce qu'elle n'avait pas déclaré et aurait dû affirmer se trouvait dans les livres qu'elle enseignait à ses étudiants depuis trois décennies, tout ce qu'elle aurait considéré normal de dire et de faire quand elle avait trente ans. Y avait-il rien de plus méprisable qu'une vieille maîtresse qui s'accroche (toujours dans les œuvres masculines), telle l'Ellénore d'*Adolphe,* longtemps enseigné par elle avec le cynisme de la jeunesse ?

L'amalgame, les explications compliquées de l'Azad d'il y a huit ans, d'un trivial à faire pleurer, faisaient effectivement pleurer. Il y était question de l'âge bien sûr, celui de Constance, avec lequel la différence était trop grande, mais aussi de Fabrice, fils de Constance, avec lequel la différence n'était pas assez grande. Il y était question des lauriers de Constance, de tous ces honneurs qui l'avaient récemment désignée à l'attention. Et notamment de cette médaille de meilleur professeur de littérature de la côte Est qui venait de lui être remise à Harvard avec beaucoup de solennité. Comprends, Anaïde, avait-il dit (pour la dernière fois), je ne suis encore qu'un petit thésard, un doctorant qui n'a pas même fini ses études. Toi, tu es un grand prof. C'est disproportionné.

Que pouvait-elle répondre ? Que huit ans plus tard, aujourd'hui même, il était devenu diplomate et elle toujours prof dans son collège de jésuites ? Qu'entre eux la différence sociale ou intellectuelle avait fondu comme une peau de chagrin ? Restaient les poches sous les yeux, les rides, tout ce que le bistouri du chirurgien venait d'ôter, avec la réprobation de Constance, à son amie Caroline.

Ce jour-là, ce soir-là à Boston, huit ans plus tôt, Constance n'avait pas rétorqué, ne s'était pas rebiffée. Elle s'était accrochée. Comme une midinette. Bien la peine d'avoir un doctorat de la Sorbonne pour se comporter ainsi, sans honneur, comme n'importe qui. Mais peut-être qu'elle avait voulu faire sentir à Azad qu'elle était n'importe qui. Une femme comme les autres. Pas une idole qu'on ne pouvait aimer parce qu'on la vénérait.

Seulement, Azad avait besoin de vénérer. Et à présent, moins d'une décennie plus tard, il aimait, comme elle l'avait aimé, il aimait une autre femme.

Cette nouvelle donnée avait fait basculer Constance. Huit ans plus tôt, elle s'était offert une bonne crise de nerfs et, en rentrant chez elle, avait appelé Julia à la rescousse. Et elle avait parlé à Julia, lui téléphonant six à huit fois par jour et par nuit. Et Julia sur l'autre côte, malgré Jason, sa fille, les plaidoiries, ses problèmes à elle, Julia l'avait écoutée. Et aidée à guérir.

Ou du moins croyait-elle avoir guéri. Ce soir du 13 mai 1999, dans la petite auberge de MacArthur Boulevard, face au canal lui-même parallèle au fleuve Potomac, à la fois majestueux et accidenté, elle avait serré les dents devant Azad. Il ne s'était aperçu de rien. Puis elle était rentrée chez elle dignement et, sans perdre une minute, avait avalé les cachets qu'elle avait accumulés toutes ces années dans l'hypothèse qu'elle ne puisse plus tenir davantage. Et voilà. C'était arrivé. Fabrice lui aussi l'avait quittée, le petit garçon pour qui elle était longtemps restée l'unique. Il avait sa propre carrière, ses propres amours. Sa mère ne faisait plus partie de ses projets d'avenir. Qu'est-ce qui restait ? Elle s'était trop éloignée récemment de ses amies pour qu'elles puissent lui accorder le moindre réconfort. Elle-même ne l'avait-elle pas refusé à Caroline lorsqu'elle avait appelé à l'aide avant son opération ?

Et puis les Félines se moqueraient d'elle. Cette vieille

peau de cinquante-huit balais qui geignait sur un ex perdu depuis près de dix ans !

Songeant à Caroline, Constance avait été envahie par ce même sentiment d'injustice qui avait entraîné les décisions radicales de sa cadette. Caroline avait raison de ne pas accepter l'injustice. On se battait bien pour la parité en politique. Pourquoi pas aussi dans d'autres domaines. Et même s'il paraissait impossible de renverser par décret l'horloge biologique, on pouvait bien essayer de la retarder.

C'est exactement ce qu'avait fait Caroline, et Constance n'avait rien voulu savoir, rien voulu comprendre de sa démarche, pas plus qu'elle ne s'était réjouie de ses nouvelles amours. Et comme elle avait mal réagi, comme elle s'était montrée peu compréhensive à l'égard de ses amies, elle qui depuis l'enfance et les petits frères avait toujours assumé et recherché le rôle de guide, de pionnière ! Pionnière, elle avait cru l'être dans ce combat pour la dignité des femmes qu'elle avait mené dans la jubilation des années 70. Aujourd'hui, combien de jeunes filles avaient même conscience que d'autres avaient lutté et sacrifié de leur petit confort personnel pour qu'elles puissent avoir le choix de garder leur enfant, se défendre contre le viol ou entrer dans les grandes écoles comme les garçons ? « Nos ventres nous appartiennent », avait-elle clamé fièrement sur le pavé de Paris en compagnie de ses sœurs. Aujourd'hui, elle n'avait plus de ventre et plus de sœurs. Même cette complicité félinienne, le meilleur de sa vie, elle l'avait abîmée. Plus simplement capable de jouer les aînées, de sauver ses jeunes Félines qui venaient tour à tour s'échouer auprès d'elle dans la perspective de la vieillesse, comme des mouettes engluées dans le mazout. Thibault avait raison. Elle n'avait pas vieilli. Elle s'était desséchée ; elle avait pourri sur place. Alors, autant en finir. Personne ne la regretterait.

Dimanche 15 août 1999

Alice émergeait. Malgré l'interdiction formelle de la petite bande et les mises en demeure de Caroline... « Bon sang, Lila, on n'est plus au XIXe siècle... T'as d'autres chats à fouetter... on va au restaurant ! », elle avait préparé un festin pour les retrouvailles annuelles. Cette année, on fêtait les cinquante-huit ans de Constance (qui tombaient en avril mais qu'importe) et surtout son retour à la vie. La réunion se présentait bien, ce 15 août. La municipalité avait prévu un petit feu d'artifice local, en l'honneur de la Vierge, doublé de la fête aux marrons, fantaisie imaginée par le nouveau maire. Une double célébration en l'honneur de Constance.

La petite Twingo de Caroline entrait dans la majestueuse allée de châtaigniers, seule solennité du lieu, avec à son bord Vivien et Malek. Julia et Constance avaient décidé de prendre le train pour Langogne avant le car qui les déposerait à cent mètres. Les deux « Américaines » tenaient à ce long voyage exotique dans le temps. « On revient dans la France profonde à son rythme », arguait Julia, qui avait toujours eu la passion du chemin de fer. Quant à Thibault, il s'était offert et avait offert à Soledad l'avion pour Nîmes. Ce mode de transport serait moins fatigant pour leur amie chilienne, qui avait passé la nuit dans l'avion de Santiago et arrivait à Roissy passablement défraîchie.

Deux heures plus tard, après les arrivées des uns et des

autres, les embrassades, l'ivresse qui s'emparait de chacun avec ce sentiment rare d'être enfin tous ensemble, ils étaient à table et devisaient comme s'ils ne s'étaient jamais quittés.

Vivien et Caroline avaient pris soin de se placer aussi loin que possible l'un de l'autre, mais Julia n'entendait pas leur faire grâce du blâme collectif. Aux États-Unis, elle avait assisté dans certains groupes féministes des années 70 à de véritables procès de militantes dont le seul crime était d'avoir convolé avec un homme, représentant de l'espèce exécrée. Julia plaisantait, mais tous les autres se retournèrent contre elle avec indignation. Bien heureusement, on n'était pas aux États-Unis.

– Eh bien, puisqu'il faut un avocat du diable, je jouerai le rôle, insista Julia. Après tout, c'est mon métier.

– Ton métier, c'est d'être avocate, rétorqua Alice. Pas procureur.

– De toute façon, il faut vider cet abcès. Vivien et Caroline ont violé les lois de notre groupe qui interdisaient entre nous les histoires particulières. Maintenant, nous nous retrouvons avec un couple alors que nos compagnons ou conjoints n'ont aucun droit d'accès à nos rencontres. En définitive, nous aboutissons à deux poids deux mesures.

– Tu dis cela parce que tu voulais amener Deborah, dit Alice. Du temps de Jason, tu ne protestais pas.

– Malek aussi aurait voulu amener Leïla... et peut-être toi Hubert, maintenant que vous êtes réconciliés. Sans compter le nouvel amant de Thibault.

– Enfin, Julia, protesta Constance, qui paraissait rajeunie par trois semaines de vacances californiennes, tu embarrasses tout le monde. On se croirait dans une secte. Nous sommes un groupe d'amis réunis par la seule chimie de l'amitié. Et tu viens nous parler de règles et de lois. Pourquoi pas une constitution tant que tu y es ? Chacun dispose de sa vie. Vous m'avez assez démontré, toi la première, que, quoi qu'on fasse, les Félines... et les Félins n'avaient pas fonction de juger mais de faire acte d'amour et de présence.

– Ça te va bien, Constance. La première à protester.

– Tu sais que je n'étais pas dans mon état normal et je suis aussi la première à le regretter.

– Quand Miguel existait, il faisait partie de notre groupe et pourtant il était mon *compañero,* et même mon mari.

La voix chantante de Soledad rétablissait une harmonie que la brutalité de Julia avait affaiblie.

– Situation entièrement différente ! Vous formiez déjà un couple quand nous nous sommes choisis, protesta Julia.

Et se tournant vers Thibault :

– Qu'est-ce que tu en penses, toi ? Tu n'as rien dit.

– Ma grande Jules, je pense que tu es en train de disjoncter. Peut-être devrais-tu réduire un peu ta pratique juridique. La légalisation forcenée des affaires et des relations humaines me paraît constituer une erreur fatale.

– Ça y est. Vous allez encore recommencer avec votre antiaméricanisme primaire. Vous voyez du culturel partout quand il s'agit de principes universels.

– Je n'ai parlé ni d'Amérique, ni de culturel, ni surtout de principes. Je te renvoie à ton propre vocabulaire.

– Là, Thibault, tu es en train de changer de sujet.

La discussion s'échauffa. Ils retrouvaient leur vieille ardeur à se disputer, à discuter, et cette impudeur qui permettait de dire des énormités sans trop fâcher. « Et pourtant, songeait Alice, il y a des limites. Avec toute l'amitié qui nous unit, il y a des limites qu'il ne faudrait pas franchir. » Elle s'étonnait du silence de Caroline. Ni elle ni Vivien n'avaient ouvert la bouche depuis que la discussion s'était engagée à leur sujet. Malek était en train d'argumenter en faveur de l'ouverture du groupe à tous les compagnons. Mais là, même Constance s'affirmait contre. « Je regrette, disait-elle, les amis de nos amis ne sont pas nécessairement nos amis. » Si on ouvrait aux compagnons, alors pourquoi pas aux enfants ? « Et pourquoi pas, en effet ? » Alice devenait mordante. Toute la discussion lui rappelait leur jeunesse quand ils discutaient de l'entrisme au sein des organisations révolutionnaires.

Soudain, Caroline se leva et les fit taire.

– Juste pour vous faire savoir qu'entre Vivien et moi, c'est fini, dit-elle. Nous avons déterminé... de rester amis. Si cette information pouvait vous aider à clore la discussion, on pourrait aller chercher les canards farcis.

Le silence qui suivit les pétrifia. Comme toujours, Thibault sauva la situation avec son rire, communicatif. Cinq minutes plus tard, chacun hoquetait. Des félicitations fusèrent qui redoublèrent l'hilarité.

Caroline n'en revenait pas de se sentir aussi gaie. Vivien et elle avaient pris la décision une semaine plus tôt. Ou plutôt elle avait pris la décision. Leur cohabitation avait confiné au désastre. Deux vieux célibataires aux habitudes contrastées. Vivien avait mis la pagaïe chez elle, sans compter les retours d'appels, ces sonneries régulières ramenant au cœur de leur foyer commun une multitude d'ex du harem, égarées, qui aspiraient à renouer. Vivien avait pourtant fait des efforts, cherchant à se transformer, parlant de l'épouser. Mais ce Vivien conjugal ne ressemblait plus ni à l'ami ni à l'amant. Caroline avait la nostalgie de ses grasses matinées en pyjama, entourée de journaux et de chats, de ses longues soirées solitaires avec ses CD de musique classique.

Elle était arrivée à la conclusion qu'ils étaient trop vieux ou trop jeunes pour se ranger ensemble. Au lit, leur camaraderie ancienne pesait. Elle connaissait trop la vie amoureuse de Vivien, ses phobies, ses angoisses, ses obsessions. Il l'avait consolée de trop d'abandons, aidée à prendre trop de décisions d'envols pour que la magie de l'amour et de la volupté puisse balayer cette connivence. En même temps, la nouvelle communication sexuelle brouillait l'amitié, la refoulait dans un en deçà opaque.

Lorsqu'elle avait parlé non de rupture, mais d'un changement dans leur relation, plus franchement d'un retour à la case départ, Vivien avait paru surpris.

– J'allais te proposer exactement le contraire, avait-il rétorqué. On rompt avec l'amitié et on reste amants.

Ils avaient ri, mais Caroline avait tenu bon. Tout compte fait, et puisqu'il fallait choisir, elle préférait le statut d'amie à celui de maîtresse. Vivien s'était toujours révélé loyal aux Félines. Mais son incapacité à rompre avec ses amoureuses appartenait à sa légende. Caroline refusait de faire partie du harem et Vivien ne renoncerait jamais au harem.

– Tu repasseras dans vingt ans, mon ex-amour, mon ex-ami. Et à nouveau on choisira entre les deux. À soixante-dix balais, peut-être que le choix sera plus clair.

Lorsque Caroline sortit de sa songerie, Julia était en train de faire le bilan. La cinquantaine ne se présentait pas si mal. Alice et Soledad faisaient toutes les deux une percée tardive dans la vie professionnelle. Malek était heureux avec Leïla. Elle-même revivait depuis qu'elle avait emménagé en compagnie de Deborah. Thibault venait de rencontrer un nouvel ami qui n'était pas séropositif. Et Caroline et Vivien avaient joyeusement envoyé leurs bonnets par-dessus les moulins. Restait Constance qui noircissait des cahiers entiers depuis son retour de l'hôpital. « Il y a les livres qu'on écrit, disait-elle. Et il y a les livres qu'on publie. Pour l'instant, j'écris un livre, pour la thérapie et pour le plaisir. Je ne sais pas si j'essaierai de le publier ou même si je réussirai. Mais je ne m'en soucie pas. Pour l'instant, écrire me fait du bien. » Et autre nouvelle, Pauline, la compagne de Fabrice, attendait une petite Amélie.

La nuit brillait dans la clarté de la pleine lune, l'air embaumait. Tard dans la nuit un feu d'artifice zébra le ciel de traînées flamboyantes. Constance écoutait comme une musique le brouhaha des voix entremêlées de ses amis. Et puis, Julia et Malek se mirent à chanter pêle-mêle les mélodies traditionnelles de la vieille France, les chansons réalistes et celles de la Belle Époque, les airs révolutionnaires, les rengaines de 68.

Quand les dernières braises du barbecue eurent fini de refroidir, Constance se réveilla de son premier sommeil, entre Alice et Vivien. Il faisait froid soudain. Elle étendit une couverture sur ses deux amis endormis et décida de rentrer. Les autres s'étaient couchés. Un froissement de papier dans sa poche lui rappela la lettre qu'elle avait reçue la semaine précédente et gardée dans une de ses poches intérieures. L'enveloppe, postée à La Serena, avait été biffée par un « confidentiel » qui occupait la majeure partie de l'espace. Elle avait tout de suite reconnu l'écriture, une écriture caractéristique d'architecte qui édifie les mots à partir de lettres clés de voûte et les phrases comme des cathédrales. Constance avait su, avant de l'ouvrir, de qui la lettre serait signée.

Samedi 11 septembre 1999

À Santiago, ce 11 septembre, jour anniversaire du coup d'État, jour annonciateur d'autres malheurs, c'est presque le début du printemps mais il fait encore froid et pluvieux. L'hiver n'en finit pas et pour aujourd'hui, on avait même prévu de la neige sur les contreforts de la cordillère. La petite maison de Ñuñoa suinte d'humidité et Soledad a dépensé une partie de ses gains à acheter des radiateurs électriques, le chauffage central étant rare au Chili. Elle s'est réveillée engourdie par le froid malgré les chaudes couvertures de laine qu'elle a rapportées du Sud. Les enfants qui ne vont pas à l'école en ce samedi matin attendent patiemment de profiter de la neige annoncée mais improbable dans la vallée où se blottit la capitale.

À présent, Soledad décide de faire du feu dans la vieille salamandre. Elle met sa grosse robe de chambre en laine des Pyrénées que lui ont offerte les Félines. Elle sort dans le jardin pour ramasser du bois mort, mais il est si humide qu'elle renonce et va chercher des brindilles et des bûches sèches sous l'appentis. Une brume épaisse noie les crêtes déchiquetées des Andes ; Soledad les devine à travers le vent. Elle les connaît si bien ses montagnes depuis l'enfance qu'elle peut en dessiner avec précision les contours, même par temps de brouillard. À l'époque où il n'y avait pas de pollution sur la ville de Santiago, quand elle était une toute petite fille, son père lui avait appris à rêver la montagne lorsqu'on ne pouvait pas en distinguer les contours. La pratique était simple. Il suffisait de s'asseoir dans le prunier qui à l'époque faisait face aux hauteurs andines. Là, on devait mettre sa main sur ses yeux, pour de vrai, et réciter trois fois la formule magique : l'essentiel est invisible pour les yeux. On attendait quelques minutes sans lever la paupière. Et on était sûr alors de voir le *cerro* se profiler sous la forme qu'il revêt par temps clair : celle d'un chevreuil géant dont la tête a été aspirée par une fumée magique.

Il y a bien longtemps que Soledad ne monte plus dans le prunier pour jouer à rêver la montagne. Aujourd'hui, le vieil arbre est mort et le figuier qui le remplace n'a pas la même robustesse. Mais elle a appris la formule à ses enfants. Recette d'autant plus utile maintenant que les sécrétions des voitures souillent presque en permanence la vision du *cerro*, qui ne se montre plus que les jours d'exception.

Pendant ce temps, un homme est entré à Santiago par le bus. Depuis beaucoup de jours, il voyage, il fait une pause et il repart, et sa silhouette légèrement voûtée accuse la fatigue. Pourtant, sur son dos, son sac s'est allégé au fur et à mesure qu'il descendait vers le sud et ne retenait plus que deux objets essentiels, *Le Livre des questions* de Pablo Neruda en version originale et l'*Antigone* de Sophocle en version bilingue. L'homme vient du nord. Le *Norte Grande*. Il a traversé les zones arides, les villes dont on dit qu'elles n'ont pas besoin de toits parce qu'il ne pleut jamais, le désert d'Atacama, l'âpre vallée de la Luna, l'ancien empire des Incas qui ne connaissait pas de frontière avec le Pérou, et descendait très bas vers les régions centrales. Il a dépassé depuis longtemps les villes fantômes, les cités minières poussées sur la montée du cours du salpêtre et rendues aux sables par l'effondrement du minerai, avec leurs cimetières pillés. Depuis qu'il a redescendu dans les hauts plateaux le sentier de l'Inca, il a passé Arica, la dune grise qui s'étend entre ses falaises et la ville d'Iquique, la Pampa del Tamarugal avant Antofagasta et San Pedro, Calama et Chuquicamata, sa mine de cuivre.

Il est rentré à Santiago par le nord. Il y a bien des jours qu'il a dépassé le Llano de la Paciencia, et plus tard la ville de La Serena dans le Norte Chico, où il sait à présent que repose son frère. De ses propres mains, il a inhumé dans le petit cimetière du Norte Grande les os de Manuel Aguirre retrouvés par les carabiniers avec sa montre. Il est calme à présent. Dans les villages où il s'arrêtait pour dormir quelques heures et échapper à la chaleur du grand Nord, il ne s'est alimenté que de thé et de *churrascos,* sandwiches de viande grillée. Il a voulu regagner la ville au rythme d'autrefois quand on voyageait encore à pied ou à cheval parce que le train coûtait trop cher pour les pauvres. Il a décidé de prendre possession d'un territoire, son territoire, sans ménager son temps. Il a donc quitté le bus à une bonne distance du cœur de la ville. Surtout, il veut rentrer à Santiago avant la bourrasque annoncée.

La pluie mélangée de neige a commencé à tomber quand il est déjà entré dans la capitale encerclée par ses montagnes. Il est fourbu mais il sait qu'il parviendra dans le quartier de Ñuñoa dès la fin de la matinée. Au début, il marche vite. Il prévoit que sa marche sera plus tard ralentie par l'accumulation d'eau. Il hésite à prendre un transport en commun ou à faire du stop, quand les gouttes se font plus serrées. Une obstination inexplicable l'en empêche. Il longe les quartiers pauvres près de la gare où les enfants déguenillés jouent dans la pluie glacée avec des cris qu'il devine plutôt qu'il ne les entend. Il veut marcher jusqu'au bout. Peut-être n'a-t-il pas la conscience tout à fait tranquille. Peut-être redoute-t-il la confrontation avec la vie, après cette longue quête de la poussière d'une âme. Et puis les voitures se font rares dans une ville où il ne neige que très rarement. Il s'éloigne de l'Estación Mapocho, là où, enfant, il débarquait du train de Valparaíso pour aller chez le *tío* Gonzalo, son oncle maternel. L'ancienne gare du Nord est devenue un centre culturel qui débouche au loin sur la perspective du Parque Forestal. Une année, le Mapocho, qui en langue mapuche désigne le fleuve qui se perd dans les terres, avait débordé à la fonte des neiges. Sa petite cousine Pilar était morte dans l'inondation. Elle avait juste trois ans.

Le quartier de Ñuñoa se trouve dans le sud de la ville. Il connaît par cœur le chemin. Il marche soudain avec facilité. Il pourrait y arriver les yeux fermés. Dans quelques minutes, il aura tourné le coin de la rue Esteban. Il apercevra la façade déjà givrée de la petite maison. Avec ce temps, Soledad ne sera sûrement pas sortie. L'homme serre un peu plus autour de son cou son écharpe de laine comme pour se donner du courage. Gabrielito, le fils de la Chechi, vient de l'apercevoir de dos au moment même où il ouvre la porte de chez lui. Il n'y a pas eu de cri de reconnaissance. Juste un long silence feutré par le lent écoulement de la pluie. Il faudra que ses amis de l'autre bout du monde patientent encore quelques heures avant d'apprendre que Miguel est revenu.

PINOCHET EN ÉTAT D'ARRESTATION

Sur ordre de la justice britannique et sur les instances du juge espagnol Balthazar Garzón, Scotland Yard a identifié et mis en état d'arrestation le général Augusto Pinochet qui se trouvait dans la capitale britannique pour y subir une opération de hernie. Pinochet naguère tout-puissant dictateur militaire du Chili est accusé d'avoir violé l'ordre constitutionnel qu'il s'était engagé à respecter comme militaire, mais surtout d'être responsable de milliers de morts. Il pourrait être jugé pour crimes de génocide, terrorisme international, tortures et disparition de personnes.

D'après le journal *El País,* samedi 16 octobre 1999

Paris, Santiago, Washington, 1998-2002

Dopamine

Elephant

Sylvia

Mystic River

In America

Pieces of April

RÉALISATION : PAO ÉDITIONS DU SEUIL
ACHEVÉ D'IMPRIMER SUR ROTO-PAGE
PAR L'IMPRIMERIE FLOCH À MAYENNE
DÉPÔT LÉGAL : AVRIL 2003. N° 28151 (56753)
IMPRIMÉ EN FRANCE

taraudes

tripes

frères ados

besoin de désolidariser

mettre ses jambes à son cou

escamoté

floué